EL DESPERTAR
DEL
GATO TUERTO

PRIMERA EDICIÓN, 2023

© 2023, El Despertar del Gato Tuerto Denisse Marina Instagram:
@Denissemarinabooks
Editor: Miguel Alberto Ochoa García
Ilustraciones: Nano Malhora Instagram
@nanomalhora

ISBN: 9798862701173

Para mi Lena de carne y hueso y a mi
Leno que ahora viaja por el infinito

LAS TIERRAS VERDES

El Puente Viejo

Cuando vivía en Oure, un pequeño pueblo cercano a las costas de Las Tierras Verdes, había un lugar con el que no puedo dejar de soñar: "El cementerio de Roca Vieja". Así lo llamaba mi abuela y yo creí, hasta que cumplí diecinueve años, que se trataba de un montón de rocas de extraños colores abarrotadas unas encima de las otras.

Una de las cosas más extrañas era que para llegar al "cementerio" había que pasar por un puente construido del mismo material que las rocas. Dicho puente no tenía una función clara, ya que debajo de este apenas se llenaba de pequeños charcos, incluso durante el invierno. Nadie sabía quién lo había edificado ni cuál era su propósito y nunca insistí en preguntar, pues era tan normal como ver salir el sol o el aire fresco que se respiraba en los alrededores boscosos de mi hogar; lo que hoy conozco es porque el destino —o aquello que los Íden llamaban *Témer*—, así lo dispuso.

Yo era una chica normal, esto significaba que era huérfana, la mayoría de los jóvenes de mi edad lo éramos debido a que nuestros padres habían muerto en una terrible guerra diez años atrás. Aunque había algo que me distinguía de entre los demás y era que estaba a punto de casarme con uno de los trece señores de Las Tierras Verdes, Eliur de Tindel:

ésta era una ciudad pequeña, pero con mucha riqueza y que estaba en pleno auge comercial debido a la zona de valle en la que se encontraba y a la amistad de su señor con el rey de las Tierras Verdes. Estaba a tan sólo un día a caballo de mi pueblo y no sabía nada del señor, salvo que era uno de los sobrevivientes de la batalla más sangrienta que se dio durante la guerra.

Sin embargo, eso no importaba, ya que, a pesar de mi compromiso, creía estar enamorada de Amos, el muchacho más guapo del pueblo. Amos era amable, fuerte y bueno con los animales. Tenía unos ojos verdes intensos que combinaban con los tupidos árboles de los alrededores. No son los ojos más hermosos que he visto, esos los veía poco antes de conocer la verdad, pero podía perderme en ellos con la misma facilidad que uno se acostumbra a las cosas buenas.

De cualquier manera, todas las chicas morían por Amos, pero él me quería a mí y aunque no sabía muy bien por qué, eso no impedía que me levantara el ánimo y me hiciera sentir sencillamente afortunada.

—Olvida ese compromiso, Nive —me dijo saltando de la cama para ponerse los pantalones y con un tono muy seguro, como de quien tiene toda la vida resuelta.

—Eso no depende de mí, Amos, además debemos de pensar que tanto mi abuela como tu padre podrían beneficiarse de esto —le contesté tratando de comportarme lo más fría posible y aparentar que no me interesaba escuchar más, aunque una voz interna gritaba para que me dejara convencer.

—Cuando te vayas a Tindel no sabemos cuándo volveremos a vernos.

—Podemos vernos... —dije mientras me descubría con las cobijas en un gesto provocador que no tuvo el resultado que deseaba.

—Pero... no así —contestó sin mirarme y atravesó el arco de la puerta doblando las rodillas, pues era demasiado bajo para su estatura.

No salí tras él, en cambio, me quedé pensativa mirando el techo. Era como si mi cerebro no alcanzara a comprender lo que implicaba un "matrimonio", un matrimonio que ni siquiera yo había planeado, pero que tendría algunas ventajas para todas las personas que quería.

Luego de abandonar estos pensamientos, ya no escuché ni vi a Amos, así que asumí que ya se había ido, ya que tenía que atender a su padre quien estaba convaleciente de una vieja herida de guerra. En ese momento entró mi abuela sin siquiera un aviso y yo me cubrí hasta la cabeza con la sábana que tenía el olor de Amos impregnada.

—¡Ay!, qué guapo está ese Amos —dijo al tiempo que me aventaba un camisón para cubrirme y ponía los ojos en blanco.

—Te deberías casar con él —completó fingiendo que lo había pensado mucho.

Mi abuela, Galena, había cuidado de mí desde que mis padres murieron en la guerra contra los vodos, misma guerra en la que el padre de Amos obtuvo la herida que le dejó inutilizada una de sus piernas. Lena, como me gustaba llamar a mi abuela, era algo especial: ella no se había casado y, considerando cómo eran las demás señoras de su edad, tenía una mente bastante abierta. Cualquier otra señora que hubiera sorprendido a su nieta en la cama, mientras un hombre salía de su habitación, hubiera ido con el representante de El Justo en el pueblo para que tuviera con la "irreverente" chica una de esas charlas incómodas que hablan sobre la "virtud femenina". Pero Lena no, desde que supo de mi compromiso con el señor Eliur me dijo que disfrutara de la vida y no sólo eso, también intentaba convencerme de que no me casara con él.

No obstante, mi deber era cuidar de ella... Cada día que pasaba sus párpados caían más sobre sus ojos y su caminar se volvía más lento. No por eso quiero decir que era débil, nada de eso, ella era la curandera del pueblo y la encargada de prender las antorchas del Puente Viejo cada seis días, que servían como guía para los visitantes y mercaderes. Era bastante respetada por la comunidad de Oure, aunque el representante de El Justo la acusaba de bruja con indirectas e insinuaciones, pero nunca se atrevía a tomar acciones como en aquellas ciudades en donde La Mitra estaba tan presente que incluso encarcelaban a las mujeres por tener un poco de conocimiento sobre herbolaria medicinal.

Sobre mi matrimonio, con el que Lena nunca estuvo de acuerdo, el trato lo había hecho Trepis, el Protector de Oure, y yo había aceptado por varias razones, Trepis me había explicado que el señor Eliur no quería una esposa, pero sí que lo dejaran de presionar por tomar una nueva y además necesitaba una traductora y yo era con creces la mujer que más idiomas hablaba en los alrededores. El trato sería así: un año de ser su "esposa- traductora" y al terminar me mandaría a La Cátedra, que se encontraba en la capital. Ahí me prepararía para ser médica, o como mi abuela les llamaba "curanderos con licencia".

No era que me interesara tener un "permiso" que me dejara hacer cosas que ya Lena me había enseñado, pero las personas con este "permiso" tenían la protección del reino y era imposible que los encarcelarán. Cosa muy útil ahora que El Mitrado, los monjes seguidores de El Justo, estaban ganando más popularidad. Además, mi apariencia, según decía Trepis, con sus ojos libidinosos no estaba nada mal para una pueblerina huérfana que solo tenía una "vieja bruja" como guía.

Tanto el amor por la naturaleza como el amor por los libros me los inculcó mi abuela. Desde niña me hizo leer manuales sobre hierbas que había escrito su bisabuela. No tenían la mejor caligrafía, pero eran importantes para encontrar alivio a los males comunes. Desde entonces mi pequeña casa se había convertido en una bodega de flores, hierbas y libros. Estos últimos eran tantos que llegaron al grado de encontrarse debajo de la cama, al abrir las alacenas y hasta en las macetas de flores.

Cuando me enfadé de los manuales, seguí con la historia y cuando terminé con todos los libros que tenían en el pueblo en nuestra lengua, inicié con los que estaban en otro idioma: "es un don" decían unos, "es brujería" decían los fervientes seguidores de El Justo. Afortunadamente, sus seguidores en Oure eran pocos. Para mí era fácil entender la lógica de los lenguajes que se utilizaban en Las Tierras Verdes, eran sólo variaciones de una misma lengua, no era la gran cosa... al menos no me lo parecía.

Una mañana antes de mi partida de Oure hacia Tindel, salí a recolectar una de mis hierbas favoritas: la flor hipérica, esa hierba la había plantado yo misma hacía tres años en los jardines de nuestra pequeña casa, cuando un comerciante pasó con una planta con flores marchitas y semillas que aseguró que nunca germinarían por el clima frío de la región. No obstante, germinaron y lo hicieron de forma rápida y con una clara fortaleza que ahora podías encontrar unas de tamaños inusuales, casi tan grandes como una rosa, incluso durante la época de más frío. El hipérico era excelente para mejorar el humor, cosa que todos necesitábamos. No era que Oure fuera un pueblo sombrío, sino que la guerra había marcado a muchas personas y me gustaba pensar que la hierba y su asombrosa reproducción se debía a la necesidad del mismo pueblo.

Claro, El Mitrado del Justo, argumentaba que los beneficios de las plantas eran "solo patrañas", sobre todo juzgaba a aquellos que la fumaban; hay que aclarar que no causaba daños ni mucho menos alucinaciones, pero te podía colocar en un estado de ligera relajación, algo que a los rígidos monjes no les agrada en lo absoluto.

Después de colocar las hierbas en frascos con aceite, salí con Amos, era mi último día en el pueblo y yo cumplía diecinueve años. Amos me llevó a visitar nuestros lugares favoritos con una sonrisa, pero conforme el paso de las horas y mi partida a Tindel se hacía más inminente, su rostro se iba ensombreciendo. No importaba que el pan de la mañana estuviera recién hecho y que las mariposas de fresa, que nos regaló el panadero por mi cumpleaños, o quizá de despedida, estuvieran deliciosas, una sombra en sus ojos estaba ahí. Hasta el momento ninguno de los madrugadores del pueblo me había dicho un "hasta pronto", "nos vemos" o "hasta luego, Nive". Probablemente no pensaban que al final sí me fuera a ir, y creo que yo tampoco. Me atrevo a pensar que el único consciente de ese hecho era Amos, con sus ojos verdes que se iluminaban al verme, y su mano que me tomaba de la espalda baja como si yo fuera la cosa más delicada que había tocado.

Cuando llegamos al mesón a tomar algo. Sama, la dueña, me sirvió un té de lavanda con una hierba que no había podido adivinar de cuál se trataba, pero hacía que mi té tuviera un hermoso aroma y un sabor exquisito, además de un color morado brillante.

—Son moras —dijo con una sonrisa y ojos llorosos—. Bueno, el jugo de una mora molida, se lo agregas al agua caliente y luego pones las hierbas.

Con los ojos muy abiertos por la sorpresa, le agradecí esa información que tenía años intentando descifrar. "Era su regalo de despedida" pensé cuando me dedicó una sonrisa triste. Sama siempre había sido amable conmigo porque era amiga de la juventud de mis padres, amiga de toda la vida de ellos, porque, la verdad, mis padres murieron bastante jóvenes. Yo tenía ocho años y la guerra había durado ya algunos años antes de sus muertes, lo que significaba que en realidad sólo había vivido con ellos los primeros años de mi vida y apenas los recordaba. Quizás recordaba alguna que otra canción de cuna de mi madre, pero de mi padre que pasaba todo el día en el campo su recuerdo es menos generoso, sólo recuerdo el olor a jazmín, de los campos en donde trabajaba, y aún hoy continúa siendo un aroma que me relaja, pero que al mismo tiempo me entristece.

—Eres una aventurera... como Nisa —dijo Sama que le encantaba recordarme que mi madre había llegado a Oure sola, a los dieciséis años con una mochila con las cosas más básicas. Sama y su familia la acogieron en el Mesón y luego mi madre conoció a mi abuela, siempre amante de los extraviados y la tomó como aprendiz de herbolaria, lo siguiente pasó de forma natural, conoció a mi padre o como Sama lo llamaba "el buen Fitz" o "el mono Fitz" y se enamoraron.

Yo, en realidad, no me consideraba una aventurera, hasta el momento era más una rata de biblioteca que una exploradora, y si no hubiera tenido esta oportunidad y las condiciones no estuvieran tan tensas con el Mitrado del Justo, quién sabe si hubiera salido de Oure.

—Vamos —le dijo Amos a Sama tratando de ser valiente—, aún me tendrás a mí, Sama.

—Y con Nive fuera se acaban tus privilegios —le contestó señalando el té gratis que también le acababa de servir.

Amos soltó una risita y comentó que la comida o bebida ya no serían igual de sabrosas ahora que ya no serían gratis, pero que era lo justo y que además había conseguido un nuevo trabajo ayudando al viejo Trepis con los caballos.

Después de despedirme de Sama, Amos y yo hicimos una última parada dentro del pueblo. El destartalado y prácticamente olvidado edificio de madera y tejas rojas estaba cerrado, lo abrían justo al medio día, aunque prácticamente nadie además de mí lo utilizara: la biblioteca, ese edificio con ventanas largas pero angostas que permitían pasar la luz del sol, lo que ayudaba con la iluminación de dentro. El edificio me recibía siempre con un extraño y apacible calor. No obstante, en esa ocasión, a pesar de estar cerrada, Amos me sonrió:

—Le pedí a Satina que me le prestara —dijo mientras sujetaba el candado que impedía nuestra entrada y metía la llave y la volteaba hasta abrir. Satina era la hija de Trepis, más pequeña que nosotros y bastante infantil e inocente que soltaba suspiros cada que veía pasar a Amos, Satina era, posiblemente, la segunda persona que más utilizaba la biblioteca y quien se encargaba de abrirla.

Cuando entramos, el agradable olor a libro nos recibió. Me senté en mi silla de siempre y tomé el libro que recién había terminado un día antes: "Personajes y batallas de la Guerras Vódicas" decía con letras doradas y con el mismo color un marco garigoleado alrededor del título. Era uno de los tomos nuevos que había llegado hacía un par de días directo de la capital en un esfuerzo de la familia real por enfatizar su gran victoria. En las páginas se enaltecía a los hijos del rey, al legítimo, pero sobre todo, al bastardo que era conocido por ser un audaz guerrero. Cuando levanté el libro vi un "N&A" tallado en la madera de la mesa. Lo había hecho Amos hace unos años, cuando aún éramos amigos y no nos habíamos dado más que uno que otro beso de pique. La madera ya no estaba clara, lo que indicaba que no era algo nuevo. Acaricié el relieve de las letras con los dedos y luego le sonreí a Amos que estaba al pendiente de ese movimiento.

Los siguientes minutos los pasamos besándonos. Al final salimos de biblioteca con la ropa arrugada, los labios hinchados y unas sonrisas traviesas, que dejaban ver que los besos de pique habían quedado atrás hacía mucho tiempo. Salimos tan acalorados que cuando Satina pasaba a lado de nosotros en dirección a la biblioteca ni nos molestamos en regresarle el saludo. Bueno, al menos yo no, Amos, por su parte, sólo la saludó con la mano. Luego nos dirigimos a la última parada.

Amos me llevó al Puente Viejo para ver el pueblo desde lo alto porque no sabíamos cuándo volvería a Oure o si lo haría al terminar La Cátedra que duraba dos años. Era un buen lugar, si es que existía uno, para despedirse del sitio que había sido mi hogar toda la vida, y del único hombre que recordaba haber querido. El puente era de gran misterio, una que otra vez se veía que académicos de Greendo, la capital de Las Tierras Verdes, y donde se encuentra La Cátedra, llegaban y exploraban los alrededores, pero siempre se iban confundidos y con las manos vacías. Uno que otro se llevaba una piedra tornasolada de las que sobraban en el puente.

El pueblo era un asentamiento muy antiguo, decían, pero ha sido abandonado varias veces por tener muy cerca los puertos, desde donde los viejos habitantes habían sido atacados en varias ocasiones por invasores y piratas, no obstante, desde que la dinastía de los Guntharí se hizo con el poder, todo ha transcurrido con tranquilidad... excepto por la guerra contra los vodos, pero ellos no llegaron por el mar, ellos venían de los desiertos, al este del continente. El camino hasta el puente junto a Amos estuvo marcado por silencios incómodos y arrebatos de afecto que se transformaban en intentos de reclamos. Luego, todo volvía a la normalidad, a pesar de que nada en esta situación era normal. Tras un largo silencio en el que sólo se escuchaba el viento tocar los árboles y el aleteo de las aves, Amos abrió su boca.

—Este puente es muy raro —me dijo contemplando el otro extremo y sin detener su mirada en mí—. No llega a ninguna parte —completó confundido.

—Llega al Cementerio Roca Vieja —dije como si se tratara de todo lo que habría que saber sobre la extraña estructura.

—Sí, pero ni siquiera es un cementerio real, sólo hay rocas, ¿no has leído algo sobre esto en la biblioteca de Oure? ¿Por qué construirían un puente que lleve a un montón de rocas?

A veces Amos era curioso, en mis sueños me lo imaginaba como una especie de pirata surcando los mares, conociendo el mundo, pero luego el peso de sus responsabilidades me despertaba del sueño de libertad que tenía para él.

—Pues... porque a lo mejor no lo terminaron y algo les pasó... no hay mención al puente en ninguno de los libros sobre Oure... debió haber sido hace mucho tiempo —le contesté repasando en la mente todos los libros que había leído sobre el pueblo.

En ese momento sus ojos buscaron los míos y noté cómo sus lágrimas que parecían congeladas se empezaban a derretir, y con ellas vino una especie de sollozo que me sorprendió, ya que nunca antes lo había visto perder la compostura.

—Como nosotros —reprochó, y al ver mi cara de confusión tuvo que aclarar—. Nosotros tenemos algo y es algo muy bueno, pero no va a concluir, no va terminar... y aunque eso es bueno, también es malo. Como el puente, no llega a ningún lugar...

Mi corazón latió con tanta fuerza al ver la mirada de dolor que me dedicaba y luego como si ver mi rostro equivaliera a un latigazo doloroso, apartó la mirada rápidamente. Podría pedirle que me esperara, ¿qué eran tres años? Éramos jóvenes, pero antes de que pudiera decir algo comenzó a caminar.

Lo seguí hasta llegar al cementerio, que no era un cementerio propiamente, ya que no había cadáveres bajo tierra. Más bien era, como bien había dicho Amos, un montón de rocas de diversos tamaños y colores. Estuvo callado y sin moverse un buen rato, hasta que sacó del bolsillo una piedra gris y brillante como una especie de cuarzo que había sido moldeado ovaladamente con mucho cuidado.

—Hace unos días estuve aquí y la encontré, pensé que sería un lindo collar para ti —me dijo acercándose con voz ronca—. Y que te ayudaría a recordar al pueblo, y a mí...

Entonces capté que la piedrita tenía un hilo de piel a la que había sido atada para formar un bonito collar. Una vez que la toqué, noté que la piedra tenía destellos rojizos y me pareció hermosa. Amos rodeó mi cuello con mi nuevo pendiente sin decir una palabra, sólo sentí el frío de sus dedos sobre la parte de atrás de mi cuello y su aliento acelerado. Luego alcé la vista hacia el pueblo, pequeño, verde y con una escultura de bronce en el medio que habían mandado a traer de Greendo; la escultura era de El Justo, nunca me gustó por la mirada severa que transmitía el hombre representado.

La escultura estaba rodeada de un jardín de rosas de distintos colores, aunque la mayoría eran rojas. Estas flores parecían luchar para devorar la amarga figura, pero de alguna manera ésta se imponía sin darles oportunidad, después de todo estaba hecha de bronce, un material duro e inflexible.

Cuando Amos terminó de ponerme el collar, dio dos pasos atrás y sonrió con aprobación y tristeza, me tomó una mano y la apretó y pude ver como una punzada de dolor le atravesó el rostro. No dijo más y emprendió su camino hasta el pueblo. No lo seguí, su mirada y su cuerpo me dijeron que quería estar solo, que tal vez así sería más fácil dejarme ir.

Me quedé ahí en medio del cementerio observando mi nuevo collar. Lo había enredado con un hilo color tierra muy delgado. Amos no sólo era bueno para los trabajos pesados como cortar madera o cargar costales, también era delicado para hacer bisutería, las pocas joyas que tenía las había recibido de él, pero esta sin duda era mi favorita, los destellos rojizos de la piedra me hipnotizaban, porque era algo que nunca había visto.

Seguí analizando mi collar hasta que escuché un ruido que provenía de las piedras que pisaban mis pies. Pensé que algún roedor se movía entre las rocas, pero el sonido venía de muy abajo. La tierra estaba temblando. Un frío me recorrió toda la espalda porque la única vez que había sentido que la tierra se movía, la casa de Luztenue, la vecina de mis padres, se había ido abajo.

Por suerte, la vibración duró unos segundos, sin embargo, seguí escuchando un sonido debajo de mí. Moví unas cuantas rocas haciendo un esfuerzo con mis piernas. Las quitaba, primero tranquilamente, luego con una fuerza descomunal, una tras otra, como poseída, porque el sonido con cada roca menos se escuchaba más claro. Seguí durante varios minutos y, sin advertir lo que sucedería, sentí mi corazón en la boca y el peso de un vacío tirando... Luego, un golpe en la cabeza y todo se nubló.

2

En el interior del Cementerio de Roca Vieja

El lugar en el que había caído era una especie de sótano y todo lo que podía ver era gracias a la luz que dejaba pasar el pequeño espacio por el que caí, poco más de un metro hacia arriba. Estando ahí tirada pude oler el polvo y la humedad y descubrí que todo lo que podía ver estaba envuelto en una capa densa de polvo gris. Estornudé y golpeé mi cabeza con el piso lo que me provocó otro fuerte dolor.

Tardé un momento en recuperar mis sentidos y percatarme de todo lo que había a mi alrededor: raíces de árboles, piedras semejantes a las que había en la superficie por todos lados... paredes, ¿puertas? Lo más extraño era una luz de vela que se veía al fondo de la habitación ¿o era mi cabeza jugándome una broma por el golpe?

Me di un terrible susto cuando noté que la luz se movía silenciosa justo hacia mí. Estaba algo lastimada, cosa que influyó al momento de levantarme para intentar correr, me tambaleé un poco y en cuestión de segundos, aún en el piso, tenía un rostro frente al mío.

Ahí fue cuando vi los ojos más bellos, pero también los más extraños que había visto en mi vida, morando en el rostro de un pequeño de unos siete años. El niño se acercó con una vela en una mano y un libro desbaratado en la otra. Quedé muda con su aspecto; su cabello, negro con mechones circulares blancos; sus ojos, uno prácticamente negro y el otro violeta oscuro, pero brillante.

—¿Qué haces aquí? —preguntó con una dicción perfecta, sin ese sonido mimado que suelen tener los niños de su edad, en su rostro reflejaba no miedo o preocupación, sino curiosidad.

Yo seguía muda, ni mis sueños eran capaces de fabricar personajes tan extraños. El niño puso los ojos en blanco, fastidiado y con el tono más condescendiente que había escuchado hasta entonces dijo:

—Yo vengo aquí a leer, al menos los libros que no se deshacen con el tacto —explicó señalando el libro que tenía en las manos—. ¿Podrías decirme a qué vienes tú?

Inmóvil de nuevo, mi garganta fue incapaz de emitir un sonido. El niño murmuró *"Flugteim"*, lo que parecía alguna maldición en otro idioma y molesto volvió a dirigirse a mí.

—Me llamo Tadeo Mendeleón y nunca te había visto por aquí. Por lo tanto, debo de asumir que eres una intrusa. Sin embargo, te perdonaré porque *ser estúpida* y no saber hablar no es tu culpa, sino de tu Protector que no debe invertir lo justo en educación. Te guiaré de regreso a... —Y pensó unos cuantos segundos—. Supongo que eres de Oure, te llevaré a Oure, pero debes prometer que no dirás nada sobre lo que acaba de pasar.

Ponía énfasis en cada palabra. El pequeño de verdad pensaba que hablaba con una estúpida. Me sentía terriblemente ofendida, ya que, hasta entonces, era considerada una mujer inteligente por los idiomas que conocía y por pasar todo mi tiempo libre en la biblioteca.

—Sí sé hablar, no soy *estúpida* —dije imitando la inflexión que él había utilizado—. Mi nombre es Nive y sí, soy de Oure —continué con un tono molesto mientras sacudía el polvo e intentaba levantarme.

Él abrió mucho sus ojos cuando escuchó mi voz.

—Ah, bueno, sólo eres lenta por lo que veo —y volvió a decir —. Además, careces de acento, eso significa que hablas por lo menos dos idiomas... eso no es común, a lo mejor no eres idiota.

—Pensé que habías dicho que era *estúpida* —dije finalmente de pie tratando de desarrugar el vestido café de algodón que llevaba puesto, en un intento por recuperar algo de dignidad.

El chico me observó ofendido durante varios segundos y después se echó a reír con una carcajada estrepitosa de un niño de su edad.

—¿Cómo entraste? —le pregunté con la vista fija en los alrededores.

—Amm... es un secreto —me dijo con una voz fingidamente infantil.

—Pero si me llevarás de regreso a mi pueblo, tendrás que decírmelo o... ¿me vendarás los ojos?, eso no está bien ¿sabes?

El pequeño Mendeleón se puso algo incómodo.

—Así que está un poco loca —dijo en voz baja, pero no tan baja como para no poder escucharlo—. Mira, te iba a ayudar porque pensaba que eras una retrasada, pero ahora que sé que eres una mujer lista y que "habla" varios idiomas, dejaré que lo averigües tú solita —me dijo iluminando con la vela su sonrisa traviesa.

Luego acercó sus labios a la llama y dio un soplido que me dejó en una oscuridad casi absoluta. Sólo escuché unas pisadas como de un felino sigiloso que se alejaban. Tadeo Mendeleón me había abandonado ahí, estaba segura.

Tanteando el piso con mis manos encontré una vela, supuse que era la que el chico llevaba en la mano, porque al tocarla la cera se endureció en mis dedos.

—Mocoso, "estúpida" me dijo, como si aprender muchas lenguas fuera cualquier cosa y además me deja sola —renegaba para mí misma, al más puro estilo de Lena.

No dejaba de repetir oraciones similares a aquéllas mientras me encontraba sumergida en un río de piedras y polvo. El chico me había dejado una vela, ahora la pregunta era, ¿cómo demonios la prendería?

Busqué con las manos en la oscuridad y noté un pequeño trocito de madera. Observando con atención me di cuenta de que se trataba de un fósforo que seguramente el niño malcriado había dejado ahí tirado. Lo único malo es que no vi con qué prenderlo. Tratando de buscar en mi mente, recordé que una de las maneras de prender el cerillo era hacer fricción con una piedra, intenté varias veces, tratando de mantenerme tranquila, hasta que una chispa que me pareció tornasolada bañó el pequeño palito de madera y de prisa lo junté con la vela.

Aunque la luz era limitada, pude notar que el lugar estaba más que abandonado. Lo único que se veía nuevo eran las pisaditas de niño que había dejado Tadeo entre el polvo. Me dispuse a seguirlas porque sabía que ellas me conducirían a la salida. Así lo hice, bajé unos doce escalones que tenían una barandilla color plateada. El frío contacto del metal en mi mano daba una sensación agradable que contrastaba con el polvo que se iba acumulando en mi mano. Me sorprendió que a pesar de que claramente eso era antiguo no se sentía la textura de un metal cuando se oxida.

Seguí preocupada porque la vela no se consumiera, pero cuando entré a una de las habitaciones me olvidé prácticamente de todo, mientras mi corazón daba poderosos y continuos saltos al ver el gran salón al que había entrado. Era una biblioteca, la más grande que había visto en mi vida y a diferencia de las escaleras y los pasillos, se observaba reluciente, sin una sola capa de ese denso polvo que se encontraba en todas partes.

Eran enormes paredes cubiertas de libros hasta llegar al techo. Saqué unos cuantos, y al no tener polvo tuve la sospecha de que el chico había leído todos o que, por lo menos, había hecho un excelente trabajo librándolos del polvo. Decidí dejarlos porque la gran mayoría eran muy frágiles e incluso uno se convirtió en polvo en mis manos cuando lo saqué de su lugar.

A mi lado, había una mesa de roca pulida y dos velas encendidas que seguramente Tadeo había dejado, después de todo había dicho que iba ahí a leer. La luz de las velas dejaba ver un mapa realmente viejo de Las Tierras Verdes, algunos nombres de las ciudades se habían borrado y las divisiones geográficas no eran del todo como recordaba. Probablemente, las letras borradas eran nombres más antiguos para las ciudades que yo había visto en los libros de geografía en la biblioteca de Oure. Lo que no se había borrado eran símbolos plateados que todavía brillaban con un destello metálico. Había trece en total, pero sólo a lado de seis había palabras escritas en un papel que se notaba nuevo.

Dudé de que se tratara de la caligrafía de un niño de siete años, por lo perfecta y simétrica que era, sin embargo, ese niño, si no era un producto de mi imaginación por el golpe, no era normal. Puse atención en los símbolos y las palabras escritas a lado de estos y definitivamente señalaba a algunas ciudades del reino. Para Oure, un símbolo que parecía una pluma y al lado, en el papel nuevo, decía "sabiduría", para Tindel un símbolo que tenía una especie de torre decía "exilio". Selín, donde se encuentra la ciudad-bosque del último clan de los lupinos se veía un escudo plateado y habían colocado las palabras "el guerrero". La capital de las Tierras Verdes, Greendo, tenía un árbol con raíces profundas y se leía a su lado la palabra "fortaleza", Sangrabá tenía una imagen que no pude descifrar y se leía "fertilidad" y el símbolo de Alister fue marcado con la palabra "suerte". No entendía si eran solamente adivinaciones de qué podrían significar los símbolos o si eran, de hecho, traducciones, pero aún faltaban otros siete.

Mientras estaba concentrada viendo esos extraños símbolos, sentí un calor en la nuca y por un momento pensé que me recorría una gota de sangre, me asusté porque en una primera autoinspección no había notado nada roto o lastimado luego de la caída, me volví a revisar y todo estaba bien, pero vi algo con el rabillo del ojo que capturó mi atención.

Noté que uno de los libros de los estantes estaba sobresalido: era rojo con una piedra plateada en el centro, era similar a la que tenía en el cuello. El libro estaba en excelentes
condiciones, mientras que el contenido no era como algo que
hubiera visto o leído antes. El lenguaje era una extraña varia-
ción de las lenguas Shásticas, incluso podría ser la lengua madre de los tres idiomas principales que conocía y que se hablan en las Tierras Verdes. Estos tres idiomas eran muy similares entre sí: el "hola" del norte era el "hiofa" del este y, en el
oeste, se decía "ela". En una de las páginas del libro decía "ae-
des" que se parecía al "edefs" del oeste y que aquí en el sur se
traduce como "edificio". Tal vez hablaba de la construcción
del puente o, de lo que ahora quedaba claro, no sólo era un
puente que llevaba hacia un montón de rocas. Esas rocas habían sido, a juzgar por el tamaño de la biblioteca, una inmensa construcción... una construcción que no tendría tiempo de
explorar, de mostrársela a mi abuela o a Amos porque pronto
dejaría mi hogar, mi pequeña casa y hermoso jardín. Cerré el
libro y la preocupación por no volver a verlos se hizo latente,
"¿cuánto me tomaría salir de aquí?" me pregunté.

Con ese hilo de pensamiento recordé a Amos y lo que
había pasado apenas unas horas antes. Tenía que buscarlo
porque me inquietaba no verlo antes de marchar a Tindel.
Los temores volaron a mi mente como aves furiosas y pensé
en otras manos que no eran las de Amos, acariciándome, la
desesperación me invadió por completo.

Tomé el libro entre mis brazos y pensé que sin duda
regresaría pronto para leer todo lo que me fuera posible.

Aunque de momento lo principal era quitarme esa ansiedad y ver a Amos y a Lena, luego regresaría aquí e investigaría un poco más antes de decirle al viejo Trepis lo que había encontrado. Pero primero, primero tenía que encontrar una salida.

Empecé a correr siguiendo las huellas de ese extraño niño hasta que me percaté de que las huellas se habían transformado en... ¿cuatro patas? Paré pensando que seguramente me había confundido por estar pensando en Amos, en mi abuela y en el Señor de Tindel. Pero justo volví al momento en que las pisadas de Tadeo se habían convertido en pisadas de un animal.

Me quedé quieta por la impresión, pero sobre todo porque escuché un ruido, un ronroneo, y de pronto vi, entre la penumbra, dos ojos brillantes; uno negro, y el otro; violeta. Pero no pertenecían al niño que había visto antes, sino a un gato de gran tamaño. Sus ojos intensos se posaron en los míos y algo se activó en mi mente al mismo tiempo que me sentí encoger; percibí un sabor a papel, polvo y metal. Pude ver con más claridad todo lo que me rodeaba. Pude ver, incluso, detrás de mis ojos y sentí un impulso: "correr o morir".

No era el impulso de correr por el temor, sino correr por la necesidad de libertad, así que corrí como loca por los pasillos de lo que fue, en algún momento de la historia, un magnífico palacio. Ahora que de pronto podía verlo todo, aunque me pareciera una ensoñación, me di cuenta de lo que había a mi alrededor. Había esculturas de hombres y mujeres con túnicas y libros en las manos. Corrí, sin saber cuánto tiempo, en compañía de ese ser felino de extraños colores hasta que un brillo me detuvo. Una de las estatuas tenía en los ojos un hermoso cristal violeta. Iba a tomar uno, pensando que era la cosa más hermosa que había visto en mi vida. Pero, justo cuando lo iba a tomar, me sentí arrastrada por una fuerza desconocida, aferré los dientes al sabor de papel y metal.

Fui arrastrada hasta un cuarto de largas paredes cubiertas de polvo, salvo algunos lugares se podía ver que se trataba de una superficie reflejante. Ahí observé a un felino de colores, que jugaba a arrastrar a otro felino gris de ojos rosas. Pasé rápidamente por la única pintura que había en las paredes: una imponente obra de arte en donde se veía con relucientes y centelleantes colores un laberinto de piedras que parecía hecho de cuarzo. Sentí la necesidad de abalanzarme hacia el cuadro y entrar de alguna manera a la pintura, pero volví a sentir que me arrastraban, pero esta vez fue tan fuerte que perdí la conciencia.

Desperté cubierta en una tela plateada y con el libro rojo en el pecho, cuando me levanté cayó en mi regazo y lo sostuve. También aún tenía alrededor de mi cuello el collar que me había regalado Amos horas atrás. Estaba en el bosque, justo en el arco de piedra donde inicia El puente de Roca Vieja y ya era de noche y hacía un frío terrible. Me enrollé en la tela como si fuera una túnica y dejé un espacio pequeño para ocultar el libro. Antes de marcharme busqué rápidamente el hoyo por donde había caído, pero no pude encontrarlo. Me hubiera gustado seguir buscando, pero, aturdida, no estaba en condiciones de buscar y aunque la tela me cubría hasta debajo de las rodillas, el viento frío en el rostro no me dejaba ni pensar con claridad.

3

Hijo de Lobo

—Amos ahora sí que se lució —dijo mi abuela cuando vio la tela plateada al día siguiente—. ¿De dónde sacó esta tela tan bonita? —expresó mientras admiraba el retazo con el que me había envuelto para regresar a casa: parecía estar hecho de miles hilos de plata.

Yo estaba inmóvil, pensando en todo lo que había ocurrido. Repasé, mientras veía mi difuminado reflejo en un pequeño espejo redondo con armazón de madera, la caída, el niño, la biblioteca, el animal y el sabor a libro viejo tantas veces en mi mente, pero ninguna dejaba de parecer un sueño... Tal vez lo había sido e incluso tuve la sospecha de que todo lo que había pasado después de la caída era tan sólo producto de la conmoción y del golpe, tal vez por eso no dije nada a mi abuela.

—Nive... —dijo mi abuela con un tono muy serio y cuando capturó mi atención continuó—. Todavía te puedes arrepentir de casarte con el señor de Tindel, si hablo con Trepis entenderá, además el viejo me debe muchos favores y tú quieres a Amos.

Le tomé las manos, que fue un mero pretexto para ganar tiempo y ordenar mis pensamientos que estaban completamente dispersos entre imágenes de felinos, libros y estatuas gigantes. Había cierta atracción en tomarle la palabra a Lena,

24

pero el trato estaba hecho y yo me tomaba muy en serio los tratos desde que supe que alguna vez existieron personas que podían forjar tratos con una especie de magia que ataba a dos personas, si uno de ellos incumplía, las consecuencias eran terribles. Aunque no creía en cosas como la magia, rara vez hacía tratos y cuando los hacía, de verdad los cumplía... por si las dudas. Además, sí existía un deseo en mí de saber qué había más allá de mi pequeño pueblo y eso era lo que me motivaba, y por supuesto, el de darle a mi abuela el regalo de una vejez tranquila y sin preocupaciones, así como ella me dio la mejor de las infancias a pesar de la falta de mis padres.

—Mira, Lena —le dije mientras le tomaba sus manos con fuerza y las movía un poco—. Si me caso con el señor de Tindel, tú podrás tener una vida tranquila, eso de levantarte al amanecer buscando hierbas no es para una mujer de tu edad. Añadido a esto, el Mitrado del Justo gana poder en pueblos pequeños como el nuestro y no piensa muy bien de la herbolaria...entre más rápido te salgas de eso mejor. Con este matrimonio puedo ayudarte a ti y también a Amos.

Mi abuela me soltó las manos, molesta y varios de cabellos salieron de su lugar cuando meneó su cabeza de un lado a otro.

—Pero yo no quiero dejar la herbolaria, "eso" no es brujería ni nada de lo que ellos dicen, es ayudar, es conocimiento, tradición... —dijo con tal convicción y pasión que sentí una tremenda admiración. Iba a contestar algo cuando tocaron la puerta con brusquedad.

—¿Quién es? —preguntó mi abuela muy enojada—. ¿Qué persona tan mal educada quiere tirar mi puerta?

—Vengo de parte del Señor de Tindel, soy Elio Guntharí, en estas tierras me conocen como "Hijo de Lobo", es seguro abrir la puerta.

—Hijo de... —decía mi abuela cuando la interrumpí.

—Lena —dije lo más bajo que pude con el corazón latiendo con mucha fuerza—. Si esa persona dice la verdad... es el hijo ilegítimo del rey de las Tierras Verdes, será bastardo, pero el rey lo tiene en gran estima, contrólate —expresé admirada de que un personaje sobre el que justo acababa de leer unos días atrás en el tomo de "Personajes y batallas de la Guerras Vódicas" estuviera ahí, tocando la puerta de mi casa.

Mi abuela me arremedó mudamente y se acomodó el cabello rebelde y con mechones blancos sin éxito. Me dirigí a la puerta y esperaba ver a un guerrero con armadura completa, enorme y con mirada dura, temblé un poco de nerviosismo cuando jalé la perilla y un olor a vainilla y madera se filtró por la puerta abierta.

Me sorprendí al ver al que todos llamaban Hijo de Lobo. Era alto y se notaba bastante fuerte, una quijada angulosa, joven, quizá llegando a los treinta años, pálido y de ojos color miel y tristes. Nada comparado con el rostro severo de un general calado en el campo de batalla que había imaginado. Tampoco llevaba una armadura completa, sino una coraza en el pecho, codos y rodillas en tono plateado oscuro. Hizo una reverencia que mostraba su elegancia y con un paso brusco, pero seguro, el hijo de un rey entró a mi humilde hogar que olía a lavandas recién cortadas.

—El señor de Tindel solicita su presencia un poco antes y me ha enviado por usted, Nive de Lyff —luego observó a mi abuela—. En unos días un carruaje vendrá por usted, pero temo que es probable que no vea la boda de su nieta —dijo sin rodeos. Se notaba que dar rodeos no era exactamente el estilo de ese hombre.

—Uy, pues uno pensaría que el señor de un pueblo tan importante como Tindel tendría más consideración con la única familia de su futura esposa —contestó Lena torciendo los ojos como sólo ella podía hacer, con esa mezcla de ironía y reto, que invitaba a que le contestaran, porque posiblemente ella ya tenía una réplica asegurada.

Elio Guntharí arqueó una ceja y sus ojos emitieron un brillo ambarino.

—Sí, es por ello que enviará un carruaje con una pequeña guardia por usted. Hace ya un tiempo que los caminos no son muy seguros. Seguramente habrán escuchado los rumores...

Efectivamente, algunos comerciantes y artistas itinerantes que pasaban por la zona contaban historias extrañas sobre sombras en el bosque, ruidos extraños y hasta la palabra "brujería" salía de la boca de los más adeptos a la creciente religión de El Justo. Intenté acicalar mi cabello, como lo había hecho Lena antes, para contestar con un poco más de dignidad.

—Y en cambio, ¿te envía a ti por mí? Creo que preferiría esperar al carruaje. ¿Qué podrías hacer tú solo contra una banda de criminales? —le solté con el único propósito de ver su reacción.

Yo sabía muy bien lo que podría hacer. Lo había escuchado mil veces de la boca de todo hombre de Oure y de los comerciantes y de los niños, y recién lo había leído: tenía apenas diecisiete años cuando Elio, Hijo de Lobo, ya había luchado en varias batallas contra los vodos. Decían que era hábil con la espada y lo había adiestrado en el arte de la lucha su propia madre. Milenor era una famosa guerrera del pueblo de los lupinos que había interceptado con su propio corazón una flecha voda envenenada dirigida al rey durante una de las batallas finales contra los vodos. Todos conocían que el rey no escatimó en su funeral y que, desde entonces, había tratado a Elio como su hijo legítimo, hasta le había dado el permiso de utilizar el apellido "Guntharí", cosa que aparentemente había adoptado con naturalidad.

—Sólo quiero asegurarme de que llegue con bien y a tiempo, él es mi amigo... y créanme que lo último que busca es incomodarlas —contestó con tranquilidad.

Hubo un silencio que duró unos segundos. No sé qué pensaba Elio, pero a mi abuela la podía leer como un libro escrito con palabras sencillas.

—¿Por qué no pasas? Y, mientras Nive termina de arreglar sus cosas... —dijo con una clara molestia que significaba que había llegado antes de lo esperado y además haciendo un escándalo —. Me cuentas sobre el Señor de Tindel. Se ve que te tiene una confianza... —continuó con una sonrisa terriblemente fingida—. Te haré un té, ¿te gusta el té de diente de león?

—Sí, gracias... si tiene un poco de miel —dijo Elio que se quitaba la espada que llevaba recta en la espada, al estilo de los lupinos y la colocaba sobre la mesa logrando un ruido estrepitoso que claramente molestó a Lena, pero que disimuló lo mejor que pudo. Ella siguió con su sonrisa fingida y asintió con la cabeza.

—Nive ayúdame con las hierbas que están afuera.

Sabía que era falso, el diente de león se encontraba en un frasco en la cocina, pero conocía tan bien a mi abuela como a sus intenciones. Fui a simular que buscaba las hierbas y a los pocos segundos, mi abuela más despeinada que antes y con la preocupación en su rostro, salió con la bolsa que me había tomado toda la mañana preparar y en donde había ocultado el libro que encontré en el Cementerio de Roca Vieja.

—Vete, esto ya es muy formal y raro... mandar al propio hijo del rey, vete con Amos, y sé feliz —dijo con lágrimas en los ojos—. Regresarás cuando ya se les haya olvidado a todos lo de ese compromiso —continuó no muy convencida de sus propias palabras.

"Un desplante de ese tipo a uno de los trece señores de Las Tierras Verdes, no sería fácil de olvidar" pensé. Me dio un abrazo fuerte y entró a la casa con las manos vacías y temblorosas.

4

El camino a Tindel

¿Realmente quería huir? Cuando me enteré del trato de Trepis con Eliur de Tindel acepté con una facilidad sospechosa que mi destino era ir ahí y ayudar a mi abuela, a Amos y a su padre y la idea de conocer la capital y ver las dieciséis bibliotecas que había leído tenía La Cátedra también me hacía ilusión. Así que no tuve mucho qué pensar y sabiendo que decepcionaría a Lena entré a la casa de nuevo y escuché cómo se disculpaba con Hijo de Lobo.

—Ah, pensé que el diente de león estaba afuera, pero recordé que está aquí —dijo abriendo un cajón con hierbas. Tomó una taza y al verme parada en el arco de la puerta la dejó caer. Como la taza, la sonrisa fingida de mi abuela se deshizo.

Intenté helar el corazón y dirigiéndome a Elio Guntharí, hijo del rey, de Lobo y de lo que sea que hubiera dicho mi abuela dije:

—Estoy lista, vámonos —besé a mi abuela en la mejilla, pero no le dije una palabra porque sabía que me pondría a llorar. Le tomé la mano y de manera oculta le entregué la piedra plateada que estaba en el libro que había encontrado para que la vendiera en caso de alguna emergencia. Estaba segura de que algo valía... sólo que no sabía cuánto. Ella, impactada por lo abrupto de mi decisión guardó silencio, me observó con los ojos brillantes, sólo me apretó la mano cuando le dije que nos veríamos de nuevo en un par de semanas. Mi escolta fue lo bastante inteligente para no preguntar por el té que le habían prometido y se paró sin decir una palabra y sin dejar de mirarme. El ambiente se tensó y yo dejé mi diminuta casa con aroma a lavandas frescas, mi pequeño pueblo y a Amos, de quien deseé escuchar una última palabra, pero tal vez sería lo mejor, como arrancar lo más rápido posible una bandita que se ha pegado a la piel.

Al salir nos esperaban dos caballos, uno gris oscuro y gigantesco y otro más pequeño gris claro. Coloqué mis cosas sobre el más claro y me subí. No era la más hábil para montar, pero tenía experiencia con los caballos del viejo Trepis. Al momento de encaminarnos por el Paso de los Comerciantes, tanto mi acompañante como yo íbamos callados. Era un entendimiento tácito el que había entre nosotros, o por lo menos yo quería creer que él comprendía que si decía una palabra mientras estábamos cerca de Oure probablemente daría marcha atrás, hacia casa. Cuando pasamos por El Cementerio de Roca Vieja tuve un sentimiento extraño, como una promesa que con palabras brillantes sentenciaba que nos volveríamos a ver.

Cuando pasaron unas siete horas en el camino y ya me dolían las piernas, Elio decidió que ya era seguro hablar.

—Diecisiete horas más y estaremos en Tindel, te gustará mucho; es muy verde y hay una biblioteca de muy buen tamaño en la Mansión. —Su intención era hacerme sentir mejor, pero sus ojos tristes desarmaban las palabras con las que intentaba animarme. No pude evitar observar su sonrisa amable y la

31

barbilla siempre un poco más altiva, pero sin llegar a la exageración como la de Trepis.

—¿Qué clase de disturbios hay por estos lugares? —pregunté mirando alrededor e intentando distraerme para no pensar demasiado.

—De todo —contestó mientras paraba el caballo y daba un brinco ágil como el de un felino—. Ven, Gris —le dijo a su caballo.

—¿Tu caballo gris se llama Gris? —le pregunté alarmada por su falta de originalidad.

Él solo sonrió y no contestó.

—¿Cómo se llama el mío? ¿No-trangris? —le dije mientras intentaba bajarme del caballo, claro, no grácilmente como lo había hecho él.

—No, se llama Larra y es prestada —aclaró para que no me hiciera ideas de que podía quedarme con la yegua, después de que pronunciara la palabra "mío".

—¿Podrías ser más específico? Respecto a los disturbios —dije cansada con un bostezo nada reprimido.

—Verás, mis habilidades verbales no son las mejores, o por lo menos no tan buenas como las tuyas, según me han dicho —dijo con una especie de reto en su voz—. Pero intentaré explicarte lo que entiendo.

Guardó silencio mientras comenzaba un círculo de rocas en el suelo para prender una fogata.

—Muchos hombres y mujeres se han quedado sin trabajo, ya que desde que los del Mitrado del Justo han ganado poder, la gente ya no confía en herbolarios, o en los viejos "magos" de espectáculos que hacen trucos. A estas personas no les queda de otra más que asaltar caminos y a veces llegan hasta a matar por algo de alimento.

Creo que puse una mirada de desaprobación, pero antes de que pudiera decir que esas acciones "eran terrible", Elio que pareció leer mis pensamientos abrió su boca para hablar.

—No... Nive —dijo en voz baja como un ronroneo y moviendo lentamente la cabeza, negando—. Esta gente tiene familias que mantener y vive en ciudades donde se desconfía de todo lo que les digan que es mágico. Y tampoco hay que juzgar a la gente que tiene miedo. Desde la guerra contra los vodos, que tienen rituales mágicos, todo lo que pueda tener una naturaleza u origen mágico es temido. Incluso mi padre se ve atraído por los de la mitra —dijo la última palabra "mitra" con un poco de desplante y eso me agradó.

Es cierto, había una creencia generalizada en todo el continente de Las Tierras Verdes: sólo los vodos eran capaces de practicar el arte de la magia, aunque esta era una forma oscura y tenebrosa que ni siquiera las sacerdotisas del Gato Tuerto practicaban cuando vivían en esta parte del mundo, hace un centenar de años.

—¿Hay magos?, ¿en verdad hay magos y brujas fuera de lo que sea que sean los vodos? —pregunté. A lo mejor él podría ayudarme a dar más sentido a lo que había visto en el cementerio. Se rio y al ver que mi pregunta era seria, no, bastante seria, agregó encogiéndose de hombros:

—¿Que si hay fuerzas que no puedo comprender? Por supuesto que sí. Sin embargo, en lo que respecta a estas personas, son simplemente individuos que poseen creencias diferentes al resto y han moldeado su estilo de vida en torno a antiguas costumbres cuyo origen es desconocido. Por ejemplo, el pueblo de mi madre es muy ancestral y venera a la Luna —dijo mientras miraba al cielo, en búsqueda de ese círculo brillante de luz—. Y lo cierto es que su sangre sí tiene algún tipo de conexión con los lobos, pero la gente, en su desconocimiento, piensa que incluso se pueden convertir en lobos. —Sonrió mientras ponía los ojos en blanco—. Por otro lado, los lupinos no suelen relacionarse con el resto de los humanos y prefieren vivir aislados. Personalmente, creo que lo que hace falta en estos casos es tolerancia y comprensión hacia las diferentes formas de pensar y actuar de cada persona. Aunque en el caso de los lupinos, reconozco que hay aspectos de su forma de vida que me resultan difíciles de entender.

Sus habilidades verbales no estaban nada mal, pero de alguna manera yo seguía frunciendo la frente. Él notó mi insatisfacción, porque apenas dos segundos después, comenzó a dar más información... pero de una manera diferente, como si estuviera recitando un poema:

"Mis ojos son estrellas que iluminan el camino de los viajeros extraviados en la noche. Nuestra voz es como el viento que susurra historias de triunfos y fracasos, de amor y de esperanza. En el agua, somos los reyes de antaño, expertos conocedores de los secretos del océano. En la tierra, cantamos al son del viento que sopla sobre la arena y nos regala pequeños tesoros de sílice satinados"

La voz de Elio se había endulzado y por unos momentos pareció que me acababa de susurrar un secreto. Uno que sólo compartiríamos él y yo. Era un pedazo de canción o un poema que nunca había escuchado antes y al ver mi interrogación en el rostro explicó subiendo y bajando los hombros en gesto despreocupado:

—La escuché en una de las Islas del Jaspe, sólo una vez, pero se me quedó grabada en la mente, dicen que se trata de hombres y mujeres que tenían una conexión tan grande con la naturaleza que podían controlarla.

—Es bonita, aunque no estoy segura de entender las palabras—dije pensando en los fragmentos sílice satinados y recordando la pintura del laberinto que vi en el Cementerio de Roca Vieja.

—A mí me da algo de miedo —dijo aquel personaje que decían no tenía miedo de nada—. Imagina a alguien con ese poder, controlar el viento, el agua, la tierra... podría ser el rey del mundo.

Quedé muda y me vino a la mente la imagen de aquél felino.

—¿Crees que se puedan transformar en animales? —solté, arrepintiéndome de inmediato, ya había dicho que los lupinos no eran capaces de eso, pese a los siglos de rumores, pero yo me refería a esa gente de la que hablaba la canción. Sin embargo, él no pareció pensar que estaba loca, en cambio, mis palabras lo alojaron en un trance que duró por lo menos un minuto.

—Preferiría ser un lobo que un hombre... si tuviera que elegir —dijo volteando la cabeza al cielo y como pidiendo un deseo a algún ser divino.

—A mí me gusta ser persona —dije inmediatamente.

—Claro, cómo no te va a gustar si eres bonita, inteligente y te casarás con un gran señor —dijo despreocupadamente mientras terminaba de preparar una fogata e intentaba prender sin éxito las ramas más delgadas.

—Pero tú eres hijo del rey —le repliqué y sus manos pararon en seco el intento de prender el fuego. El aire se transformó en una profunda melancolía. De nuevo tuvimos ese entendimiento tácito: teníamos todo para ser felices, pero simplemente faltaba algo. Luego, con un pequeño roce el fuego se avivó y se extendió bastante rápido, incluso él parecía sorprendido. Elio no habló más y en cambio sacó una flauta pequeña hecha por tubitos de madera, la llevó a sus labios y me estremecí ante la melodía que sus dedos, su boca y el aire de sus pulmones trabajaron juntos para crear.

Tocó la melodía más dulce, mientras se recargaba en el grueso tronco de un sauce llorón. Después de tocar por unos minutos y de arrojarme en un estado de relajación mientras admiraba el fuego que parecía avivarse con más fuerza entre más frío hacía, paró.

—Necesitas descansar, tocaré hasta que te quedes dormida, vamos, recárgate en este árbol —dijo señalando el otro lado del sauce en el que se había recargado. Era una distancia bastante apropiada y que incluso el representante del Justo aprobaría. Mi cabello estaba incontrolable y lo até en una trenza, era una costumbre para antes de dormir que a Amos le encantaba y que Elio pareció ni siquiera notar.

Contemplé las ramas de los árboles que se entrelazaban con la música que emanaba de la flauta de Elio. En la lejanía, donde el temor no alcanzaba, unos lobos aullaron a la Luna, cuyo resplandor amarillo iluminaba la noche. Me pregunté si Elio había convocado a los lobos con su sangre para que se unieran a su melodía. Esas palabras que había recogido como un tesoro inadvertido en las Islas del Jaspe, al igual que le sucedió a él, habían quedado grabadas en mi memoria. Me dormí susurrándolas.

5

Rescate y captura

En aquella época jamás había visto una confrontación con espadas, aunque creciendo durante las guerras era muy común
escuchar historias sobre las batallas y las mujeres y los hombres que participaban en ellas, muchas de esas historias tenían como protagonista a la madre de Hijo de Lobo y a él mismo cuando apenas era un adolescente y acompañaba a su madre y padre a las confrontaciones. Y a pesar de haber escuchado tantas canciones y relatos, los sonidos de una pelea no son
nunca lo que se espera. Al cabo de unas pocas horas de haberme quedado dormida, desperté por unos ruidos de metal cho-
cando y lo primero que vi fue la flauta de Elio tirada en el suelo, en medio del alboroto tres hombres lo atacaban. "Ladrones de los caminos" pensé de inmediato.

Hijo de Lobo se movía con agilidad, esquivando con
maestría las espadas oxidadas de los hombres que lo atacaban
sin descanso. A medida que se acercaban a la fogata que Elio
había encendido, pude distinguir algo extraño en ellos. La oscuridad del bosque dificultaba la visión, pero de repente lo vi:
la piel de aquellos hombres estaba fragmentada y viscosa, como si hubieran sufrido algún tipo de infección o enfermedad.
Descarté la lepra, pues esos hombres parecían tener demasiada energía para estar enfermos, y demasiada vida para pa-

recer muertos. La escena era terrible, pero Hijo de Lobo no perdía su temple y continuaba defendiéndose. Los hombres se movían de manera extraña, como si sus cuerpos estuvieran siendo controlados por algo más poderoso. A medida que avanzaba la lucha, pude notar que algunos de ellos mostraban una extraña marca en su piel, un símbolo que no lograba reconocer.

Uno de ellos, el más grande, sacó una segunda espada que tenía como trayectoria principal el cuello de Hijo de Lobo. Él evadió la espada, pero se tropezó con una roca. Los hombres gemían en mi dirección, no obstante, Elio, que hizo un buen trabajo manteniéndolos alejados, estaba en el piso confundido por el golpe. Me acerqué rápidamente para intentar ayudar, pero la vista de los hombres era tan desconcertante que me paralizó. Uno de ellos, el más grande, golpeó a Elio con fuerza y lo hizo caer al suelo nuevamente. Tomé una de las rocas más grandes que había sido utilizada para la fogata y me preparé para enfrentarlos.

Cuando uno de los hombres extendía sus brazos para tomarme por el cuello, vi dos destellos de luz: uno violeta y brillante, el otro gris. Pensé en el felino del puente viejo, y aunque en un primer momento lo dudé, era Tadeo Mendeleón. Tenía las manos en puños centelleantes en esos hermosos colores. Él con los ojos cerrados se acercaba y sus labios se movían formando palabras que no podía leer. Se acercaba cada vez más y podía sentir un calor de vida que brotaba de sus puños. Sin razón aparente, los hombres se tambalearon y en un abrir y cerrar de ojos, Elio se levantó con su espada plateada y ensangrentada, y decapitó a esos hombres. Al instante en que hizo esto se dirigió corriendo hacia el niño, lo agarró del cuello y lo dejó inconsciente. Ante mi mirada horrorizada lo levantó con delicadeza y unas piedras plateadas cayeron de las manos del pequeño, estas eran similares a la que le había dado a mi abuela.

No comprendía cómo, pero sabía que de alguna manera el pequeño había sido nuestra salvación. Tenía la sospecha de que también había intervenido para ayudarme a salir del puente viejo. Por eso, cuando Elio empezó a atarlo, me opuse rotundamente.

—Es sólo un niño.

—Sólo un niño... —murmuró en tono irónico y lo amarró con fuerza de las manos. Sentí un instinto protector e intenté abrirme camino para ir con Tadeo, pero Elio, con una fuerza sorprendente, me tomó por las muñecas y de ellas me cargó como si fuera el objeto más liviano del mundo. Me estaba lastimando, pero no dejaría que pensara que le tenía miedo o que me podía hacer daño.

—Disculpa, no quiero que te metas en esto, pero si insistes tendré que amarrarte también —me dijo al ver mi rostro lleno de ira.

6

La banda de trovadores salvajes

Lo odié, verdaderamente lo odié y la antipatía que le tenía a Hijo de Lobo era inmensa. Me había equivocado al pensar que era un buen sujeto, pero ahora no sólo lo dudaba, sino que estaba segura de que se trataba de un "presuntuoso y bobo soldado de cuarta".

¿Quién podría tratar así a un niño? Un niño que quizá nos había salvado la vida. Resentida, no hablé durante las siguientes cuatro o cinco horas. Ya había amanecido y el camino no había cambiado mucho. Yo detrás de Elio que llevaba a Tadeo inconsciente. Por momentos pensaba que estaba muerto, pero luego veía cómo movía su pecho con su respiración y sólo avivaba mi furia. Tampoco dejaba de preguntarme si Elio había visto lo mismo que yo: ¿hombres que parecían muertos? ¿Tadeo con sus puños brillantes? El orgullo y la indignación evitaron que le preguntara.

Los caballos hicieron una parada sin que Elio lo ordenara y de la nada salieron unos individuos armados con palos y cuchillos rudimentarios. Pensé en los tres hombres de antes, pero estos nuevos individuos eran menos atemorizantes. Se veían algo ridículos, pero determinados a cualquier cosa y con miradas feroces.

—Cabalgar con un chico desmayado y una dama con ese rostro tan triste no habla bien de ti, viajero —dijo el más viejo de todos que tenía una barba larga y blanca, el cabello corto y la piel alrededor de sus ojos estaba tan arrugada que parecía que los mantenía cerrados. Él, claramente era el líder de los cuatro, con su ropa algo desgastada y sus brazos fuertes se notaba que la experiencia con la que levantaba un machete no provenía solo de los años vividos, sino también de sus aventuras.

—Aquí quédate —me dijo Elio con tono más imperativo del que me habría gustado y se bajó del caballo, se echó el cabello hacia atrás y alzó su mano por la cabeza para tomar la empuñadura de su espada. Sospeché que era su "pose" amenazante. Yo también me bajé del caballo y tomé mi bolso, sólo en caso de que esta vez sí se tratara de ladrones de los caminos, luego me acerqué a Tadeo.

—Soy sólo un viajero que lleva a estas personas al lugar que pertenecen, no quiero problemas —dijo sacando su espada proporcionando una clara amenaza, mientras los observaba con esos ojos que más que miel, como me habían parecido antes, eran de un amarillo lobuno.

Los hombres dudaron unos segundos.

—¡Es Magnus Tenebras! —gritó un joven pecoso y con el cabello dorado y enmarañado que se acercó más que el resto.

—No soy Tenebras soy... —dijo Elio que antes de que pudiera terminar la frase fue interrumpido por el mismo individuo.

—Tú no, idiota... él —dijo señalando a Tadeo Mendeleón.

Imposible, pensé: Tadeo no tenía la edad suficiente para ser un pirata que asaltaba navíos de Sher y de Las Tierras Verdes y que amenazaba con quedarse con Las Islas del Jaspe. Sin embargo, eso no importaba porque los hombres claramente parecían conocerlo por ese nombre.

—Suelta al chico, mujer —dijo el joven pecoso mirándome con desconfianza.

—Te equivocas, él es Tadeo Mendeleón y... es mi hijo —dije desesperada porque me creyeran.

Todos se quedaron allí, mirándome con asombro y admiración, mientras que el silencio del bosque nos rodeaba. El viento soplaba suavemente, haciendo que las hojas de los árboles se movieran en un suave vaivén.

—¿Eres la mamá de Tenebras? —dijo finalmente el más viejo.

—Se llama Tadeo, "Magnus" es sólo un nombre que leyó una vez en un libro —improvisé torciendo los ojos, como tantas veces había hecho mi abuela cuando hablaba de mí y de alguna de mis ocurrencias cuando niña.

Elio me miraba con la mayor confusión que había visto en un hombre.

Los demás suspiraron profundamente y dejaron caer los hombros, como si se hubiera aliviado una gran carga de sus espaldas.

—Me llamó Ándalo —dijo el más viejo y luego señaló a los tres más jóvenes que estaban parados por estatura.

—Ellos son mis hijos Melus, Trébol y Arco —luego los cuatro formaron una fila y de forma teatral dijeron: "Somos artistas itinerantes".

43

Arco, el más alto, que también se veía el más grande, tenía un aspecto un tanto salvaje y unos ojos marrones penetrantes que parecían percatarse de todo lo que tenía delante de él. Los otros dos, que bien podrían ser mellizos, tenían amplías sonrisas en sus caras, sus ojos también eran marrones y tenían el cabello largo, ondulado y desordenado, además tenían la barba crecida y unos ojos traviesos.

—Un gusto conocer a la madre de Tenebras —dijo al que me habían presentado como Trébol con sus pecas y cabello rojizo y desarreglado.

—¿Y este quién es? —preguntó Melus quien, por cierto, ya había llamado a Elio "idiota". Era el más chico e irreverente de los tres.

—Nadie, un guardia que nos escolta a casa... —dije sin darle importancia a Elio y luego pensé en que era la oportunidad perfecta para saber más sobre Tadeo.

—Y de dónde conocen a Tade... mi hijo.

Ellos me miraron extrañados.

—Es tu hijo, ¿no deberías de saberlo? —dijo Melus con dramatismo—. Qué mala madre, deja que su hijo deambule solo por el bosque y además ni siquiera sabe por qué.

El chico seguía inconsciente, pero comenzó a respirar profundamente, lo cual hizo que desviaran la atención de sus manos amarradas por la ajustada soga.

—¿Por qué no les tocamos una canción? —preguntó Arco sin rodeos, el más serio y diferente de los tres, aunque compartía de los demás las pecas que surcaban su rostro.

—Excelente idea —dijo el viejo Ándalo tomando a su hijo del hombro, luego se acercó a los dos caballos que llevaban un pequeño carromato. De ahí sacaron unas flautas y unas liras.

—Esta canción se llama "Al gran Tenebras" —dijo Ándalo.

Hubo una pausa en la que los cuatro artistas itinerantes se aclararon la garganta y afinaron sus instrumentos. Luego Trébol emitió una alargada A y la música inició:

"El gran Tenebras un día llegó, sigiloso como un gato del hambre nos libró, llegó al pueblo donde sólo once había. Maravillado, "el número mágico" decía. Nos dio semilla y agua y nos dijo "canten una melodía y yo volveré escucharlos de nuevo otro día". El gran Tenebras un día se fue sigiloso como un gato, de hambre no volvimos a temer".

Comenzaba a ver que la debilidad de Elio era la música, apenas habían empezado con la melodía se había relajado y guardado su espada en la vaina que llevaba en la espalda.

Trébol se acercó a mí con una sonrisa mientras tocaba la lira y tres segundos más tarde había puesto un hilo de su lira sobre mi cuello. Aquel instrumento que había tocado una bella melodía, se había transformado en un arma que amenazaba con causar serios daños. Intenté moverme con cuidado, para no hacer que el hilo de la lira se clavara en mi piel, pero Trébol estaba demasiado cerca.

—Tú no eres la mamá de Tenebras, él nos dijo que era rubia de ojos oscuros y tenía una cicatriz en la mejilla —dijo Trébol en mi oído, pude sentir su aliento que expedía una clase de licor.

—¿Qué dijiste? —dijo Hijo de Lobo que ya estaba parado con su espada en la mano. Parecía más molesto por esas palabras que por el hecho de que me estuvieran amenazando.

El viejo, Ándalo, se acercó con una sonrisa en el rostro.

—Ya lo escucharon, nuestro pueblo, le debe muchísimo a Tenebras Tadeo o Magnus Mendeleón o quién jodidos sea —dijo con completa honestidad.

—Tú —dijo llamando a Elio con desafío y apuntándole con el dedo—. O dejas que nos vayamos con el chico o Trébol le corta el cuello a esta bella jovencita. Vi los ojos de impotencia de Elio cuando Arco se acercó al inmenso caballo que le pertenecía y tomó al pequeño Tadeo en sus brazos y se alejó por el bosque. El viejo Ándalo asustó a Gris que galopó hasta perderse entre los árboles. Luego fue por su carreta y se acercó a donde Trébol me amenazaba con el hilo. Por un momento pensé que mi nuevo destino era con esa banda de trovadores salvajes. Pero Trébol me aventó a los brazos de Elio que me abrazó con fuerza para no caerme. El muchacho pelirrojo echó un brinco a la carreta de su padre que ya había tomado velocidad.

—Adiós, mis buenos amigos, esperamos verlos de nuevo —dijo Ándalo con voz teatral mientras hacía una pequeña reverencia con la mano.

—¡Y que a la próxima sí paguen por nuestras canciones! —gritó Trébol antes de perderse por la espesura del bosque. Pasaron unos minutos para que Elio me soltara. Sus brazos me habían mantenido fuertemente abrazada, y aunque yo me sentía protegida por él, también sentía su corazón acelerado en su pecho. Poco a poco, su ritmo cardíaco se fue tranquilizando, y mis manos, que no habían parado de temblar se fueron calmando.

—Tenías razón, los caminos no son seguros —dije.

7

La historia del chico de la torre

—Estás muy callada —dijo Elio después de dos horas de seguir a pie por el camino, cuando lo rebasé furiosa con el objetivo de alejarme un poco más de él. El miedo que había sentido horas antes se había convertido en furia cuando Elio se negó rotundamente en ir tras esos hombres y recuperar a Tadeo.

—Y tú, para no tener "habilidad" con las palabras, estás muy ansioso de hablar — contesté tajante, casi gritando.

—Te molesta que no haya ido por "Magnus" —dijo creyendo conocer exactamente lo que me molestaba, que, para ser honestos, era exactamente eso.

—Tadeo, y sí, me molesta.

—Dijiste que era tu hijo.

—Sí, y ¿qué?

Elio encogió los hombros, un gesto que ya había notado era bastante habitual en él y que en un principio me resultó encantadoramente despreocupado y ahora me era molesto. Yo seguí pateando todas las piedras que encontraba en mi camino.

Fue nuestra última conversación en varias horas. Ya sólo se escuchaba el ruido de nuestras pisadas y de los insectos del bosque. Nuestro viaje se había doblado en tiempo, me dolían los pies y cargaba con mi bolso, ya que me había negado a que Elio me ayudara con el peso. Además, no me había dado cuenta hasta esos momentos, que tenía la mano derecha un poco quemada por la roca que tomé de la fogata cuando aquellos extraños guerreros nos atacaron.

Me había alejado unos metros de Elio, que iba atrás y con el recuerdo de aquella escena desaceleré el paso.

Al notar esto, Elio rompió el silencio.

—Te puedo cargar hasta Tindel, si quieres —dijo en tono burlón.

—Piensas mucho de tus habilidades físicas —contesté volteándolo a ver, con lo que esperaba fuera un látigo de desprecio. Sin embargo, había que reconocerle, Elio no se notaba ni lo más mínimo cansado, aunque esa armadura ligera debía ser más pesada que mi mochila.

—No tienes idea —me dijo observándome con un brillo en los ojos y una sonrisa en el rostro. Yo puse los ojos en blanco y rogué para que se callara la boca.

Se acercó a mí y me tocó el hombro donde descansaba mi bolso. Esta vez dejé que me lo quitara. Aún así, seguí optando por el silencio.

Después de unas horas nos encontramos con un mercader que iba a Tindel y nos ofreció transporte. No era muy cómodo y disfruté de pensar en que Hijo de Lobo se incomodaría de cambiar su hermoso caballo gris por una carreta con cerdos y gallinas, pero fue lo contrario, en cambio estiró las piernas y puso sus manos sobre su cabeza, mientras miraba como yo disfrutaba de la compañía de un cerdo bebé al que bauticé como "Elio".

—Parece caerle bien —dijo el mercader que llevaba en su carreta algunos troncos, nabos y una gallina flaca—. Será un delicioso caldo —dijo saboreando a la criaturita rosada que se acababa de convertir en mi mejor compañía.

—¿Qué? ¿Se lo van a comer? —dije abrazando a Elio, el cerdito.

—Claro, señorita, primero lo engordaré más para venderlo a un mejor precio —al ver mi cara de tristeza agregó—, pero no se preocupe, que ni un solo huesito será desperdiciado —lo dijo como si eso me hiciera sentir mejor.

Hijo de Lobo y yo continuamos callados hasta que llegamos a nuestra última parada: un pequeño pueblo con unos ciento cincuenta habitantes que se llamaba Mandiel. El pueblo era del mismo tamaño que Oure, aunque se notaba mejor organizado. Tenía unas casitas muy hermosas, además de un estanque con una estatua de un árbol en medio.

—Tindel ha crecido mucho en los últimos años y hace siete años el señor Eliur mandó a construir este pueblo. Es muy práctico, está a sólo seis horas de Tindel y evita un descontrol de la población —me explicó. Como buen amigo quería venderme la imagen de quien pronto sería mi esposo.

El mercader interrumpió el monólogo de Elio con un bufido y dijo:

—Una vez escuché a unos comerciantes que decían que Tindel era tan rica que sólo existían los ricos y la clase "media". Y que los ricos tenían cada vez más familia. Por ello, los lugares para construir sus casas enormes cerca de Tindel estaban escaseando. También decían que el señor Eliur había sacado a esa "clase media" para que esos ricos se quedaran con sus terrenos y que a cambio les dio estas casitas. Fue a fuerza. Para prueba, aquí el señor de Tindel no es muy querido.

Me pareció terrible lo que dijo el mercader y pretendía preguntar más, después de todo esa impresión del señor de Tindel distaba mucho de las maravillosas cosas que había dicho el señor Trepis, pero antes de que pudiera hacer más preguntas, Elio comenzó una réplica para defender a su amigo. Quería opinar, pero tampoco quería iniciar una conversación con Hijo de Lobo. Por suerte, no tuve que pensarlo mucho porque me llamó la atención una señora que imponía orden a un grupo de niños que la tomaban de su falda.

—Ya, calladitos o no les cuento la historia —dijo fingiendo molestia.

Los niños obedientes guardaron silencio y se sentaron en el piso.

—Veremos... ¿Qué historia quieren escuchar hoy? —preguntó con un tono rutinario. Se notaba que no era la primera vez que se reunían alrededor del pozo para contar historias.

—La del sabueso fantasma —dijo una niña que tenía un listón color morado y las mejillas más regordetas y rojas que había visto.

—No, los reyes de antaño —comentó un niño a todo pulmón. "Los reyes de antaño" como el poema que había escuchado de la boca de Hijo de Lobo antes de que todo se fuera a la mierda. Recordé sus palabras que se habían transformado en miel. Se me erizó la piel sólo por unos minutos, porque luego el recuerdo de esos tres hombres que parecían muertos invadió mi cabeza.

—¡El muchacho de la torre! —gritó el único adolescente que estaba entre el público de la vieja. Parecía que se había tomado una decisión porque todos los niños comenzaron a gritar y aplaudir.

—La del joven de la torre, será, pues —dijo la señora y se aclaró la garganta.

"Hace mucho tiempo, había un señor fabuloso: él era guapo, amable con su gente y tolerante con la religión. Permitía las viejas costumbres y El nuevo Mitrado era bien recibido si sabía respetar al resto. Incluso tenía una prometida que decían era del mismísimo Sherí, que oraba a la Luna y servía a la religión del Gato Tuerto. Pero un día esa novia le contó sobre una visión que había tenido: él tendría un hijo con otra mujer, este hijo conquistaría el mundo para sumirlo en la oscuridad más absoluta. Mataría a su madre, a su padre y a todo quien quisiera ayudarlo. Por más fabuloso que era, el señor se cansó de escuchar siempre lo mismo de la boca de su amada. Un día, que la discusión sobre lo mismo se salió de control, la asesinó.

Nunca pudo olvidar ese hecho y cuando por fin se atrevió a tomar una esposa: ella tuvo un hijo varón y, al dar a luz, murió. "La primera parte de la profecía se había cumplido" se decía cada que veía al niño. Pero no tenía la certeza de que su hijo fuera esa criatura del mal... hasta que un día, demasiado pronto, el bebé abrió los ojos por primera vez y... ¿saben qué vio? Uno de sus pequeños ojos era como el de una serpiente. El pobre señor sucumbió en los libros tratando de averiguar bajo qué hechizo se encontraba su único heredero. Mandó llamar brujos, maestros, eruditos para que descifraran textos muy antigu-

os, pero apenas si podían comprenderlos.

Entonces llegó un alto mando del Nuevo Mitrado que prometió mantener a raya al joven heredero. Durante cuatro años el líder del mitrado estuvo educando al pequeño hasta que un día no pudo contener esa fuerza maligna y, utilizando sus poderes demoníacos, el pequeño hizo estallar todo un recinto donde murió su mentor y mucha más gente.

De inmediato, el padre, no queriendo matar a su hijo, pero consciente de la maldad que de él emanaba lo encerró en la torre del peñasco que no queda más que a unas cuantas horas de aquí. Dicen que, con el tiempo, el chico aprendió a sacar su alma del cuerpo y vagar por los alrededores para tomar el cuerpo de niños y adolescentes y así poder continuar su trato con demonios. En estos momentos podría estar en uno de sus cuerpos escuchando su propia historia".

Los niños se quedaron callados unos segundos y luego comenzaron a gritar que querían escuchar otro cuento. Yo quedé fascinada por la historia. Hasta hace algunos días no era creyente de la magia, ya que La Mitra consideraba lo que mi abuela hacía con las hierbas algo sobrenatural, y yo sabía que se trataba de sólo conocimiento. Tampoco me fiaba de ningún tipo de religión, sobre todo, porque nunca había conocido a nadie que practicara alguna otra que la religión de El Justo. No obstante, los eventos de los últimos días me hacían pensar que tal vez sí existía tal cosa como la magia y eso me causaba más que angustia, tranquilidad.

8

Llegada a Tindel

Cuando llegamos a Tindel estaba amaneciendo. El lago se extendía majestuoso al pie de la ciudad, como un guardián de aguas verde oscuro, los rayos del sol se posaban en la quietud empapada y les daba a las aguas un toque iridiscente. La mansión se erguía majestuosa en medio del paisaje. Tenía una estructura de piedra pulida reluciendo bajo el sol. Cada detalle de la construcción se apreciaba con detenimiento, desde las torres de su fachada hasta los adornos tallados en la labradorita que enmarcaban las ventanas.

Antes de llegar a la entrada, un puente de piedra labrada se elevaba sobre el lago, mostrando la misma elegancia y detalle que la misma mansión. Los bloques de labradorita en el puente brillaban como piedras preciosas, atrayendo mi atención y, seguramente, la de todos los que pasaban por ese lugar. A lo lejos una delgada torre de piedra con techo de pico se alzaba.

Las casas de los alrededores eran todas grandes y con un pequeño jardín, estaban pintadas de color blanco y azul y rodeaban a la mansión que tenía un alto portón de madera y metal que lucía muy resistente. Y frente a este impresionante edificio se encontraban los dueños de pequeños locales preparando todo para la venta del día. En Oure sólo había tres tiendas y la casa del señor Trepis parecía miserable en comparación con la casa más pequeña de Tindel.

Al llegar al portón de madera, Hijo de Lobo se bajó para hablar con el guardia, quien se inclinó con un gesto algo exagerado ante el hijo del rey. El mercader me ayudó a bajar y colocó mi bolso en el piso, luego me pasó al cerdito. Por un momento pensé que quería que me despidiera de él y me pareció un gesto cruel. Ya estaba haciendo promesas sobre no comer jamás cerdo cuando dijo:

—Que lo disfrute.

—¿Que lo disfrute? —pregunté confundida—. ¿Me lo está regalando?

—Mire, señorita, un pobre comerciante como yo no está en la posición de hacer regalos... el joven que está hablando con el guardia me dio unas buenas monedas por el marrano, supongo que le gustarán los huesos chicos, yo no sé... hay gente muy rara en el mundo —dijo y se fue hablando consigo mismo sobre esa asombrosa venta.

—Vamos —me dijo Hijo de Lobo y tomó mi bolso del piso. Cruzamos un hermoso jardín antes de llegar al recibidor del señor Eliur. Me percaté de que la Torre estaba dentro de los jardines, no a las afueras, aunque algo alejada, no vi ningún peñasco (como en la historia). Al entrar en la mansión, se podía sentir el lujo y la belleza que impregnaba cada rincón. El mármol de los suelos reflejaba la luz natural que entraba por las ventanas de vidrio con plomo, iluminando las paredes adornadas con labradorita tallada en intrincados diseños. La escalera principal, también de mármol y esta piedra, era una verdadera obra de arte de detalles y tallados. Estaba sorprendida, no sólo el piso parecía brillar de blanco, algunas de las paredes estaban adornadas con pinturas de bosques y paisajes que eran tan hermosos como bosques verdaderos, y las aves dibujadas en las paredes parecían volar. Había alfombras de terciopelo de un color que nunca había visto. Mi cabeza no dejaba de moverse, ni mis ojos de maravillarse ante este lugar.

Elio me condujo con naturalidad por la mansión hasta que llegamos a una puerta que, aparentemente, era la de mi habitación, aún así no me atreví a abrirla.

—Aquí pasarás la noche, verás que las camas son muy cómodas —dijo Elio que intentaba romper el hielo que se había creado desde que decidió no mover un músculo para salvar a Tadeo. Yo aún estaba tan enojada que ni siquiera agradecí por el cerdito que se había convertido en mi acompañante en este lugar desconocido.

Me limité a hacer un sonido, y aunque quería decir más me resistí, no sin antes arrebatarle el bolso y meterme en la habitación. Tuve la sensación de que Elio se quedó detrás de mi puerta, sin embargo, cuando la abrí para comprobarlo no estaba. En cambio, había una mujer rubia y pálida con una sonrisa de oreja a oreja.

—Señorita Nive, es un placer tener el grandísimo honor de servirle, yo seré su dama de compañía —dijo haciendo una pequeña reverencia.

—Hola, ¿cuál es tu nombre? —le pregunté de forma amable, intentando despejar un poco el mal humor que había cargado los últimos dos días. Lamentablemente, eso no funcionó.

—Brisa, y estoy para servirle —dijo como leyendo un guion para alguna obra en la que interpretaba a una actriz que me parecía falsa... no pude evitar sentirme hastiada.

—Sí, Brisa, ya lo dijiste —dije de la manera más amable que pude, aunque no sirvió de mucho porque su sonrisa se transformó en una mueca e inmediatamente soltó algo que definitivamente no esperaba:

—Mire, señora, todos sabemos que está aquí porque el señor Atelo necesita de alguien que lo ayude. Usted no es como una esposa de verdad, será como una empleada con un título importante y ya... Por favor, no se sienta tan por encima de mí, sobre todo, si todo lo que he hecho hasta este momento es tratarla con respeto...

Justo cuando terminó de hablar, Elio, el cerdito, dejó una bolita de estiércol a lado de donde se encontraba parada Brisa.

—¡Ah!, ¡además quiere que cuide a un cerdo! —dijo Brisa que se fue corriendo, humillada. No es que me sintiera desconsolada, pero no pude evitar sentir que mi inicio en Tindel había sido uno muy malo y que no había algo que pudiera hacer para mejorar mi pasar por aquel lugar desconocido.

Mi habitación era más grande que la casa en donde vivíamos Lena y yo. Estaba decorada con dibujos de caballos blancos en un fondo color verde claro, tenía una ventana grande de donde colgaban unas cortinas color azul semitransparentes que en ese momento se mecían tranquilas por el viento matutino.

La cama, como bien había dicho Elio, parecía bastante cómoda y su edredón hacía juego con cada cosa que había en la habitación. De una de mis maletas saqué un pedazo de papel y un poco de tinta. Mientras buscaba una pluma sentí con los dedos el libro que había encontrado en El Cementerio de Roca Vieja, lo acaricié con las yemas y lo empujé hasta el fondo. Pensaba en escribirle una carta a Amos, sin embargo, tres golpes fuertes a mi puerta me interrumpieron.

Me acerqué y la abrí con cuidado. Me imaginé a Brisa con un cuchillo, dispuesta a matarme a mí y al pequeño cerdito. Pero no, no era ella, sino una chica con un aspecto impecable y cuidado, sus ojos azules eran intensos y profundos, y su cabello oscuro y sedoso le caía en hermosas ondas suaves alrededor del rostro. Su actitud, en cambio, era desafiante, demasiado como para tratarse de alguien de servicio.

—Yo soy Dalila —dijo volteando los ojos y entrando sin pedir permiso como si fuera la dueña de la casa—. No soy sirvienta, pero soy parte de la corte de Atelo, espero que mi posición te haga sentir más cómoda —dijo lo último con una sutileza que buscaba incomodarme. Y lo había logrado, la verdad es que me hubiera sentido más cómoda con Brisa, pero ella había malinterpretado mis palabras... y la caca de mi cerdito. Ahora no quedaba de otra más que pasar tiempo con esa chica que a todas luces era malcriadísima.

—Pase, por favor —dije con voz fingida—. Espero que mi pequeña mascota no le resulte desagradable.

Elio, el cerdito, emitió un pequeño "pui".

—Para nada —contestó la chica caminando con soltura a pesar de tener tanta tela en su vestido azul que hacía perfecto juego con el color de sus ojos y sus labios rojos. Se sentó en la silla más grande y cómoda que localizó.

Sus labios eran muy rojos y, fuera de su mirada arrogante, Dalila era muy hermosa. Me preguntaba qué pensaría de mí, la chica de pueblo que tenía varios días de viaje y que además viajaba con un cerdo y un bastardo que tenían el mismo nombre.

—¿Y cómo es que te llamas? Me lo repitieron muchas veces... —dijo con un descuido meticulosamente fingido y moviendo la mano elegantemente.

—Nive de Lyff —contesté lo más amable que pude—. Vengo de un pueblo que se llama Oure.

—Ah, sí, Nive... —dijo como si de repente lo recordara—. Me han dicho que hablas varios idiomas, yo hablo dos —dijo orgullosa.

—Oh —fingí impresionarme, noté que quería saber cuántos idiomas hablaba, pero no quise ponérselo sencillo.

—Tú hablas... ¿tres?, ¿cuatro? —intentaba adivinar Dalila con sus ojos brillantes en mí.

—Cinco —dije con una sonrisa victoriosa—. Tres idiomas y dos variaciones.

—Ah, ¿y eso?, ¿cómo es posible? —dijo observándome de pies a cabeza. Era claro que buscaba la respuesta en mi cabello enmarañado, mis zapatos rotos y ropajes descuidados. Pero era una respuesta que el ropaje y los accesorios no podían contestar.

—Mi abuela habla dos y una vez que conoces los tres principales, puedes hablar los demás porque son muy parecidos.

—Eso ya lo sé —dijo irritada.

—¿Tú qué idiomas hablas? —pregunté.

—Shástico del sur y la lengua común —dijo orgullosa.

—El shástico del sur es el más sencillo, el que es un verdadero reto es el del este porque es el más antiguo, de ahí se ramifican por lo menos seis lenguas más, uno de ellos es la lengua común. Por eso una vez que aprendes en shástico del este, los demás resultan más sencillos. —Traté de que mi tono no menospreciara los conocimientos de mi receptora. No sé si lo lograría, pero en ese momento noté que Dalila se relajó un poco.

—Ah, ya veo porque te eligieron a ti —dijo—. Si algo valora Atelo es una chica inteligente.

—¿Atelo? —pregunté con cortesía.

—Sí, Eliur era el nombre de su padre y también el de él, pero la mayoría de la gente lo llama "Atelo" —dijo mirándose sus perfectas uñas y luego me miró con ojos brillosos—. Yo me iba a casar con Atelo, ¿sabes? Soy la hija del Imanole de Brunneis, uno de los trece señores, habrás escuchado hablar de la ciudad, produce los mejores vinos de Las Tierras Verdes. Mi padre estaba muy entusiasmado por el enlace, pero Atelo sólo tiene cabeza para los libros y en cambio me ofrecieron un trato mejor...

Entendí el porqué de su comportamiento a la defensiva. Quería ver quién era la mejor, pero como se acababa de dar cuenta, éramos tan distintas que no había un punto de comparación. Su voz, aunque seguía siendo la de una chica mimada, se tornó más sincera.

—Me consiguieron un prometido mejor —dijo con una gran sonrisa como si por primera vez estuviera contando un secreto feliz.

—Me alegra —dije, y en verdad me alegraba no tenerla como enemiga.

En ese momento alguien más tocó la puerta. Dalila se levantó de la silla y se dirigió a la puerta para abrirla, cuando levantó su mano pude ver que tenía tres anillos dorados con pequeñas gemas en el pulgar, en el índice y en el meñique. Esa era una vieja tradición, se decía que traer gemas en esos dedos activaba la fuerza de voluntad, autoridad y magnetismo, y lo cierto es que esta mujer irradiaba todas esas cosas.

—Debe de ser mi prometido —dijo orgullosa—. Le dije que estaría aquí contigo, no lo conozco muy bien, pero estoy segura de que tú me podrías ayudar con eso.

Al abrir la puerta lo encontramos de pie, portando una camisa blanca de manga larga que se veía muy ligera; recién lavado y con el cabello oscuro y húmedo un poco arriba de los hombros. Elio, Hijo de Lobo, dedicada una tímida mirada a la hermosa mujer de ojos azules.

9

Atelo

Tenía una semana viviendo en Tindel y todavía no recibía respuesta de mi abuela o de Amos, aunque de Amos no me sorprendía no tener noticias, después de todo me había ido sin despedirme. Tampoco había conocido a Atelo, que era su segundo nombre y como lo llamaban todos en la mansión. Pero parecía ser un señor bastante exigente, todos en esa mansión se desvivían por él. Querían que todo estuviera perfecto y nadie me daba una sola explicación del porqué la boda se aplazaba tanto tiempo. Que, para ser sincera, tampoco era algo que me daba mucha prisa. Pasaba las tardes caminando por la mansión o visitando los puestos que se colocaban frente al portón, sólo miraba, aunque Dalila me dijo que podía tomar lo que quisiera a cuenta de Atelo. Una tarde mientras caminaba con mi cerdito estuve tentada a comprar un anillo, parecido a los que portaba Dalila para colocarlo en mi anular, según recordaba haber leído activaba las relaciones con otras personas, y hasta el momento era algo que necesitaba en este entorno nuevo, pero al final no compré el anillo, porque ni siquiera había conocido a Atelo y no quería que pensara que me interesaba algo más aparte del trato que habíamos hecho.

La biblioteca estaba cerrada supuestamente en remodelación, así que, a falta de esta, mi lugar favorito era un pequeño jardín de rosas de colores que me recordaba al jardín de Oure, pero este no tenía ninguna estatua de El Justo. De hecho, en todo lo que había recorrido no había ni una sola figura religiosa, lo que sí había era bancas que hacían el lugar ideal para leer, escribir o simplemente pensar.

Algo que disfrutaba de estar ahí era el aroma de las flores que flotaba en el aire, envolviendo todo el jardín en una fragancia dulce y embriagadora. Me recordaba a los perfumes que hacía mi abuela para las mujeres de Oure, antes de que Trepis, por recomendación del representante de El Justo, lo prohibiera "ese aroma no es natural", decía.

Mi única compañía, además de la de mi cerdito, era la de Dalila que no paraba de decir lo guapo y maravilloso que era Elio. Yo me irritaba porque jamás me habría imaginado a Hijo de Lobo casado con una señorita de sociedad. Lo imaginaba, más bien, como un soldado eterno.

—Y no importa que sea bastardo, su hermano, el futuro rey, y su padre lo adoran —decía a cada rato, intentando ocultar lo inconforme que estaba con la bastardía de su prometido.

—Dalila, quisiera preguntarte algo —dije en tono grave.

Dalila que estaba muy centrada en su parloteo paró de repente.

—Dime —dijo poniendo toda su atención en mi rostro. Esa mañana se veía como se debía de ver una princesa de Las Tierras Verdes.

—¿Por qué todavía no conozco a Atelo? ¿Cómo es?

—Educado y rico, deberías de estar orgullosa de ser su futura esposa —dijo con algo de desplante que ignoré.

—Pero, ¿qué hay de malo en él? —Supuse que había algo malo, no era normal que anduviera por los pueblos anexos a Tindel buscando una esposa sin título cuando la ciudad era bastante rica y le sobraban mujeres hermosas como Dalila dispuestas a casarse con él.

—Yo te digo, si tú me dices qué hay de malo con Elio. —Dalila no daba algo sin recibir primero—. No es muy parlanchín que digamos.

Había evitado mencionarle a Dalila varios de los sucesos que ocurrieron en nuestro camino a Tindel. Por ejemplo, había omitido decirle que su "fabuloso" prometido había dejado inconsciente a un niño y que había permitido que una banda de rufianes se lo llevara. También, y claro, había evitado contarle sobre aquellos soldados que parecían muertos, en parte porque me parecía que nadie me creería. Entonces, no me quedaba gran cosa por decirle. Así que inventé:

—Un día me dijo que estaba muy ansioso por conocer a su futura esposa. Dijo que le habían anunciado que era de belleza despampanante y quería darle una gran familia. También me dijo que su color favorito era el azul y que las fresas le encantaban —dije esto último pensado en lo que había visto los últimos días.

Esperaba que eso, aunque falso, fuera suficiente y, lo fue, porque lo que lo soltó fue demasiado jugoso, tanto, que las siguientes palabras que salieron de su boca fueron delicados susurros.

—Atelo solía ser un gran caballero, pero en una de las batallas contra los vodos se puso muy mal, dicen que vio cosas terribles y, aunque es muy buen político, siempre tiene un aspecto de nerviosismo... como si tuviera desconfianza de todo. Pasa la mayor parte del tiempo en la biblioteca, se ha prometido varias veces con jóvenes inteligentes y de buena familia, pero todas rompieron el compromiso cuando vieron que formar una familia no es su mayor interés.

Nos sentamos en una banca del jardín, Dalila no se dio cuenta de que un colibrí se posó en la parte detrás de su hombro izquierdo. Pensé en todas las batallas que se libraron contra los vodos. Mis dos padres habían luchado en ellas, todas habían sido terribles, pero había escuchado hablar de una batalla en especial, en la que decían sólo hubo diez sobrevivientes de diez mil soldados que marcharon.

—¿Fue la Batalla de las Arenas Rojas?

Dalila abrió los ojos azules muy grandes y el colibrí huyó entre las rosas amarillas del jardín como si el nombre de la batalla lo hubiera espantado... Dalila no asintió, sólo miró en dirección a la mansión.

—¿Tú fuiste una de ellas? —pregunté para cambiar de tema.

—¿Qué? —dijo como si hubiera interrumpido con mi pregunta un pensamiento muy profundo.

—¿Tú rompiste el compromiso con Atelo?

Y recuperando su vitalidad contestó:

—Claro, yo quiero tener muchos hijos, pero él apenas me miraba a los ojos y sólo le interesaba que le ayudara con traducciones... Cuando dejé de conocer algunas de las lenguas por las que tenía preguntas perdió el poco interés que tenía en mí —lo dijo con un tono algo lastimado.

—Elio habla muy bien de él —reflexioné como si eso borrara todo lo que acababa de decir.

Dalila arqueó la ceja, sin duda, notó que la opinión de Elio valía bastante para mí, aunque en ese momento ni yo me percatara de ello.

Dalila tomó la copa de vino vacía con la llegó llena y se fue. Aproveché para pasear por los jardines y preguntar si había llegado alguna carta, ya sea de Amos o de mi abuela, pero nada. En cambio, a quien me encontré fue al mismo Atelo. Al principio dudé, pero era el hombre mejor vestido que había visto por la mansión y tenía unos treinta años, la edad correcta. Sus ojos eran almendrados de un color oscuro profundo, su piel era pálida como la de una figura de alabastro y tenía cabello largo con mechones plateados que se entremezclaban con el color oscuro, mientras que sus rasgos afilados y bien definidos le daban una apariencia de serenidad y calma. Su mirada era intensa y en sus labios aparecía una suave sonrisa mientras leía un libro con cubierta de piel café. Me acerqué y cuando se dio cuenta de mi presencia lo asusté como nunca había asustado a un hombre en mi vida. Cuando me dirigió la mirada noté, para mi sorpresa, que era muy atractivo, al menos lo era hasta que empezaba hablar.

—Nive, lo-lo siento, por no vi-visitarte antes. He estado muy ocupa-pa-do —tartamudeó, mientras se paraba y el libro se resbalaba de sus manos. Al final logró atraparlo, pero cada palabra que había dicho parecía que le costaba un tremendo trabajo. Luego se volvió a sentar.

—No se preocupe —dije y me senté a su lado, pero sólo por un segundo porque inmediatamente, como movido por algún tipo de reflejo, se paró. Era muy alto y se notaba fuerte. Su físico era un contraste a su personalidad.

—Perdón no quise incomodar —dije en verdad avergonzada.

—No, no es tu culpa Ni-nive —respondió mientras sus mejillas se teñían de rojo. Nuestro encuentro fue brutalmente interrumpido por Hijo de Lobo que llegaba a caballo al jardín.

—Ya lo encontramos —dijo Elio ignorando por completo mi presencia.

—¿Dónde está? —contestó Atelo moviendo las manos, emocionado. Obviamente el señor de Tindel acababa de recibir una excelente noticia.

—Lo llevé a la torre.

—Bien, iré de-de inme-mediato, quién sabe cuánto tiempo más se que-ede ahí. Dé-dejame tu caballo —ordenó y Elio se bajó del caballo y ayudó a Atelo a subirse.

—Nos vemos en un rato —dijo Elio al tiempo que Atelo se alejaba.

—¿Qué encontraron? —pregunté, después de dudarlo mucho. No había visto en varios días a Hijo de Lobo, ya que había estado buscando a Gris por los bosques cercanos a Mandiel.

—El ingrediente final para tu boda —dijo con una sonrisa burlona. Se sentó a lado de mí, colocó sus manos detrás de su cabeza y estiró sus piernas, relajado.

—¿No podrías ser más críptico?

—Sí, pero francamente no creo que lo aprecies —dijo con una sonrisa arrogante en el rostro.

Un aire fresco sopló llevándole el cabello al rostro y un montón de pétalos semisecos que se acaban de desprenderse de los rosales formaron un torbellino de colores y aromas que invadió el aire.

—He pasado tiempo con tu prometida, no deja de hablar de lo maravilloso que eres —le dije como reclamo—. Si supiera...

—¿Si supiera qué? —contestó todavía relajado disfrutando del viento.

—Lo del niño... lo de Tadeo —Elio puso los ojos en blanco.

—Tienes que aprender a olvidar, Nive, no puedes obsesionarte con algunas cosas.

—Hablando de no poder olvidar... —dije retorciéndome en mi lugar. Hacía varios días que quería sacar eso de mi pecho—. ¿Quiénes eran esos hombres que nos atacaron? No los artistas, los otros... Debí preguntar antes, pero me tenías furiosa.

Elio se sentó derecho y su lenguaje corporal se tensó en comparación de lo relajado que había estado.

—No sé, hombres con rabia, hombres con una enfermedad misteriosa —dijo y pude ver como intentaba despejarse de aquellas imágenes—. Nunca había visto algo similar, pero me parece que eran vodos.

—No he podido olvidarlos.

Se quedó callado un momento.

—Yo tampoco, me preocupa que haya más de ellos —dijo.

El estómago se me revolvió tan sólo de pensar en volverme a encontrar con esas criaturas. Sin embargo, había algo que me preocupaba más.

—¿Tienes noticias de mi abuela? —pregunté.

—No, lo siento —dijo con sinceridad.

—Creo que ya debería de haber llegado.

—Yo también lo creo.

—¿Y si se topó con esos hombres? —dije preocupada.

Elio hizo gesto de pensarlo sólo para después sonreír discretamente.

—Creo que hubieran salido corriendo al ver a tu abuela, Nive, yo me andaba cagando en los pantalones cuando fui por ti.

Solté una carcajada recordando a mi abuela y a los aprietos a los que había sometido a Hijo de Lobo cuando visitó nuestra casa... la extrañaba mucho.

—Qué fino es el hijo de un rey.

—El hijo bastardo —corrigió orgulloso.

El recuerdo de mi abuela, con sus arrugas marcadas por el tiempo y sus manos sabias y hábiles, se hizo presente en mi mente. Recordé cómo solía leerme cuentos en voz alta, cómo cocinaba mis platos favoritos y cómo siempre estaba dispuesta a escucharme.

Elio debió de notar eso porque inmediatamente dijo:

—No te apures, si algo hubiera pasado, ya nos hubiéramos enterado. Los caminos entre Oure y Tindel son muy concurridos y Atelo tiene guardias que recorren los caminos para evitar asaltos u otros problemas.

Sus ojos color miel eran sinceros y la sonrisa que me dedicaba me tranquilizó. Luego de eso sentí que hice las paces con él y eso me hacía sentir bastante feliz. Después deambulé por la mansión un rato junto con Elio, el cerdito, que no paraba de emitir "puis" a cada persona que veía pasar. Algunas personas de la servidumbre decían que era adorable, mientras que otros como Brisa lo veían con desagrado como si se tratara de un costal de estiércol.

—Qué interesante mascota —dijo Dalila que también paseaba por los corredores, seguramente buscando algún chisme de la corte de Atelo.

Llegué a otro de los jardines. Al jardín se entraba por la cocina y había un pequeño sendero de piedra que parecía labradorita sin pulir, una piedra que abundaba por la zona, al parecer. Ese camino conducía a una choza que formaba parte de un gigantesco sauce llorón. Esa choza era muy parecida a la que teníamos en Oure, excepto por el árbol al que se encontraba pegada. Era lo más familiar y diferente que había visto desde que llegué a la mansión.

Era lo único, además de la Torre, que se veía viejo, como si toda la mansión la hubieran construida alrededor de la choza. La puerta era de madera y tenía una aldaba en forma de puño que estaba hecha de un reluciente oro. Me paré frente a la puerta con toda la intención de tocar. Pero justo cuando moví la mano en dirección a la aldaba sentí una respiración detrás de mí.

Ante mí se encontraba un monje que parecía ser del Mitrado del Justo. Tenía en su mejilla derecha una horrible quemadura que ya había sanado, pero sus ojos eran muy serenos. Sostenía una regadera color plata y en su brazo izquierdo un montón de lavandas frescas y otras flores de una belleza extraordinaria.

—¿Esas son giralunas? —intenté adivinar—. Pensé que sólo florecían durante la Luna Nueva, cuando el Gato Tuerto guiñe el ojo—dije esta última frase como reflejo, ya que era lo que había leído en los manuales de mis ancestros.

El viejo volteó los ojos enfadado y toda la amabilidad de su rostro se esfumó.

—El Gato Tuerto... ¿será que tenemos una visitante de Sherí? —dijo con un tono de terrible aburrimiento.

—No, yo soy de Oure... pero en el libro que leí sobre esa planta, decía de esa manera: "la planta con excepcionales propiedades curativas florece una vez al mes cuando el Gato Tuerto guiñe el ojo". Iba a decirle que también había leído que solo crece en las zonas cercanas a los valles de Las Tierras Verdes, pero el cambio en la actitud del monje hizo que mejor guardara silencio.

Aún así noté que se había impresionado, pero al mismo tiempo fue como si un muro se hubiera erigido entre nosotros. Me analizó unos momentos y luego dijo:

—Dicen que tu abuela es "especial", Nive de Lyff, y pese a mis mejores esfuerzos no pude convencer a Atelo de que tomara otra esposa menos... cuestionable.

—Lo dice porque no soy de la nobleza... —dije ofendida.

—Lo digo porque quizá tu abuela sea una bruja y ese dominio que tienes para el lenguaje no es natural, ni los mejores miembros del Nuevo Mitrado conocen tantos como tú... y sin educación alguna —dijo de la forma más despectiva, como si fuera la mujer más pobre que había pisado el suelo donde me paraba. Intenté no subir el volumen de mi voz, aunque fue una tarea muy complicada.

—Mi abuela no es bruja; sabe de hierbas, es a lo que se ha dedicado mi familia durante años y tú también sabes algo de hierbas, las que tienes en los brazos tienen habilidades extraordinarias... o no me digas que sólo las cortaste por su belleza y olor —contesté indignada, y aún tenía más por decir. Así que continué:

—Hablo muchos idiomas, porque desde que soy pequeña me han fascinado los libros. Y a lo que a mí respecta la religión del Gato Tuerto es un mito y nunca he conocido alguien que la practique. Lo siento, pero sientes miedo de quién no debes —contesté mientras sentía mi corazón salirse del pecho.

Él me observó divertido y dejó escapar una sonora carcajada.

—Ay, Nive de Lyff, he visto tantas cosas... Me he entristecido tanto, pero tu ignorancia es como un viento fresco que me hace cosquillas en todo el cuerpo.

De nuevo, en un corto periodo de tiempo me sentía ofendida.

Primero Tadeo Mendeleón y después ese viejo.

—¿Cómo te llamas? —pregunté, quería saber el nombre de a quien consideraba mi atacante.

—Lutébamo —dijo con un tono solemne que me hizo pensar que él mismo había elegido su nombre.

—Pues tal vez un día me puedas decir algo que sea realmente útil —contesté enojada y me retiré antes de que el monje pudiera replicar algo.

Cuando llegué al pasillo donde se encontraba mi habitación pude ver a Atelo paseando frente a mi puerta. Hacía el ademán de tocar la puerta y luego se arrepentía, me pareció que se veía tierno e inmediatamente pensé que el señor de Tindel no sería una amenaza.

—¿Señor Atelo? —dije mientras sostenía algunas rosas que había cortado en el jardín, por un momento me preocupé que eso fuera molestarle al señor de la mansión, pero el pobre volvió a brincar del susto y de nuevo sus salidas mejillas se tornaron coloradas.

—Ni-nive, ¿qué te pa-parece que ma-ma-mañana nos case- mos?, ya te he-he he-cho espe-perar mucho —dijo en lo que pareció una eternidad.

Dudé un momento, y recordé que Hijo de Lobo me habló del "ingrediente final"... no quería hacer un desplante a Atelo, pero no estaba preparada para algo tan abrupto, menos sin Lena presente.

—Pensé que podríamos esperar a mi abuela, no debe tardar en llegar...

—NO —dijo con una voz fuerte. No la de un hombre temeroso, no la del hombre que vi rondando mi puerta. No la del hombre que acababa de conocer en el jardín. Me asustó un momento, pero luego volvió a su pasivo nerviosismo.

—Tengo la co-corte llena y eso está sa-saliendo muy ca-caro, espero co-comprendas.

Todavía algo asustada asentí con la cabeza.

—Ya-ya quiero ense-señarte mi mi biblioteca privada. —
Fue lo último que me dijo y se fue casi marchando. Yo me
quedé pensando en que tal vez debería de reconsiderar aquello
de no considerarlo una amenaza... en que tal vez debería de
reconsiderar todo, pero recordé el trato, desde cualquier án-
gulo yo ganaba, un año aquí y de ahí a la capital a estudiar para ser médico. Esa idea me emocionó como no me había emocionado antes.

10

Una boda, un descubrimiento

Me quedé ahí consternada por el cambio de personalidad que acababa de presenciar y esperando que eso de "enseñarte mi biblioteca privada" no fuera un juego de palabras. En lugar de entrar a mi habitación, aproveché lo vacía que estaba la mansión a esa hora y comencé a caminar hasta que encontré un pequeño balcón que se veía cómodo y privado. El aire estaba impregnado de una frescura revitalizante que hacía que la piel se erizara. El cielo era un manto negro estrellado que parecía un lienzo en donde cada estrella brillaba con su propio resplandor. A pesar de la falta de Luna, se podía ver que la ciudad estaba iluminada con una profusión de luces cálidas y acogedoras que daban a las calles una sensación de seguridad. Lo cierto es que la pequeña, pero hermosa ciudad de Tindel parecía que había sido creada para deslumbrar a los visitantes con su belleza y calidez.

—Nive... —dijo un ronroneo que me pareció era la voz de Elio.

—Elio... —dije al voltearme, pero no estaba, ni había alguna persona cerca. Me estremecí por el sentimiento y el frío de la noche.

A lo lejos podía ver la torre, alguien estaba en ese lugar según había escuchado decir unas horas antes. Vi una luz que se encendía en la ventana. Me pregunté quién era tan peligroso para estar ahí y me sentí identificada con aquella llamita de luz. El andar de un par de lágrimas cosquilleó mis mejillas, Amos y mi abuela se asomaron en mi mente. No era un llanto histérico, era callado y, sin embargo, incapaz de engañar a Elio que acababa de salir al balcón buscando el aire fresco de la noche.

Tenía la misma camisa blanca de manga larga que le quedaba holgada de la primera mañana que llegamos, sólo que esta vez estaba sujetada con un cinto de piel que ayudaba a sostener una pequeña daga y un inusual espacio donde colocar su flauta. No dijo nada, pero sacó el instrumento y se puso a tocar durante varios minutos. Yo observaba la ventana de la torre, hasta que la luz se apagó.

Lo tomé como un anuncio de ir a dormir, pero no quería alejarme de la única persona que me hacía sentir bien en ese lugar desconocido. Dejó de tocar su flauta por unos momentos y miró hacia las luces de la ciudad.

—Tindel me da la impresión de que es muy vieja —dijo con la mirada perdida—. Me gusta estar más aquí que en Greendo.

—Pero allá está tu familia —dije pensando en Amos y Lena.

Elio soltó una pequeña risa que me hizo no estar tan segura de lo que le había dicho.

—¿No?... —dije queriendo saber más.

—Durante trece años, más de la mitad de mi vida viví con mi madre, y su clan, en Selín. Mi padre y hermano iban a visitarme, me querían y querían también a mi madre, pero mi familia eran los lupinos hasta que mi madre murió... —Tragó saliva y el sonido fue como si le doliera la garganta.

—¿Y por qué no quedaste con ellos?

—No pude, la sangre de los lupinos no es fuerte en mí... no tengo la conexión con la Luna y lobos que ellos sí... entonces, digamos que era como un...

—Bastardo... —dije en voz baja y comprendiendo.

—Sí... —dijo bajando la mirada.

—Lo siento...

—No, vaya... —dijo poniéndose incómodo y en su cara se vio que había revelado más de lo que quería.

—Supongo que eso duele más a que digan que eres el hijo ilegítimo del rey —dije analizando la situación, eso parecía haberle afectado, mientras decir que era el hijo bastardo del rey se lo tomaba bastante bien.

—Eso ni va, no es como que fuera a heredar un gran palacio— se rio—, gracias al cielo.

—Mejor no le digas eso a tu prometida —dije con una risita.

—Mejor... —contestó, y me observó a los ojos y su mirada se quedó ahí por unos segundos más de lo que debería, por unos segundos que parecieron congelarse y noté una punzada en el pecho.

Un bostezo se coló entre mis labios, como una advertencia de que era hora de retirarse a descansar. Sin embargo, la sola idea de alejarme de... Me casaría mañana y no quería sentirme sola...lo tomé de la mano y lo llevé hasta la puerta de mi habitación. Podía sentir el palpitar de su corazón en la punta de los dedos. Él no me soltó la mano y en cambio sólo sentía que me apretaba con fuerza, sé que al final me soltó y que entré a mi habitación sola, pero un calor inmenso que tomó forma de Elio me tomó por la cintura, me besó intensamente, pero en plena pasión del beso me encontré con un cuarto vacío. El fuego que sentí se convirtió en humo que escapó por la ventana y de pronto el cuarto se torno muy frío y sentí un cansancio enorme y los ojos pesados.

Al día siguiente me llevé la sorpresa de mi vida. Amanecí pálida y fría. No dejaba de temblar y sentía el palpitar de cada músculo de mi cuerpo. Después de tocar bruscamente mi frente unas cinco veces y de poner compresas demasiado calientes sobre mi cabeza, Lutébamo decidió que lo mejor era posponer la boda.

—Lo único que lograrás es hacer quedar mal al señor Atelo y hacer que gaste más dinero —dijo molesto y completamente seguro de que yo era la culpable de mi misma enfermedad.

—¿Me podrías dar un té? Mi abuela siempre mezclaba un poco de lavanda, limón y jengibre cuando me daba un resfriado —ciertamente lo que sentía no era un resfriado, aunque sí comparable. Me clavó una mirada de incredulidad, como si mi petición fuera algo completamente absurdo e incomprensible para él. Sus cejas se fruncieron ligeramente, y sus ojos parecían estar en busca de alguna explicación, como si no pudiera entender cómo podía pedirle algo así.

—A mí no me engañas, niña, eso que tú sientes son las consecuencias de... —estaba diciendo cuando entró Dalila con un grito exagerado.

—¡Nive!, ¿qué sucedió? —dijo quitando al monje con un tremendo empujón—. Deben ser los nervios de la boda, ¿verdad? —le preguntó a su víctima.

—Sí, son los nervios —respondió Lutébamo poco convencido de sus palabras y se acercó a la puerta, no obstante, antes de irse soltó—: Intenta mejorar para mañana y no causar más disgustos.

—Me ama —le dije a Dalila que me examinaba de pies a cabeza.

—Ni te apures, para él nadie es bueno para "el señor Atelo" — dijo lo último utilizando el tono sabiondo del Monje.

—¿También te trataba mal?

—Dioses, no, sólo lo dije para que te sintieras mejor...

Dalila se quedó un poco más mientras sentía poco a poco regresar mi calor. Elio el cerdito estuvo a mi lado todo el tiempo, lo que me hacía pensar en la ausencia del otro Elio, el adulto, el bastardo que no había ido a visitarme en todo el día. La única que llegó fue Brisa con un té de olor desagradable.

—¿No tienes un poco de lavanda para ponerle al té?, así a lo mejor se le quita el mal sabor —dije buscando un poco de complicidad, pensando que el té lo había preparado Lutébamo.

—Oh, disculpe, su majestad, que el té no esté al nivel de sus expectativas, sin duda hoy me azotaré tres veces para que no vuelva a pasar —respondió indignada con los ojos llorosos, cerró la puerta con tanta fuerza que temí que la rompiera. No había duda de que esa mujer y yo no estábamos destinadas a entablar una amistad y, claro estaba, la culpa la tenía yo.

Como Lutébamo no apareció después varias horas con el té que había pedido y yo no di ni un trago al que había llevado Brisa, decidí salir de la cama e ir a su choza por un poco de los ingredientes que, si no me ayudaban por sus propiedades, sí lo harían con su sabor. Me puse una bata blanca y me observé en el espejo con bordes dorados que estaba en mi habitación. Era de lo más extraño; en casa teníamos un espejo, pero era muy pequeño y a lo mucho me había visto reflejada de cuerpo completo unas tres veces en toda mi vida. No obstante, aquí casi me daba miedo quedarme viendo por más de unos segundos. Mi cabello caía en cascada sobre mis hombros en un tono vino profundo, como el contenido de las copas que Dalila solía pasear por la mansión. Mi piel estaba más pálida que de costumbre, pero seguía adornada con un esparcimiento de pecas, mientras que mis ojos, del mismo tono que mi cabello, comenzaban a recuperar su brillo. Preferí alejarme del espejo y continuar mi camino hasta la choza de Lutébamo.

La cocina estaba plagada de panecillos y comida deliciosa, seguramente parte del festín de la boda, mi boda. Me dije que no había problema porque para mañana seguro que todavía conservarían su frescura y buen sabor. Se me antojaron unas fresas que se veían enormes y comí un par, luego guardé otras para agregarlas a mi té. Salí y caminé directo a la choza, pensando en tocar la aldaba en forma de puño, pero cuando llegué la puerta estaba abierta.

Me di la libertad de entrar y tomar las lavandas que estaban colgadas justo al lado de la puerta. Lo iba hacer cuando un olor familiar me detuvo. Me giré, y noté un estante de libros de dónde venía aquel olor a pergamino, metal y polvo. Había dos libros que me llamaron: uno azul y el otro café, los saqué de su estante y para mi sorpresa eran como el libro rojo que tenía en mi habitación y que había sacado de la enorme biblioteca del Puente Viejo. La única diferencia es que no tenían la piedra de metal.

El libro azul decía en la primera página con letras plateadas: "Leber atem aguia". Para mi sorpresa lo pude traducir, si hay una palabra que se parece en todos los idiomas, por ser tan elemental y primitiva, es la palabra "agua" que aparentemente tiene su origen en "aguia". Cada vez estaba más segura de que esos libros tenían que ser la escritura madre de los idiomas actuales.

—Vaya, tienes que ser muy antiguo... ¿cómo te conservas tan bien? —susurré al libro azul y acaricié su tela.

—Porque ha vivido una vida sin mujeres —dijo Lutébamo con la mirada furibunda—. Deberías estar descansando y no aquí, donde nadie ni te quiere, ni te ha llamado.

Debió de haber tenido un pésimo día, estaba pálido y en su frente tenía un hilo de sangre que le recorría todo el lado izquierdo de su rostro. En un intento desesperado por apaciguar su furia intenté hablarle sobre el libro.

—El libro tiene que ser la lengua madre de los idiomas Shásticos.

Sus ojos se clavaron en el libro azul que tenía en mis manos y después en mi rostro.

—Suéltalo, que es una antigüedad, y ¿cómo demonios puedes afirmar eso?

—Las vocales fuertes como la a,e y la o, suelen comerse a las vocales débiles como la i y la u y así, al tener dos versiones de una misma palabra, como aguia y agua podemos saber cuál de ellas es más vieja— expliqué.

Lutebémo se desplomó sobre la silla más cercana y me pidió el libro con la mano, se lo entregué como si le estuviera entregando un tesoro.

—Tienes razón, este libro es muy antiguo, probablemente tengas razón... —dijo más para él que para mí—. Ahora vete, mañana es un gran día, ya habrá tiempo para esto.

—El libro sobre el agua —dije y salí antes de que pudiera obtener respuesta.

Cuando llegué a mi habitación saqué el libro rojo del fondo de mi maleta. Después de que removí la piedra y de haber leído unas cuantas líneas en El Cementerio de Roca Vieja, nunca lo había vuelto a hojear. Vi la primera página y decía: "Leber atem igno". No tenía idea qué significaba la palabra "igno", pero el formato era el mismo que el de los libros que tenía el monje en su choza. Recordé el estante de Lutébamo y como los demás libros no parecían encajar ahí, pero los otros dos y, posiblemente el que tenía en mis manos, encajaban como piezas de un rompecabezas.

Esa noche soñé con el mar y un montón de rocas. Al pasar ese tumulto, un castillo mágico se elevaba imponente, construido con piedras de ópalo que relucían como si estuvieran iluminadas desde adentro. El castillo se erguía en medio de un lago cristalino, cuyas aguas eran tan claras que parecían invisibles. En la superficie, la Luna Llena, gigantesca y hermosa, se reflejaba con una belleza hipnotizante.

De repente, el sueño cambió de tono y apareció una joven niña de piel oscura, cuyos labios eran de un delicado color lavanda. Con una sonrisa, me agradeció por algo que yo no recordaba haber hecho. Pero su gratitud me llenó de una sensación de felicidad y bienestar que no podía explicar.

Cuando me desperté, no me había recuperado del todo, pero Lutébamo había dado su aprobación para continuar con las celebraciones.

—Ay, criatura, te ves mal, mal, mal —me decía Dalila que me llevaba del brazo para arreglarme—. ¿Ya viste tu vestido? —me preguntó con complicidad.

La verdad era que no, ni me preocupaba mucho por él. Asumí que sería blanco y sin escote alguno porque estaría el viejo Lutébamo. Pero no, recibí una agradable sorpresa. Mi vestido, de un rojo intenso, se aferraba a mi figura como una segunda piel, las mangas largas se deslizaban suavemente por mis brazos hasta llegar a las muñecas, y los hombros, descubiertos y desnudos, dejaban ver la blancura de mi piel. Cada pliegue y cada detalle de la tela, perfectamente cuidados, daban la impresión de que el vestido había sido hecho a medida para mí. Era un atuendo que resaltaba mis ojos y cabello y que encajaba perfecto con la única joya que quise llevar: el collar que Amos me había regalado.

Dalila no pudo evitar ver mi reacción de sorpresa, yo estaba encantada, por supuesto, nunca había visto un vestido más hermoso, pero ella lo tomó como si me sintiera ofendida.

—Pues, es que... ay, Nive, todos sabemos que tenías un "amigo especial" en tu pueblo antes de que el señor Trepis te comprometiera con Atelo —dijo con ese tono un poco condescendiente al que ya me estaba acostumbrando.

—¿Qué? —dije confundida, jamás me imaginé que conocieran la existencia de Amos y, mucho menos, las especificaciones de nuestra relación. Era obvio que éramos más que "amigos especiales" como finalmente lo había llamado Dalila, pero al no estar comprometidos... supuse que era la definición menos grosera a la que se había llegado.

El vestido me sentaba bien. Mi cabello era del color del vino como las pecas que recién había descubierto sobre mis mejillas. Me vi en el espejo durante algunos minutos, me gustaba cómo lucía, pero me desanimaba saber que ni Amos, ni mi abuela me verían. Aún así me sorprendí de no estar triste por casarme con otro hombre. Ciertamente, Atelo era un sujeto muy extraño, sin embargo, no parecía tener interés físico en mí; por lo contrario, parecía ansioso por llevarme a su biblioteca, sólo seguía esperando que "su biblioteca" no fuera una especie de eufemismo.

—Los caminos son cada vez más peligrosos —dijo una de las muchachas que estaba viendo cómo me preparaban.

—Y los mares son peores, ese Tenebras anda desatado. Lo han coronado Rey de las Islas del Jaspe —dijo otra.

—Dicen que tiene una prisión de mujeres —comentó Dalila con tono secreto—. Dicen que es guapo —agregó con morbo.

—A mí me preocupa más las cosas raras que pasan por aquí —dije pensando en los tres individuos que nos atacaron en camino a Tindel.

Las tres jóvenes que estaban ahí me observaron confundidas hasta que Dalila intentó bajar la tensión y habló sobre su futuro compromiso con Elio.

—Y tendré el apellido del rey: Dalila Gunthárí —dijo con ilusión exagerada.

Alguien abría la puerta y era Brisa que no parecía haber cambiado su opinión sobre mí y con algo de insolencia se dirigió a Dalila.

—Señorita, el joven está listo para que la señora sea escoltada —dijo y luego algo en Dalila capturó su atención—. Qué bello collar —señaló un zafiro que siempre pendía del cuello de Dalila. Dalila asintió con un elegante movimiento de cabeza, agradecida por el cumplido e invitó a las demás a dejar la habitación. Se paró dirigiéndome una mirada.

—Espero que estés lista para conocer a tu futuro hijo.

—¿Qué? mi... ¿qué? —pregunté confundida. No tenía idea de que Atelo tuviera hijos. De hecho, era muy poco lo que sabía de él, hasta dos días antes no sabía ni qué aspecto tenía.

—Buenos días —dijo una voz infantil, pero a la vez conocida—. Futura madre, espero que esté lista para escoltarla a los brazos de mi buen padre, Atelo Eliur Mendeleón —dijo Tadeo Mendeleón con un tono de terrible aburrimiento. Pero al final de su última palabra no pudo evitar torcer la comisura de sus labios para formar una pícara sonrisa.

11

Campanas de boda

—Hola, Tadeo, veo que ya regresaste de tu reciente expedición. Tienes que ser más sedentario o te volverás un vago... —dijo Dalila desordenándole el cabello. Por su cara, era obvio que a Tadeo no le gustaba que lo trataran como a un niño.

—Tal vez lo haga, después de todo en esta expedición no pasó algo ni remotamente interesante —dijo Tadeo cerrando un ojo en mi dirección buscando complicidad.

Permanecí en silencio, incapaz de emitir ni siquiera un simple "hola". El solo hecho de estar cerca de ese niño producía en mí ese efecto de confusión. Tadeo me miraba fijamente, con una expresión enigmática en su rostro.

—Creo que mi nueva madre no aprecia las buenas conversaciones —dijo mirando al techo.

Dalila se puso nerviosa por primera vez desde que la conocía y con un codazo doloroso en mis costillas dijo:

—Nive, saluda a Tadeo.

—Ho-hola —dije tartamudeando.

Tadeo abrió los ojos como un felino que acababa de ver algún objeto brillante.

—Pero si es perfecta para ppppa-pá —se burló.

—Los dejo para que se conozcan —dijo Dalila que salió casi corriendo de la habitación. Antes de que se cerrara la puerta, una mano la empujó para volver a abrirla.

—Veo que ya conociste el *ingrediente final* —dijo Hijo de Lobo que portaba de nuevo su armadura color plata oscura.

Tadeo que ya se encontraba sentado en una silla con las piernas sobre un pequeño buró, miró a Hijo de Lobo con resentimiento.

—Ni creas que te he perdonado por lo que hiciste en el bosque, Elio —dijo con voz de niño.

—No eres el único —contestó dedicándome una mirada y luego regresó a ver al pequeño—. Además, yo tampoco te he perdonado por usar el nombre de mi amigo y la memoria de mi madre.

¿El amigo al cual se refería Elio era Magnus Tenebras? No podría ser, según tenía entendido Tenebras era un enemigo de la corona de las Tierras Verdes... No tenía sentido. Lo que sí tenía sentido era el enojo que manifestó Elio cuando uno de los trovadores describió a la supuesta madre de Tadeo... así que hablaba de Milenor la gran guerrera del Clan de los lupinos.

—¿Por eso te molestaste? —pregunté—. ¿Por usar la memoria de tu mamá?

Los dos me observaron. Pero antes de que alguno de los dos pudiera decir algo, la puerta se abrió y la figura de Lutébamo apareció.

—Tadeo, Nive de Lyff... Atelo los espera —dijo viendo al chico con reproche, como culpándolo de la demora. Para mi sorpresa, Tadeo se paró de inmediato y obedeció al monje.

Me ofreció su mano para que la tomara y me entregara a su padre. Rogué con la mirada a Elio, pero la esquivó.

Tadeo me tomó de la mano y caminamos por un salón con techos altos que estaban pintados con paisajes tan detallados que parecían cobrar vida. Me sorprendió el nivel de detalle en cada hoja de los árboles, cada brizna de hierba y cada rizo del agua que se podía ver en aquellas pinturas. Me sentí como si hubiera entrado a un bosque verdadero, lleno de belleza y vida. El piso de mármol blanco estaba adornado con incrustaciones doradas y brillantes de labradorita pulida. Toda la estancia estaba llena de rosas rojas, rosas y amarillas.

En el fondo veía a Atelo con una pequeña sonrisa, su cabello negro con destellos plateados estaba cuidadosamente recogido en una elegante coleta, añadiendo una pizca de misterio a su apariencia. Vestía un traje de color rojo que parecía encenderse bajo la luz del sol que entraba por las ventanas, y combinaba a la perfección con el vestido que yo llevaba puesto. Había unas cien personas y yo a lo mucho conocía a tres.

—Trata de sonreír un poco —dijo Tadeo. No lo decía con su tono irónico, ni como una orden, más bien como un consejo.

—Tus manos brillaban aquel día en el bosque —dije en voz baja.

—Eso es para otro día, *madre*.

No volvió a decir una palabra. Cuando entregó mi mano a Atelo no pude evitar notar la mirada afilada que le dedicó a su hijo. Tadeo se fue a sentar con Hijo de Lobo y Dalila que estaban en la fila de enfrente. Elio sólo observaba hacia adelante. No a mí, no a Atelo... su mirada se perdía entre los elementos boscosos dibujados en los ventanales, "a lo mejor se imagina que es un lobo corriendo por esos campos" pensé.

Mientras Lutébamo decía muchas palabras que me u-nían a un hombre que apenas conocía, pensaba en Oure, el Cementerio de Roca Vieja, Amos, Lena y el puente. De pronto, recordé el camino de piedra que llevaba a la choza del jardín y pensé que estaba hecho del mismo material que el Puente Viejo. Observé a Tadeo, que me miraba fijamente. "Mi hijo" pensé. Y recordé que Elio estaba muy confundido cuando dije que era su madre, aquel día que los trovadores se llevaron al pequeño.

—...Porque el señor de la justicia dicta que todos debemos ser iguales y cualquier ventaja sobrenatural es, sin duda, una aberración. La única ventaja que debe existir es cuando una mujer se subyuga ante un hombre que la ama —decía Lutébamo en tono ceremonioso—. Ahora, pasen a dar una ofrenda a El Justo, fundador del grande y justo mitrado de Las Tierras Verdes.

¿Una ofrenda?, no tenía idea que tenía que dar alguna ofrenda. Vi que Atelo se quitó algo del cuello y lo arrojó a las llamas. Lo único que tenía para quitarme además del vestido era el collar que me había puesto Amos el último día que lo vi. Obviamente no me quería desprender de él. El sólo recuerdo de ese momento me dolió durante mucho tiempo. Me acerqué al fuego, temblando un poco mientras agarraba el collar en mi mano. Miré fijamente sus detalles, recordando su valor senti-mental y las razones por las que lo había llevado conmigo.

A pesar de mis dudas, tomé una decisión y lo arrojé al fuego.

En el momento en que el collar tocó las llamas, se desencadenó una explosión de chispas de colores violeta que bailaron en el aire por un instante. Pero extrañamente, parecía que sólo yo lo había notado. No hubo ruido ni movimiento a mi alrededor, sólo el fuego crepitando y la calidez que me rodeaba.

Absorta en la idea de unas llamas que sólo yo parecía haber observado, noté cómo Atelo hacía un ademán con la mano y sus labios se movían en un intento de comunicarse conmigo. Sin embargo, un mareo me impedía escuchar sus palabras. Poco después comprendí que su gesto buscaba que yo le acercara mi mano. A pesar de sentirme aturdida, estreché su mano y experimenté una leve descarga eléctrica en el instante del contacto. El señor de Tindel, con delicadeza, deslizó un anillo en mi dedo anular.

El oro del anillo deslumbraba con su brillo lujoso, y en su centro resplandecía un rubí de generoso tamaño. Delicados grabados de hojas se entrelazaban con gracia y delicadeza alrededor del aro, rindiendo homenaje a la exquisita belleza de la naturaleza. Sentí cómo ese anillo trascendía el tiempo, como un símbolo ardiente de pasión... una verdadera joya desaprovechada en mis manos frías y mi deseo inexistente.

12

La biblioteca de Atelo

No estuve un solo segundo en la fiesta de mi boda, por lo que mi plan de hablar con Tadeo e Hijo de Lobo se me fue de las manos. En cambio, Atelo me llevó a su biblioteca. La gente vitoreaba, pensando seguramente que me llevaría a la cama pero Dalila hizo un gesto burlón como si estuviera leyendo un libro invisible, me reí y aprecié la complicidad de ese gesto.

Finalmente, mis ojos pasaron por la puerta de la biblioteca. La majestuosidad del lugar me dejó sin aliento. Los estantes de madera se alzaban hacia el techo, creando un laberinto de conocimiento que parecía nunca terminar. La madera estaba tallada con elegantes diseños y adornos de cobre con la flor de lis en las esquinas, lo que añadía una sensación de nobleza y lujo al ambiente. El centro de la habitación estaba dominado por una mesa rectangular de madera, cuyo largo alcanzaba los diez metros. También estaba adornada con elegantes tallados y decoraciones de cobre. El techo era un domo blanco con varias ventanas por donde la luz se filtraba, bañando el espacio en un suave resplandor. De ahí colgaba un majestuoso candelabro, cuyas velas arrojaban una cálida luz. Nuestra presencia avivó las llamas, y el cuarto frío se llenó de un calor acogedor.

En uno de los extremos de la mesa, había varios libros acomodados, hojas con garabatos, plumas y tinta. Parecía el lugar de trabajo de un académico, aunque dudaba que hubiera muchas bibliotecas como la que estaba presenciando. Los libros...eran tantos y la mayoría parecían nuevos. No divisé a simple vista algunos ejemplares como los que había visto en la cabaña del monje o en el Cementerio de Roca Vieja.

Atelo se paseaba por los libros y los tocaba con las yemas de sus dedos como si fueran un objeto precioso. Algo en ese movimiento me estremeció. Me observó copiosamente y pude ver algunos rasgos de Tadeo y, aunque el chico era más extraño, Atelo no resultaba precisamente un hombre normal. Y vaya que no lo era.

—¿Qué fue lo que te dijo Tadeo? —dijo sirviendo dos copas de vino y olvidándose por completo de su tartamudeo.

—¿Qué fue lo que me dijo? —dije más confundida por su tono de voz que por la pregunta.

Atelo dio un sorbo a su vino y luego puso sus ojos precisos en mí, como si sólo con verme pudiera entrar en mi mente y arrancarme los pensamientos de una mordida, me estremecí y guardé silencio.

—Uno de mis sirvientes escuchó que mi hijo te decía que tendrían que hablar luego de algo. Mi hijo no habla con casi nadie. Un poco con Elio porque me ha ayudado a buscarlo una docena de veces, pero no tienen una excelente relación —dijo con tono burlón, dejando su copa sobre la mesa y sin quitarme los ojos de encima.

Lo único que podía pensar era: ¿En dónde estaba el hombre nervioso y tartamudo que había conocido antes? Su voz era única, combinaba una rasposidad que recordaba el sonido de una lija rozando madera con una suavidad inesperada. Pero lo que más llamó mi atención fue su tono culto, con una elegancia en cada palabra que dejaba en claro que conversaba con un hombre educado y refinado... uno de los trece señores de Las Tierras Verdes.

—Francamente, no sé a lo que tus sirvientes se refieren. El chico sólo me dijo que sonriera un poco —le dije—. Verás, no me hacía ilusión casarme con ningún conocido a mi lado. Por cierto, ¿hay noticias de mi abuela? —solté lo último con la esperanza de cambiar de tema.

En ese momento, le di gracias a los cielos, Lutébamo entró sin avisar.

—Ya llevé al chico a la torre, señor Atelo —dijo—. No creo que sirva de mucho, claramente descubrió cómo salir de ahí.

Atelo hizo un gesto con la mano de no importarle en lo absoluto. Luego su rostro cambió y volvió hacer el hombre tímido y emocionado que se había ido marchando de mi puerta noches atrás.

—Ve-veras Ni-nive, ne-necesito a-ayuda con algunas trra-tra- ducciones —dijo y me mostró unos libros. A juzgar por los títulos todos eran variaciones del Shástico del este, es decir, la mayoría eran vodos.

—Vendrás al mediodía todos los días para asistir con las traducciones. El resto del tiempo podrás gozar del estatus de "esposa" de un gran señor —dijo Lutébamo recalcando la palabra "asistir". Adiviné inmediatamente que a quien tendría que asistir sería a él y por "asistir" lo que en verdad quería decir era "hacer todo el trabajo por él". Pero no me molestaba en absoluto y aparentemente me había casado con un trabajo y no con un hombre, es más, quizá me había casado con una biblioteca y esa idea me gustaba más.

—En cuanto a las habitaciones... —agregó Lutébamo algo incómodo mientras Atelo parecía divertirse —. Te cambiarán a unas más apropiadas a tu nueva posición, pero no la compartes con Atelo. Sin embargo, una vez al mes deberás pasar la noche con él, pero únicamente para guardar las apariencias. El señor ya tiene un heredero y está conforme con él.

—Bien... —dije, como si hubiera sido una elección—. Está el asunto de mi abuela, entre más pronto esté aquí me sentiré más cómoda.

Lutébamo volteó a la dirección de Atelo que se encogió de hombros.

—Veré a la brevedad qué se puede hacer al respecto.

Cuando el monje se fue me quedé sola con Atelo que tenía una sonrisa.

—Lutébamo me contó sobre tu traducción en la choza. "El libro sobre el agua" —dijo Atelo sin el asomo de su selectiva tartamudez.

—Disculpa, yo sólo iba por unas hierbas y esos libros como que... estaban ahí. —No sabía si me tenía que disculpar, honestamente nunca había estado tan confundida antes.

—Y te llamaron —dijo mientras se sentaba en una silla de terciopelo cobre con bordes de madera que lucía hermosa y cómoda—. Te contaré una historia —dijo, pero al verme dudar y estar confundida por su repentina fluidez verbal agregó—: si quieres...

En realidad, no tenía muchas opciones y tal vez así podría entender el misterio de Atelo y ¿por qué no?, el de Tadeo. Me senté en una de las sillas de terciopelo color rojo y esperé. Unos segundos después no iniciaba su historia así que comprendí lo que quería, deseaba que toda mi atención se enfocara en sus palabras.

—Puedes iniciar —le dije.

Atelo cerró los ojos al tiempo que asentía con la cabeza y su parecido a Tadeo se hizo más presente, hasta pude percibir un destello violeta en sus ojos oscuros.

—Mis abuelos fueron los fundadores de Tindel, ellos venían de una pequeña ciudad que ya no existe que se llamaba Reemi, muy cerca de Oure. Ellos eran fieles sirvientes de los Guntharí y en recompensa por tantos años de servicio les dieron una mejor tierra para que ellos iniciaran un gran condado. Buscando buenas tierras, dieron con una torre que se alzaba entre los árboles y a unos cuantos metros algo invaluable: un hermoso y vasto lago. Además, había mucha labradorita, que es una piedra muy resistente por lo que decidieron que este era el lugar ideal para empezar a construir, justo a unos pies del lago, pero hubo un tercer hallazgo: se interponía un gigantesco sauce llorón que todos concordaron talar.

El día que se suponía talarían el árbol, mi padre, no puedo explicar cómo, pero sintió que era "llamado" por las entrañas del árbol, y en vez talarlo hicieron un corte, y así descubrieron que el árbol era en realidad una vieja casa. Ahí fue donde encontraron algunos de los libros que ya observaste en tu "pequeña irrupción" de ayer.

Mis abuelos intentaron descifrarlos, pero no encontraron nada, luego, cuando ellos murieron fue el turno de mi padre y este fue más obstinado, consultó a los seguidores de las viejas religiones. Mandaron traer a una sacerdotisa de Sher, que sólo trajo penas a mis padres, penas de las que prefiero no hablar. Luego trajeron a unas mujeres de Sherí... impactantes, bellas como ningún otro ser había visto hasta entonces: ojos violetas, labios lavanda y pieles oscuras.

Ellas no trajeron penas a mis padres, pero una de ellas me trajo pena a mí... pero tampoco es relevante para la historia. En fin, ellas nos dijeron que esos libros eran muy antiguos, tanto como lo era la religión del Gato Tuerto y su enemigo y hermano Serpiente y con lo prudentes que son esas mujeres de Sherí, sin pedir algo a cambio, a pesar de que se los habían prometido, se marcharon.

Luego, vinieron las Guerras Vodas, mis padres ya habían muerto y me tocó ver cosas muy extrañas, cosas de vodos —hizo una pausa y tomó el cuello se su camisa, como buscando aire.

Yo tomé la jarra de vino que había en la mesa y le serví una copa, y luego me serví otra a mí. La guerra contra los vodos no era un tema fácil para quien ha perdido un familiar, peor debe ser para aquellos que además participaron en ellas.

—Continúa, por favor —le dije, luego de que le diera un sorbo a la copa que casi la deja vacía.

—Ellos, los vodos, hacen sacrificios, ¿sabes? sacrificios horribles. Y aunque ganamos la guerra me da la impresión de que regresarán y de que nuestra única ventaja está en esos libros. En total encontramos tres: uno azul, uno café y otro verde, pero estoy seguro que hay más, de hecho he enviado a académicos de las Tierras Verdes a diversas ruinas y antiguos pueblos para ver si encontramos más, pero hasta el momento han regresado con las manos vacías.

"Así que había sido Atelo quien había enviado a toda esa gente a Oure, como sospechaba no habían encontrado nada" pensé.

—Después de eso, Lutébamo un monje de esta nueva religión me ayudó, dice que su abuelo solía tener tatuajes con algunas palabras en esos extraños idiomas. Su abuelo no era muy buena persona y por ello terminó en el Mitrado donde se volvió un poco prejuicioso. Y ahora estás tú Nive de Lyff, que por fin puedes dar respuestas a lo que durante años nos hemos preguntado.

Se acercó a una pequeña caja y de ahí sacó un libro verde, lo acarició con cariño y luego lo puso entre mis manos como si se tratara de un tesoro. Y lo era, yo lo sabía, todos esos libros eran un preciado botín. Me quedé observando el libro y Atelo me observaba a mí cómo esperando que algo sucediera. Yo tenía muchas preguntas, pero solo una salió de mis labios.

—¿Y tu tartamudeo?

—Totalmente falso, pero será nuestro secreto —dijo mientras me indicó el camino a la puerta y guiñaba un ojo.

13

Sospechas

Al llegar a mi nueva habitación quedé sorprendida. Era una belleza indiscutible, adornada con colores planos que armonizaban a la perfección: el blanco, el azul pálido y unas vistas de color cobre. Me sorprendió una pared en particular, la cual estaba decorada con lazos de rosas pálidas pintadas, que parecían mecerse con la brisa que entraba por el balcón. En el sillón color crema, Elio, el cerdito, dormía plácidamente. Mi mirada se dirigió hacia un enorme escritorio que estaba ubicado en una esquina de la habitación, el cual contaba con una variedad de plumas y tintas, así como hojas de distintos colores, lo que lo convertía en un espacio perfecto para estudiar y tomar notas hasta altas horas de la noche. No pude resistir la tentación de abrir uno de los cajones y guardar allí el libro verde que me había dado Atelo. Luego me dirigí a la cama que se veía deliciosa y más que cansada físicamente, me sentía cansada mentalmente.

Me acosté en un colchón muy cómodo y observé el techo que tenía pintadas las mismas rosas de la pared. Me moví un poco y me topé con un pequeño bulto de cobijas. Lo intenté mover, pero antes de que pudiera hacer algo el bulto se movió solo y de entre las cobijas una cabeza se asomaba con aire somnoliento.

—Hola, madre —dijo Tadeo con un gran bostezo.

—Aaagg, ¿nunca puedes aparecer como una persona normal? —pregunté conmocionada.

—Si fuera una persona normal, tal vez... —dijo volviendo a bostezar.

—Supongo que no quieres que te lea un cuento, ¿verdad? —dije mientras me paraba de la cama.

—Ni que pudieras contarme uno que no me sepa —contestó ya despejado del sueño.

Tadeo lucía una camisa cómoda de tela suave y transpirable, de un tono verde oscuro que hacía juego con el pantalón de franela marrón que llevaba puesto. Sus ojos, aunque no tan evidentes como el violeta que había mostrado en El Cementerio de Roca Vieja, seguían siendo sorprendentes también. Se paró de mi cama y se acercó al balcón donde se quedó observando la torre donde, aparentemente, vivía.

—Mira, Nive... ahí pretenden que esté todo el día —dijo con una voz desgarrada y el brillo intermitente de sus ojos desapareció por unos momentos.

—Mira, aquí pretenden que pase un año entero —dije señalando la habitación. Tadeo torció los ojos y dijo:

—Vale, pero esa fue tu decisión, nadie te obligó, ¿verdad?

—Pues, no... —respondí. Así que Tadeo estaba al tanto del trato que había hecho con su padre.

Entonces decidí aprovechar la situación, si Tadeo estaba ahí, era porque quería hablar conmigo sobre algo.

—Tadeo, en El Puente Viejo... ¿te convertiste en un gato muy grande? —dije arriesgándome a que se burlara de mí, como tanto le gustaba.

—Claro, tonta. ¿Crees que una pantera de verdad te hubiera llevado a la salida en vez de jugar contigo hasta matarte?

—Pero cómo es posible...— contesté entre sorprendida e incrédula.

—Bueno, yo no fui el único en convertirse en un felino... ojos rosas, pero ya tendremos más tiempo para hablar sobre eso, de hecho, por eso estoy aquí, para decirte que tenemos una conversación pendiente —dijo sonriendo intentando que todo pareciera que estaba bien.

Se marchó corriendo y simplemente me quedé en el balcón observando la luz prendida de la de la torre de Tadeo hasta que la cabeza de Atelo se asomó por la ventana. Acto seguido la luz se apagó y un mal presentimiento se prendió en mi cabeza. Había algo muy extraño en Atelo, fingía ser tartamudo, aparentemente con todos menos conmigo. Pretendía ser un poco tonto y estar algo loco, pero sus relatos y lógica eran lúcidos, hasta me parecía ver algo de temor en los ojos de Lutébamo y qué decir del pobre de Tadeo, escapaba constantemente de su padre.

Tadeo era un niño muy listo y todo apuntaba a que tenía unos extraños poderes. Dice que me convirtió en una especie de felino y le creía. Claro, recordaba correr en cuatro patas por una especie de palacio subterráneo. "La magia existe", concluí esa noche y de alguna manera dormí más tranquila.

"Mis ojos son estrellas que iluminan el camino de los viajeros extraviados en la noche. Nuestra voz es como el viento que susurra historias de triunfos y fracasos, de amor y de esperanza. En el agua, somos los reyes de antaño, expertos

conocedores de los secretos del océano. En la tierra, cantamos al son del viento que sopla sobre la arena y nos regala pequeños tesoros de sílice satinados"

Recité en silencio las líneas que Hijo de Lobo había pronunciado antes de nuestra llegada a Tindel, dejé que sus palabras resonaran en mi mente hasta que finalmente me sumí en un sueño profundo. No sabía cuánto tiempo había pasado hasta que un fuerte golpe sacudió la puerta de mi habitación, haciéndome parar de la cama de un salto.

A pesar de que habían transcurrido apenas un par de horas, la sensación de haber estado sumergida en el sueño me hizo sentir como si hubieran pasado días desde que me había quedado dormida. Mi corazón latía con fuerza mientras me dirigía hacia la puerta, preguntándome quién podría estar detrás de ella y qué podría querer de mí en plena madrugada.

Cuando abrí la puerta, Tadeo estaba ahí con lágrimas en los ojos y su labio inferior hinchado con un hilo de sangre que le recorría la barbilla. Lo limpié con agua, el golpe no era profundo. Me abrazó con mucha fuerza y lo llevé hasta el sillón color crema donde había estado durmiendo Elio el cerdito, lo arropé hasta que se durmió.

Pasaron unos minutos y seguía sin poder dormir, sólo pensaba en qué podría haber pasado para que Tadeo llegara así. Tampoco quería delatarlo porque estaba segura que Atelo era el culpable del pequeño hilo rojo que colgaba de la boca del pequeño. Pronto volví a escuchar la puerta, esta vez eran golpes apagados, destinados a que sólo alguien que estuviera despierto los escuchara. Tadeo ni se movió del sillón. Me acerqué a la puerta, aún adormilada y sin reparar en que mi camisón era una vestimenta demasiado escasa para la noche fría que hacía. Abrí la puerta con precaución, pude ver a alguien en el umbral, apenas visible en la oscuridad. Elio estaba ahí y se veía a hurtadillas.

—Ven —le dije tomándolo de la mano y apunté el sofá donde estaba Tadeo—. Esto es lo que buscas, supongo —dije señalando al niño.

Hijo de Lobo iba a decir algo, pero se quedó callado, asintió con la cabeza.

—¿Se puede quedar? —dije esperanzada, susurrando para no despertar a Tadeo que seguía dormido al fondo de la gran habitación.

—No, tiene que estar con su padre o Lutébamo o en la torre...—dijo con algo de pesar, también en voz muy baja.

Sentí una furia que corría por mis venas. Elio lo notó, pero antes de que dijera algo, comencé a articular en susurros:

—¿Por qué todos insisten en que el niño esté encerrado?, a lo mejor así no se tendría que escapar cada que viera la oportunidad. Es peligroso que ande deambulando solo. ¿Sabes dónde lo conocí? En Oure, A VEINTE HORAS DE AQUÍ, Elio, VEINTE HORAS de viaje un niño, solo. ¿QUÉ DIABLOS LES PASA A TODOS USTEDES?

Había comenzado a llorar y en algún momento Elio me había abrazado. Me limpió las lágrimas con sus pulgares y luego acarició mi mejilla y su dedo índice trazó un camino por mi piel. Sentí la suavidad de sus caricias, como si intentara borrar toda la frustración y la tristeza que me invadían. Por un instante, me perdí en el aroma a vainilla y madera y en el sonido de su respiración tranquila y regular.

—Te ves... —Ahogó su última palabra y luego su tono cambió—. Se ha ido durante semanas, supongo que puede pasar el resto de la madrugada aquí, pero Nive, que sea nuestro secreto.

Asentí con la cabeza y lo acompañé a la puerta.

Antes de que pudiera abrir la puerta para que él saliera, me tomó de la mano y la sostuvo con firmeza. Sentí el calor de su piel y el latido acelerado de su corazón. Con una voz suave e interrogante me confesó que desde el momento en que nos encontramos en uno de los balcones del pasillo, tuvo la sensación de haberse quedado conmigo.

—Fue como si tu olor y calor se quedaran en mis dedos y luego me recorriera todo el cuerpo... por un momento juré que estabas conmigo. Me desperté confundido, pensando que... tal vez, pero luego me enteré que estuviste enferma. Así que es imposible ¿verdad?

—Ya no sé qué es imposible o posible —dije mientras abría la puerta. No obstante, Hijo de Lobo parecía no querer irse y, a decir verdad, yo tampoco quería que se fuera. Su mano se deslizó por mi hombro con suavidad, reconfortándome en un gesto que logró calmarme. Pero pronto su tacto se movió a mi cuello, su dedo índice se aventuró delicadamente en mis labios. Un gemido sordo escapó de mi garganta ante la intensidad del contacto. Él respondió sujetando mi cintura con firmeza, mientras yo rodeaba su cuello con mis brazos. Me aferré a su espalda ancha y fuerte, entregándome al momento sin pensarlo dos veces, hasta que finalmente sus labios encontraron los míos en un beso. De pronto, Elio se apartó como si le hubiera dado un empujón y salió rápido y sigiloso por la puerta. De todo lo que pasó esta noche, quizá fue eso lo que más me sorprendió: lo natural que eso se sintió... al menos por unos momentos. No pude evitar pensar en qué hubiera pasado de no estar Tadeo en mi habitación, y en lo que hubiera sucedido si alguien nos hubiera visto, pero no me importaba. En ese momento, lo único que importaba era lo que había sucedido entre nosotros y el calor que todavía sentía en mis labios.

14

La esposa de la biblioteca

No me quise preocupar por más, sólo quería conservar la sensación de las manos de Elio sujetando mi cintura y de su dedo índice resbalando por mis labios y pensando en eso me fui a dormir, tranquila y serena como si hubiera tomado uno de los deliciosos tés relajantes de mi abuela.

Al despertar, me percaté de la ausencia de Tadeo. Sin embargo, una carta con una caligrafía perfecta y simétrica se encontraba a un lado de mi buró. Reconocí la letra de las anotaciones que había visto en el mapa antiguo en la biblioteca oculta de Oure. Con curiosidad desplegué el papel para descubrir su contenido.

Querida madre:

Verás, tengo que marcharme de nuevo, odio el encierro y eso es lo que me espera los siguientes días si me quedo. Esto no tiene algo que ver contigo o con mi padre o incluso con el estúpido monje Lutébamo, quien me propinó una paliza anoche por no querer beber un té asqueroso, pero no te preocupes yo también le di su merecido. Pero es mejor que parezcas sorprendida. Esta vez no iré a Oure, sólo iré bajo el nombre de Tenebras. Sabrás a qué me refiero. Tampoco le comentes a Elio porque iría a buscarme y eso puede meter en problemas a mi banda de itinerantes favoritos.

Trata de pasarla bien con la sosa de Dalila, hazle caso Lutébamo y a mi padre síguele la corriente y procura que no se entere de lo que ocurre contigo e Hijo de Lobo, a pesar de que lo ame como a un hermano y a ti te necesite no significa que le agrade la idea de que se vean a sus espaldas. Sólo me ausentaré un par de días.

Cariñosamente,

Tadeo Mendeleón

Quema la carta después de leerla.

Por alguna razón, tenía la certeza de que Tadeo regresaría sano y salvo. Me dio la impresión de que era la primera vez que daba explicaciones de a dónde y con quién iba. También aprecié su lista de instrucciones para que no tuviera problema con los habitantes de la mansión. Hice un fuego en la chimenea y aventé la carta a las llamas, no sin antes sentir un poco de apego a ella, como que no quería que se quemara, quería conservarla, pero era demasiado tarde, el fuego la había consumido.

Tomé el libro verde y lo puse junto al libro rojo. Hasta el momento sólo Tadeo sabía que tenía ese libro rojo conmigo, la posibilidad de decirle a Atelo que yo tenía el libro rojo pasó por mi mente, pero no sabía si confiar en él todavía... era muy extraño y cada que me encontraba con él hacía cosas que me desconcertaban. Contemplé los libros como si estuviera viendo joyas hermosas, incluso me daba la sensación de que tenían un brillo tornasolado, pero ¿cómo, si tenían cientos, quizá miles de años? ¿Cómo no se deshacían como algunos de los libros de la biblioteca del Puente Viejo? Luego de hojearlos varias veces y comprobar que efectivamente era el mismo idioma en ambos libros, quise empezar con mi nuevo trabajo "la esposa de la biblioteca".

Me levanté con la idea y de muy buen humor y fui a la biblioteca. Ahí Lutébamo me esperaba con un montón de libros que poco se parecían a los de la cabaña dentro del árbol y a los que tenía todavía en mi habitación.

—Me dio la impresión de que Atelo quería que empezara con los libros del árbol —dije con un enorme bostezo que pareció asquear al monje—. Entonces, ¿dónde están?

Lutébamo empezó a reír.

—Ya quieres correr antes de empezar a caminar, niña tonta, primero conoce los otros libros y luego podemos empezar con los profesionales.

Dijo lo último orgulloso de sí mismo, pero si hubiera sido tan profesional, no habría necesidad de que yo estuviera ahí. De cualquier forma, hice caso a Lutébamo y me dediqué a traducir algunas páginas de libros que tenían que ver con distintas religiones: La religión del Gato Tuerto, Serpiente, Voda que eran las más antiguas... La que más llamó mi atención fue la del Gato Tuerto. Hasta ese momento no sabía mucho sobre ella, sólo que era una de las más viejas. Aunque me había leído todos los libros de Oure, los que hablaban sobre otras religiones que no eran la de Justo habían sido destruidos cuando el monje de mi pueblo llegó hacía unos años atrás. Acababa de ocurrir la guerra contra los vodos y todos estaban asustados ante la posibilidad de algo mágico, por lo que ni siquiera mi abuela fue capaz de confrontar al pueblo para decir "no" a la destrucción de una decena de libros.

Hojeé el libro y me detuve en la primera página:

"Hace mucho tiempo cuando las Tierras Verdes, Sherí y Sher vivían juntos en un gran continente. Los dioses Berek e Irisa crearon a sus dos hijos: Gato y Serpiente. Los dos eran bestias majestuosas, pero incontrolables. Tan incontrolables que Berek e Irisa no pudieron dominarlos por mucho tiempo.

El peor de los dos era Serpiente quien decía obedecerlos y odiándolos secretamente planeaba sus muertes. Serpiente escupía fuego y pensaba en ahogarlos en sus intensas llamas rojas. Gato, que no era malo, pero era instintivo, había encontrado el entretenimiento en observar a los humanos. Sus favoritos eran los ancestros del continente de Sher, que tenían los ojos rasgados y amarillos y su piel era oscura, pensaba que se parecían a él. Por ello, les prestaba un poco de su magia, elegía al más sabio y enseñaba los secretos mágicos que sus padres le habían enseñado a él.

A lo largo de los siglos sus secretos se propagaron por casi todo el continente y llegaron a lo que actualmente se conoce como Sherí, pero sin tocar lo que hoy son Las Tierras Verdes. Berek e Irisa decidieron que Gato era un peligro ya que había humanos que tenían mucha habilidad para utilizar la magia y por lo mismo, la humanidad se fue olvidando de ellos y los había dejado de adorar para agradecer sólo a Gato.

Llamaron a Serpiente para que les ayudara a eliminar a Gato. Aunque Serpiente no sentía ni un poco de cariño por Gato, se negó y viéndolos débiles y preocupados los envolvió en una bola de fuego rojo. Berek e Irisa tuvieron que renunciar a su divinidad y a sus recuerdos para renacer en el mundo como simples humanos. Pero como las llamas de Serpiente eran muy poderosas los dejó marcados aún en su forma de humanos, resultando en personas de cabello rojo. Gato ni extrañó, ni se dio cuenta de que sus padres habían muerto por contemplar la bella civilización que, gracias a su magia, se había construido. Serpiente estaba aburrido, ya que no concebía una nueva misión y fue con Gato que ignoró lo que tenía para decir.

Enojado, Serpiente quiso destruir a la humanidad que había nacido antes que él y que Gato admiraba tanto. Pero Gato no los iba a dejar morir. Todos los humanos fueron testigos de cómo el fuego de Serpiente, que teñía al cielo de fuegos rojos, casi acaba con el mundo, pero también atestiguaron como Gato usando más que su instinto peleó por lo que más amaba aun cuando Serpiente lo había dejado ciego con su fuego. Gato peleó y ganó, dejando a Serpiente casi agonizante.

Los Íden, seguidores humanos de Irisa y Berek, Yuiu y Mae ayudaron a salvar el ojo menos dañado de Gato a cambio de sus propias vidas, pero el derecho se vio sumido en la oscuridad. El ojo izquierdo que adquirió un color violeta fue testigo de cómo Serpiente, al igual que sus padres renunciaba a su divinidad y recuerdos y se convertía en un humano áspero de ojos verdes y sin recordar lo que un día fue. Pero, aunque sin recuerdos, Gato vio en la pupila de aquel hombre la sombra de Serpiente y decidió vivir en los cielos de Sheerú para cuidar a la humanidad de su peligroso hermano. Por eso vigila cada noche, por si la serpiente decide escupir fuego nuevamente".

Era una hermosa leyenda, Gato era instintivo, y me recordaba a Tadeo. También como Gato, Tadeo tenía un ojo que estaba en oscuridad y el otro violeta. Tadeo se podía transformar en un gato gigante ¿Tadeo era Gato? No, eso era una leyenda para dar sentido a la formación de la Luna, que en algunas regiones como en Las Tierras Verdes se asomaba prácticamente todas las noches. Los Íden, esa palabra me sonó como un recuerdo lejano, pero no podía poner el dedo exactamente de cuándo.

También recordé que había leído que las mismas personas creaban a sus dioses de forma parecida a ellos mismos. Tal vez, Tadeo viene de una familia en la que tenían los ojos de esos extraños colores y tenían magia. ¿Magia? Me sorprendía pensar en la magia como algo tan natural, pero había cosas que eran imposibles de ignorar.

Salí corriendo en busca de Atelo para preguntarle si la madre de Tadeo había sido la sacerdotisa de la que había hablado antes: "una de ellas me trajo penas...", recordé. Tendría sentido, de una manera mágica o fantástica, que si la madre de Tadeo era de Sherí y era una sacerdotisa que descendía de los Íden, el niño tuviera un extraño poder. Al no encontrarlo en los jardines y quedarme parada durante varios minutos en la entrada de su alcoba después de haber tocado la puerta, supe que lo tenía que buscar en la cabaña de Lutébamo.

—Le digo, que esta pócima sirve para hacer menor su naturaleza, si nuestras sospechas son correctas estará mejor protegido así... todos lo estaremos, y hablo de Tindel, Mandiel y los pueblos cercanos.

—Pues sí, pero ca-ca-da que la to-toma no parece ser él.

—¿Y eso es muy malo, señor?

No sabía de qué estaban hablando, pero los interrumpí.

—Atelo —dije conmocionada—, necesito que me contestes algo —dije a toda prisa. Me pareció ver que tanto él como Lutébamo se ponían pálidos y nerviosos. Lutébamo tenía un terrible rasguño en la cara, cortesía de Tadeo, supuse.

—¿Tadeo es hijo de esa sacerdotisa de Sherí?

El rostro de Atelo pasó del pálido, al rosado y luego al rojo de ira. Al ver su rostro supe, que sin querer, había cruzado algún límite, y en ese momento, capté que de haber querido decirme algo sobre la madre de Tadeo, lo habría hecho cuando me contó la historia sobre los libros.

—¡Ese no es tu problema! —gritó articulando cada palabra. Su rostro se comenzaba a deformar y sentí algo de miedo porque hizo caso omiso del tartamudeo que siempre fingía en público. Fue hasta uno de los libros que estaban en el estante de Lutébamo y sin piedad volvió a gritar:

—Ponte a trabajar, que es la única razón por la que te tengo aquí. —Me aventó el libro tan fuerte al pecho que el impulso me llevó hacia atrás unos dos pasos, justo a fuera de la puerta. Lutébamo se asomó.

—¿Estás bien, niña? —dijo preocupado y nervioso.

—SÍ, DE-DÉJALA —gritó Atelo—, VEN aquí —le dijo al monje que no quitaba los ojos de encima del libro que me había entregado Atelo.

Me fui con el libro hasta llegar a la biblioteca, entré mareada, confundida y un poco decepcionada por cómo me había tratado Atelo y todavía más decepcionada por no defenderme a mí misma. Tenía el corazón tan a prisa que apenas podía moverme.

En una de las sillas de terciopelo rojo estaba sentado Hijo de Lobo con el libro que había estado leyendo antes de que llegará. Daba la impresión de que se había quedado dormido leyendo ese libro que cerraba mientras me veía a la cara.

—Y por tu rostro me imagino que algo te molestó —dijo dejando de lado el libro e irguiéndose para darme su completa atención.

—ES UN SALVAJE —grité—. Solamente le pregunté si una sacerdotisa de Sherí era la madre de Tadeo y me gritó, me dijo que me pusiera a trabajar.

Una niebla de enojo cruzó su mirada, pero después puso un rostro conciliador.

—No sé, Nive, creo que has sido imprudente... no sabes qué tan delicado puede ser un tema para las personas —dijo levantándose de la silla y caminando hacía mí—. Aunque, claro, nada justifica...—añadió mientras me tomaba de un hombro.

Su presencia, ese pequeño contacto me estaba empezando a relajar, un poco de más...

—Tadeo, supongo que se fue...

—Supones bien, pero regresará pronto... me lo ha prometido. No lo culpo con ese padre que tiene.

Elio se acercó y puso su mano sobre mi mejilla derecha de una manera muy dulce. Yo le tomé su mano y sentí el vibrar de mi sangre, era como si mis extremidades estuvieran entumidas y estuviera a punto de caer. Ese efecto, hasta ese momento sólo Elio lo causaba. No tenía idea de qué significaban esos roces, ni si quería que continuaran. Yo tenía un plan, un plan que desde que había llegado luchaba por recordar: un año aquí, luego, a La Cátedra y de ahí a rehacer mi vida con mi abuela, ¿en Oure? No estaba ya segura de esto último. Al ver que había perdido mi atención, Elio habló.

—Se disculpará contigo, lo conozco muy bien —dijo volteando con pena al otro lado de la habitación. Me sacó del trance, dolorosa y repentinamente recordé que estaba casada con Atelo y que Elio era su mejor amigo.

—PUES NI AUNQUE ME LLENE EL CUARTO DE LAVANDAS LO PERDONO.

Hijo de Lobo rio.

—Seguro te recuerda a la casa de tu abuela —dijo—, me acuerdo que olía delicioso, ese olor te acompañó durante todo el trayecto a Tindel —dijo con voz grave y sugerente.

—Sí, bueno, es mi olor favorito —sentí calientes mis mejillas... otra vez me comenzaba a relajar, ¿qué demonios me pasaba?

—¿Y las rosas? Tengo entendido que a las mujeres es lo que les gusta —dijo con su mirada intensa, hablado muy bajo, porque estábamos muy cerca... peligrosamente cerca.

—A lo mejor a niñas bonitas como Dalila —dije. ¿Había otra forma de hablar con Elio que no terminara en coqueteos?

—Tú eres bastante más linda —respondió acercando su rostro al mío. Me imaginé que Elio me tomaba por la cadera y me subía a la mesa llena de libros, me imaginé que me besaba el cuello, el pecho y que sus manos recorrían cada rincón de mi cuerpo, me imaginé... y luego recordé la perfecta letra de Tadeo: "no significa que le agrade la idea de ambos".

Elio se percató, probablemente, de lo mismo que yo.

—Creo que es mejor que vaya, Nive.

—Creo y temo que sí —dije con el calor de mis pensamientos en las mejillas. Y Elio salió de la biblioteca rápidamente.

Tardé un buen rato en quitarme a Elio de mi mente. En momentos pensaba en Amos en lo mucho que lo quise, pero comparada a la intensidad de mis deseos por Elio, lo que sentí por Amos era cosa infantil, no por eso significada que no había sido real. No obstante, con Amos todo fue sencillo, nos gustamos desde niños, crecimos juntos y cuando cumplimos quince y las hormonas estaban en toda su intensidad nos fuimos a la cama o más bien a la paja que había en los establos de Trepis, desde ese momento fuimos inseparables hasta que, el señor de Oure llegó con la interesante propuesta de La Cátedra y el compromiso hacía seis meses. Esa era una oportunidad que alguien como yo, que alguien de mi pueblo nunca había tenido. Con Elio... en realidad no sabía qué pensar. ¿Era atracción? ¿Lo prohibido excitaba al principito guerrero? No, me daba la impresión de que no, pero apenas lo conocía.

Me reprendí a mí misma e intenté volcar mi atención en el libro que me había arrojado Atelo. Tenía la misma estructura que los otros dos que había visto antes. Pero este libro cuando lo toqué parecía más accesible. Como si se abriera ante mí y no estuviera tan "oxidado" como los otros. Me imaginé como cuando alguien hace trabajo forzado mucho tiempo y luego descansa un par de meses, el cuerpo se desacostumbra y tarda en tomar el ritmo de antes. Lo mismo sucedía con ese libro. Lo sentí caliente, listo para retomar un trabajo que no hace mucho estaba realizando.

El libro era negro y tenía la misma impresión en la parte de la portada de haber tenido una piedra, que alguien había quitado.

Adentro, como título decía: "Leber atem muiuerties". Como ya había traducido antes, la primera parte de la oración decía "libro sobre...". En cuanto al resto, esa vez se me hizo más sencillo, lo traduje con base en la lógica que traduje el del agua. Y de la palabra "muiuerties" quité las vocales débiles y el resultado fue evidente. La palabra era muy parecida: merte o muerte. ¿Pero qué demonios nos iba contar un libro sobre la muerte? No es como que alguien pudiera regresar a la vida y contar sobre su tiempo de muerto. Entonces se me vino a la mente que no hablaban "sobre" si no "de". "Libro del agua", "Libro de la muerte". No lo tenía del todo claro, pero estaba satisfecha con esa traducción.

Seguí leyendo el *Leber atem muiuerties*, pero sentí cómo el libro se comenzó a cerrar ante mí, como cuando lees un libro y por alguna razón no te atrapa, pero esta vez era al revés. Elegí una parte al azar que parecía tratar de cómo llevar la muerte a sus enemigos: "Aceder murti atem altero". Estaba empezando a traducir de forma fluida cuando llegó Lutébamo.

—Señorita, no es prudente preguntar a un esposo sobre su antigua señora, menos si la perdió de forma desagradable —dijo.

—Sí, perdón —contesté sin quitar la vista del libro de
muiuerties, mi cerebro se encontraba en un fluido movimiento.

—Niña, necesito ese libro, estaba traduciendo yo solo —
dijo mientras me quitaba de la mano el libro.

—No —dije siguiendo con la mirada el libro negro—.
Creo que he avanzado, este libro habla sobre la muerte, en todos sus aspectos.

—No, no, no... sólo El Justo, ha de ser amo de la muerte
—dijo mientras me entregaba otro libro y aprovechaba mi distracción para mantener el libro negro en sus brazos. Lee esto
mejor, desde hace tiempo lo quería compartir contigo.

"Parábolas y enseñanzas de El Justo" decía el libro. Era
un texto que hablaba sobre el salvador del nuevo mitrado. Me
interesó, sobre todo después de leer sobre el Gato Tuerto.

El poco conocimiento que tenía sobre El Nuevo Mitrado
del Justo se limitaba a su reciente fundación como religión. Su
filosofía se basaba en la premisa de que las demás religiones
estaban erradas al enfatizar la magia en lugar de la moralidad.
Este punto de vista crítico fue establecido hace aproximada-
mente trescientos años por El Justo, cuyo nombre se ha perdido en la historia. Según los seguidores del Nuevo Mitrado,
la magia no era más que una ilusión o un medio que utilizaba
una vieja bestia para corromper a la gente sin moral y sem-
brar la discordia en el mundo, lo que, según su filosofía,

provocaba guerras como la que iniciaron los vodos hace diez años o una autodestrucción como los de Sher.

Pero su odio más grande lo tenían a la religión del Gato Tuerto porque ellos enseñaban no sólo con magia, sino también con ciencia, además de que "las viejas costumbres" de las que comúnmente se hablaba en las Tierras Verdes procedían de los conocimientos de las sacerdotisas del Gato Tuerto, que vivieron por siglos en el área hasta que todas regresaron a Sherí, hacía alrededor de cuatrocientos años. Un ejemplo de esto era que los conocimientos de mi abuela, que sabía curar muchos males con hierbas, eran considerados "viejas costumbres" y por lo tanto era brujería para los seguidores de El Justo.

En fin, me llevé el libro con el propósito de conocer más sobre la religión de Lutébamo, aunque no me gustaba nada de lo que representaban sus supuestos "principios morales", el viejo se había portado bien y tal vez eso mejoraría nuestra relación, después de todo, yo pasaría un año aquí.

Cuando llegué al pasillo que conducía a mi habitación pude oler un hermoso aroma. Entré y había miles, tal vez más, de lavandas frescas. Elio el cerdito estornudaba sin parar. Obra de Elio, Hijo de Lobo, seguro. Sobre la mesa había una carta donde Atelo se disculpaba por su horrible conducta, la parte de al final fue la mejor: "Elio, me reprendió por mi falta de decencia y me propuso hacerte feliz con estas hierbas que encuentro algo penetrantes. Hay que ser justos, el mérito es casi todo de él, pero las lavandas son mis campos así que presumo de compartirlo".

—Ay, qué bonito esposo... parece que todo marcha de maravilla entre ustedes —dijo Dalila que avanzaba con una fingida sonrisa.

—Pues, algo así —expresé con una sonrisa mientras aspiraba el relajante olor de la lavanda fresca.

—Sabes, me parece que Elio ha ido a cortarlas él mismo, porque todo él olía a esta peculiar fragancia —puso los ojos en blanco como enfadada—. Por supuesto, yo le dije "futuro esposo, a mí lo que me gustan son las rosas rojas". Él me dijo que se lo imaginó, ¿te imaginas ese nivel de conexión? —preguntó colocando sus dedos en el centro del pecho.

Sólo asentí con la cabeza, incómoda y algo decepcionada. A veces me olvidaba que Elio estaba comprometido con Dalila, con una mujer de su posición que sin duda encajaría bien en un palacio. También sentí algo de culpa por Dalila, por el beso que habíamos compartido Elio y yo. Atelo francamente no me importaba mucho.

—Bueno, a lo que venía —dijo recordando algo muy importante—. En tres días por la tarde, después de que regreses de la biblioteca, vendré para ayudarte a arreglarte porque vendrán personas importantes y traerán a sus esposas, obviamente, tendrás que estar presentable ¿o no?

Asentí de nuevo. Con Dalila no había muchas opciones a parte de decir que sí o sí.

15

El estanque mágico

Dos días después de su partida, Tadeo regresó como lo prometió. Esta vez nadie perdió la compostura, como si que el chico se ausentara fuera de lo más normal. Era una de las pocas veces en las que me senté en la mesa para cenar junto a Atelo, Dalila, Lutébamo, Hijo de Lobo y un joven de la corte de Atelo llamado Mikel que aparentemente era su emisario. Antes de que llegara Tadeo no pude evitar preguntar sobre mi abuela y Mikel con su voz demasiado educada y formal aseguró que todo estaba bien.

—Justo ayer llegó a Mandiel, Señora Nive, pidió quedarse un poco más debido al campo de giralunas que hay cerca del pueblo, dijo que nunca había visto uno tan grande y quería observar si los patrones de la Luna realmente influían en el aroma —dijo para después dar un trago al vino que había servido Brisa en su copa.

Sonreí internamente pensando en que eso sería algo que Lena haría, pararía a toda una escolta con tal de observar unas cuantas plantas que le llamaran la atención.

Lutébamo se tambaleó de su silla e hizo un sonido incómodo, preparándose para hablar, pero calló ante la mirada intensa que le dio Atelo. De cualquier forma no hubiera podido decir más porque Tadeo irrumpió en el esplendoroso comedor, con la cara embarrada y las botas manchadas por el lodo del exterior. Pero, en lugar de avergonzarse por su apariencia descuidada, su radiante sonrisa iluminó la estancia como un pequeño y travieso rayo de sol. Sus ojos curiosos pasearon por los elegantes visitantes hasta que se detuvo en Atelo, mientras sus zapatillas chirriaban en el suelo de mármol pulido, saludó.

—Padre —dijo con una pequeña reverencia. Los ojos de Atelo brillaron como cuchillos y luego llevó la curvatura de sus labios hacia arriba y un asomo de alivio cubrió su rostro.

—*Madre* —dijo haciendo el mismo gesto hacia mí. Todos dejaron de respirar. No era la primera vez que me llamaba madre, pero siempre me lo había dicho en privado o en tono burlón, volteé a ver a Atelo y tenía una mirada indescifrable, pero la que se ganaba el premio era la de Dalila que hasta perdió su hermosura por unos momentos.

—¿Estuviste viviendo en una cueva o qué? —dijo Elio riéndose y viéndolo de arriba a abajo, rompiendo el silencio incómodo que se había generado.

—No, pero tengo mucha hambre —dijo Tadeo sentándose en la mesa.

—AA-lto ahí —dijo Atelo con un ligero tartamudeo que tomó el tono de un padre preocupado—, ni cre-creas que te senta- ráa-as en la mesa sin antes tomar un baño.

Tadeo puso los ojos en blanco, pero un segundo más tarde se iluminaron, reflejando una chispa de ocurrencia y una pizca de travesura. El pequeño diablo acababa de tener una idea, y por la forma en que me miraba, era evidente que yo también estaba involucrada en ella.

—¿Puedo bañarme en el estanque, papá? Hoy hay Luna Llena y en unos minutos... —dijo con gran emoción.

—No, ni haha-blar, no te vo-oyy a reco-compensar por lo que hiciste —dijo Atelo.

Todos callaban, mirando cómo el padre reprendía al hijo. A pesar del tartamudeo, la voz grave de Atelo se mostraba con bastante autoridad.

—Y no te dejaremos solo tampoco, tienes que tomar tu té —añadió Lutébamo.

Tadeo agachó la cabeza... y cuando volvió a levantarla, su rostro se volvió pura adoración y ternura.

—Padre, es que le quiero mostrar a madre el estanque, sé que le encantará, después de eso prometo tomarme dos tazas de té asquerosas del monje —dijo Tadeo viendo con desprecio a Lutébamo.

Atelo dudó y yo sentí curiosidad por el té, pero más por ese estanque del que había hablado Tadeo, no podía estar muy lejos si estaba hablando de "unos minutos".

—Yo puedo acompañarlos, siempre he querido ver el estanque y a pesar de que paso aquí mi tiempo libre, nunca he tenido oportunidad —dijo Hijo de Lobo—. Me aseguraré de que el chico vaya directo a su habitación después.

El señor de Tindel miró a su amigo y luego asintió. Hijo de Lobo se paró y yo lo seguí. Realicé un ademán hacia Dalila, invitándole a unirse a nosotros. Sin embargo, su rostro mostró una expresión que sugería una preferencia por empaparse en su opulenta tina de baño en lugar de sumergirse en un estánque con posibles restos de tierra y criaturas no deseadas.

No fue necesario aventurarnos más allá de los límites de la mansión. Cerca de la Torre donde Tadeo se hospedaba, una arboleda espesa rodeaba un camino de piedra que llevaba a una pequeña choza, que aunque sencilla se veía bastante nueva. Dentro, encontramos todo lo necesario para nuestra excursión: ropa de baño colgando en las paredes, toallas de una suavidad exquisita, y varios utensilios de limpieza para después del baño. Incluso había canastos de paja meticulosamente organizados para almacenar todos nuestros artículos personales y lo que se necesitaría para un baño.

—Vaya, sí que están bien equipados —dije tomando cada uno de los artículos que tomaba Tadeo y poniéndolos en el canasto.

Tadeo volteó los ojos.

—Es que no somos salvajes, Nive.

—¿Qué no era tu *madre* hace unos momentos? —dijo Elio arqueando una ceja y fijando sus ojos ambarinos en el chico.

—A ti ni te invité, pero, en fin, tienes tu mérito, estoy seguro que papá jamás me hubiera dejado venir sin ti.

—Me alegra ser de tu ayuda —dijo quitándose la camisa formal y dejando ver un torso perfecto y fuerte, rápidamente se puso una camisa blanca ligera de las que había en la cabaña, y yo me sorprendí lamentándome de que lo hiciera tan a prisa.

—Siempre había querido ver el estanque, pero por una u otra razón nunca había estado durante la Luna Llena— continuó Elio más despeinado.

—¿Cuál es la diferencia? —dije mientras me metía en un pequeño vestidor para cambiarme.

—Bueno... —dijo Elio, pero Tadeo lo calló de inmediato.

—Deja que lo vea, Elio.

Dentro del pequeño vestidor había un espejo y no pude evitar notar que había ganado algo de peso. "La buena vida" pensé. En casa de mi abuela rara vez comíamos carne y postres. Vivíamos de lentejas, caldos y pan, no estaba mal pero no había muchas opciones. Aquí, en cambio, todos los días había algo suculento para desayunar, comer y cenar.

La ropa de baño me quedó algo ajustada y dejaba ver mis nuevas curvas. Cuando salí, Elio me observó de arriba a abajo y guardó silencio durante unos segundos. Luego Tadeo lo volteó a ver y puso los ojos en blanco.

—Se te va a salir la baba, *Elio*.

Siempre pronunciaba su nombre como si fuera una especie de mala palabra. Luego Elio lo volteó a ver y gritó:

—¡Carrera al estanque!

—Ni sabes en dónde está —le dije todavía ruborizada por su mirada.

—Sí sé, sólo dije que nunca lo había visto en Luna Llena —respondió y salió corriendo, Tadeo fue tras él.

Bueno, ellos tenían una clara ventaja, así que me resigné a perder esta carrera y seguirlos por el camino de piedra. Elio llegó primero, obviamente, pues era una persona extremadamente atlética y entrenada y Tadeo que corrió bastante rápido me esperaba con una sonrisa. Cuando llegué me quedé muda.

Un estanque rodeado de una hermosa piedra de luna sin pulir que destellaba un suave brillo aperlado. En su interior, se encontraban piedras de distintos tamaños dispuestas a manera de escalones, todos tallados con la misma roca que formaba diferentes niveles. Detrás del estanque, un majestuoso sauce llorón mecía sus hojas al compás del viento. Alrededor de este oasis de rocas y agua, se encontraban flores moradas de trébol, enormes y exuberantes, cuya dulzura atraía a las luciérnagas que revoloteaban a su alrededor. Pero había un problema grave: el estanque estaba casi vacío, como un enorme agujero rodeado por la misteriosa roca en sus orillas.

—Pero está vacío —señalé confundida. Apenas había agua para salpicar los pies. Y justo en el momento en que dije esas palabras, la Luna Llena gigantesca e imponente se elevó en el cielo y se reflejó en la piedra del estanque dándole más brillo. Tadeo y Elio miraban el espectáculo y yo los imité.

De debajo de la roca empezó a brotar agua como si fuera una fuente. Tadeo ya no miraba el espectáculo y posó su atención en mí, lo sentí emocionado, su rostro parecía decir "ves, qué hermoso es". Luego el agua empezó a llenar el estanque, el primer nivel, el segundo, el agua dejó de brotar hasta que lo llenó todo. Fue el espectáculo más hermoso que había visto en mi vida. El estanque rebosaba, dispuesto a recibirnos, y el reflejo lunar sobre sus aguas podría haber inspirado melodías dignas de canciones. De pronto, Tadeo se arrojó hacia el estanque y la Luna reflejada se meció entre las ondas que creó. Luego sacó su cabeza y me miró con una sonrisa.

—¿Es magia? —Atontada, fue lo único que pude decir y aunque mi pregunta fue dirigida al pequeño de la sonrisa radiante, fue Hijo de Lobo quien contestó.

—No —dijo admirando el paisaje y luego viéndome a mí con una intensa mirada, impresionado por lo que acababa de observar—. Posiblemente en algún momento se pensó que era magia, pero según los científicos está ligado a la marea y su relación con la Luna Llena. Este estanque puede ser un río subterráneo que va al mar y cuando la marea es alta por la Luna, se llena, para el cuarto creciente estará por la mitad y con la Luna Nueva estará como cuando llegamos y... es un ciclo.

Lo miré impresionada y luego me volví a Tadeo, esperaba una respuesta como "No, hagas caso, Nive, sí es magia", pero Tadeo asintió.

—Sí, es más o menos eso —dijo y luego le dedicó a Elio su mirada felina—. Sí enseñan bien en el clan de los lupinos.

Elio se quitó la camisa y se quedó en los pantalones cortos blancos que tomó de la cabaña y se metió de un chapuzón. Emergió con el cabello mojado. Antes de que se metiera pude ver una enorme cicatriz que iba de un omóplato a otro en forma recta y un tatuaje redondeado en uno de sus hombros.

—Si de algo saben los lupinos es de la Luna —dijo con un tono que me invitaba a unirme a ellos.

Yo había evitado mencionar un pequeño detalle, y es que no me imaginaba un estanque tan hermoso, grande y... profundo.

—Yo... —dije algo nerviosa—. No sé nadar —confesé avergonzada.

Tadeo torció los ojos, como siempre lo hacía cuando algo le causaba disgusto. Y Elio me miró y luego se acercó a la orilla más cercana a la que me encontraba y alzó una de sus manos, invitando a que la tomará.

—Yo te puedo enseñar —dijo.

—Yo te puedo enseñar —repitió Tadeo con tono infantil y se alejó nadando velozmente.

Con algo de torpeza me aventé al estanque y caí con más de profundidad de lo que esperaba, pero Elio me tomó de la cintura con sus dos manos y me sacó a la superficie. Una vez que puse de lado el nerviosismo por el agua y por esas manos grandes que me sujetaban noté que el agua era tibia.

Elio me sostuvo y me miró, probablemente tenía el cabello pegado y mis orejas que siempre las había sentido un poco más grandes de lo normal sobresalían más que nunca. Me recargué en la orilla, en una de las piedras de los niveles menos profundos y me soltó de la cintura. Yo admiré el paisaje y murmuré la palabra "hermoso" mirando a mi alrededor. Elio encogió los hombros, como si eso no fuera la gran cosa, y paseó su mirada por el paisaje y luego posó sus ojos en mi rostro.

—Tú eres hermosa —dijo en voz baja.

Creo que pasaron varias horas, entre las bromas de Tadeo, los juegos de Elio y el hermoso paisaje de los alrededorres. Dimos por terminada la sesión de entrenamiento cuando pude flotar sin dificultad. También pude jurar que Tadeo hacía remolinos más grandes de lo normal en el agua y nos impactaban con fuerza en el rostro a Elio y a mí.

Tadeo rio como un niño de su edad, aquí no había papás extraños, monjes que lo hacían beber un té asqueroso, ni torres que lo alejaban de los demás. Pude sentir que al final de la noche, incluso hablaba con más tolerancia con Elio.

—Por favor, cuéntame de él... —dijo Tadeo en modo suplicante a Elio.

Yo escuchaba mientras se vestían y yo hacía lo mío dentro del pequeño vestidor de la cabaña.

—Eso será en otra ocasión. Además... no creo que tu padre aprecie que te cuente esa clase de relatos.

—Ya te convenceré —dijo Tadeo.

—Ya veremos.

Imaginé que hablarían del rey, qué otra persona le podría causar tanta curiosidad a un niño.

Cuando llegué a mi habitación pensé en el "tú eres hermosa" de Elio y la sinceridad con la que dijo esas palabras. Decidí que necesitaba hablar con él para aclarar qué lugar ocupaba en su vida, aunque tal vez me debería de haber enfocado en qué lugar ocupaba él en la mía. Con esa idea en mente, me retiré a descansar y nuevamente me sumergí en un sueño en el que un espléndido palacio se erigía en el centro de un lago, mientras la Luna Llena bañaba con su luz una piedra diamantada, generando un resplandor mágico e hipnotizante.

16

La torre del cautivo

Al día siguiente no me encontré a nadie en el desayuno. Pensé en que Lena pronto estaría a mi lado y que al primer sitio al que la llevaría sería al estanque mágico en el que había pasado un buen momento la noche anterior. Toda la tarde, después de traducir algunos libros vodos, la pasé dando vueltas tratando de encontrar a Tadeo o Elio, pero no me encontré con ninguno de ellos. En cambio, me encontré a Dalila, que pretendía que memorizará los nombres de las importantes personas que nos visitarían al día siguiente, pues la famosa cena se había retrasado por petición de una de las esposas de quienes nos visitarían. Después de parloteos sin cesar y una buena copa de vino de las tierras de Dalila, por fin me dejó ir.

Agradecí estar sola en mi habitación, saqué el libro rojo e intenté descifrarlo, pero sentía que faltaba algo para que todo tuviera más sentido. Lo dejé rápido y pensé en Tadeo, ese pequeño que había cambiado mi mundo desde que lo conocí un par de semanas atrás. Me pregunté si había ido a Oure para conocerme antes que todos o si había sido coincidencia encontrarlo debajo del Puente Viejo.

Para ese momento ya estaba segura de que Tadeo sabía muchas más cosas que un niño normal. Decidí salir a pasear, la seguridad escaseaba porque todos estaban buscando al pequeño Mendeleón que aparentemente había escapado por la madrugada, el hecho de que no me hubiera dejado otro mensaje diciendo a dónde iba hizo que me diera la impresión de que no estaría muy lejos. Me dio curiosidad por conocer la torre donde vivía, así que decidí visitar ese lugar.

Recorrí las escaleras de piedra en forma de caracol con una vela y subí, fácilmente, unos seis pisos hasta llegar al cuarto circular de Tadeo. Me la imaginaba triste y sombría, como una prisión, pero en lugar de eso había una gran cantidad de juguetes, barcos de madera, muñecos de gran tamaño. Había uno en particular que me recordaba a Atelo, era casi tan alto como yo y su nariz era picuda. Toqué esa nariz respingona con el dedo índice y sentí que se iba para atrás y entonces sus ojos de madera se abrieron y sus manos empezaron a aplaudir. Me di un buen susto, pasaron unos segundos y el muñeco volvió a sacar su nariz y a cerrar los ojos. Repetí el proceso unas tres veces. Era brillante, todo lo que veía era brillante. Además de eso vi bocetos de dibujos de más juguetes. Tadeo había hecho todo lo que veía, lo sabía por los martillos, herramientas y los bocetos. Tenía una gran cantidad de libros y me llamó la atención el que estaba sobresalido de un librero de madera. Lo tomé y no era algo en particular, pero había un listón entre las páginas y varias palabras subrayadas con grafito: "te" "atrapé" "entrometido".

Reí, ese pequeño malcriado, seguro lo escribió para su padre o para Lutébamo. Me asomé por la ventana y vi a Hijo de Lobo asomando en el balcón de mi habitación, su cabeza se movía de un lado a otro como buscando algo. La vista de mi balcón a la torre era muy precisa.

Me apresuré, quería encontrarlo justo ahí, en mi balcón. Tenía que hablar con él, pero cuando llegué a la puerta de mi habitación con una velocidad que hubiera sorprendido al soldado mensajero más experimentado, aunque dudé que su respiración hubiera estado tan acelerada como la mía. De cualquier manera, Elio ya no estaba y me sentí decepcionada y agotada de la carrera. Me quedé dormida instantáneamente.

A la mañana siguiente fui a la biblioteca como era correspondiente, y como estaba cerrada me encaminé a la casa dentro del árbol de Lutébamo. Ahí se escuchaba un forcejeo, me apuré, pero cuando llegué, Atelo, Elio y Tadeo salían sudorosos. Tadeo tenía los ojos llorosos y se sobaba las muñecas. Quise acercarme para preguntar si estaba bien, pero él negó con la cabeza como advirtiéndome. No salió Lutébamo así que seguí a Elio y a Atelo que se aseguraban de que Tadeo llegara a la Torre. Seguramente habían encontrado al pequeño y lo habían obligado a tomar ese horrible té del que había escrito y del que había escuchado hablar a Lutébamo y a Atelo antes de que lo cuestionara sobre la madre de Tadeo.

Según yo estaba haciendo un excelente trabajo de espía siguiéndolos sin que se dieran cuenta, cuando vi que Elio me observaba de reojo y se asomaba una sonrisa en su rostro. Hay que darle crédito, después de todo, estaba bien entrenado. Como no hizo ademán de que me uniera a la conversación, me encaminé de nuevo a la biblioteca. No sin antes echar un vistazo a los hombres, eran tan distintos entre ellos, pero ambos tenían una complexión fuerte y elegante, a pesar de que Elio presumía de ser un "bastardo", tenía una buena educación y qué decir de Atelo que cuando dejaba el tartamudeo a un lado, hablaba de una forma sumamente culta y sofisticada. Me di cuenta que a pesar de que había leído tantos libros en Oure, mi educación se había limitado y sentí unas ansias desesperadas de saber todo lo que podría aprender en La Cátedra. Todo el día la biblioteca estuvo cerrada y ya no me topé ni a Tadeo, Elio o Atelo por los pasillos. Brisa seguía dejándome ese té con aroma a estiércol y después de dar un sorbo decidí que ya no le daría oportunidad a los brebajes que preparaba.

Aburrida y con ganas de una bebida caliente, fui a la cocina. Brisa, se pavoneaba como si fuera la dueña de la cocina y cada que pedía una hoya o rodajas de limón contestaba antes que las otras cocineras que estuvieran por ahí y me negaba cada cosa, diciendo que se utilizarían para otro propósito. Yo podría haberle restregado mi "título" en la cara y haber hecho lo que se me diera la gana, pero me seguía sintiendo culpable por nuestro mal comienzo. Hasta que se fue a atender algunos asuntos de la cena de Atelo, una de las cocineras se me acercó, aunque de mala gana, con cada uno de los ingredientes que había pedido.

—Tiene muy mal carácter, señora, discúlpela —dijo una joven que tenía una tela en la cabeza. Creía haber escuchado su nombre antes. Se llamaba Gretia, y la reconocía porque era de las pocas personas que siempre hacía cariñitos al pequeño cerdito Elio cuando se lo encontraba por los pasillos.

—Y creo que eso combinado con mi mala suerte no hace ideal la situación —dije con pena. Gretia asintió con la cabeza y me pasó unas lavandas secas.

—Para el estrés —dijo.

—Qué no te escuche Lutébamo —respondí guiñando un ojo en su dirección.

Gretia soltó una risita y luego me dijo en secreto:

—Las tradiciones no se pueden cambiar tan fácilmente, todos en mi familia han sido herbolarios, hasta dicen que mi tatarabuela era de Sherí —dijo esto último en un leve susurro para después continuar más alto—. Pero con el Mitrado, todos decidimos ahorrar para que Cleo, mi hermana mayor, estudie en La Cátedra para ser médica, en las ciudades más grandes se ha visto que hay hasta arrestos por practicar la herbolaria —dijo con un tono de secretismo.

Me dio la impresión de que ella también preferiría estar en La Cátedra que atendiendo a gente en la mansión. Ella debió de haber percibido eso porque me contestó:

—No me malentienda, me gustaría ir a La Cátedra, sobre todo para visitar a mi hermana y conocer la Capital, pero también me gusta mucho el bosque y el señor Atelo es muy generoso, contrató a toda mi familia y creo que nos paga un poco de más. Además, Tindel es muy buena ciudad, y el único integrante de la Mitra es Lutébamo... y no está tan mal —dijo con una sonrisa no muy convincente.

Sentí un poco de confusión, por un lado, Atelo me parecía algo extraño y autoritario, por otro parecía que hacía cosas buenas por sus empleados y entonces recordé que cuando recién llegué me dio la impresión de que todos se desvivían por él, y a parte de mí y Tadeo jamás había visto que fuera duro con alguien más.

—¿Y Tadeo? —le pregunté a Gretia, esperando que me ayudara a descifrar un poco más sobre el pequeño que a pesar de pasar cada día más tiempo con él, había muchas cosas que aún me intrigaban.

—El pequeño es un encanto, siempre es muy educado con la servidumbre... sólo que tiene días malos, como todos, yo lo conozco desde que era un bebé e incluso desde bebé fue callado... lo más callado que puede ser un bebé, claro —dijo pensativa.

—¿Y su madre?, ¿la conociste? —pregunté metiéndome una vez más donde no debía.

Gretía cerró los ojos sorprendida y cuando iba a decir algo entró Brisa, cosa que vi como señal para abandonar la cocina. Brisa se decepcionó cuando vio que aún seguía ahí, así que supuse que sintió alivio cuando salí casi corriendo con el té que había preparado, ya estaba un poco tibio por la conversación que había tenido con Gretia.

17

Visitas ceremoniosas

Llegó la tarde y tras preguntar sobre mi abuela o cartas de A-
mos y decepcionarme una vez más, Dalila con sus hermosos
ojos azules y brillantes se paró justo delante de mí con muchas
telas en sus manos.

—Obvio, te queda el color rojo, aunque si me permites
creo que este azul celeste te quedará mucho mejor, y es un poco
menos llamativo que los rojos —dijo con desdén—, más elegante —especificó como si no le hubiera entendido la primera
vez.

Pero hay que reconocerle, Dalila no se equivocaba, el
vestido azul claro era muy hermoso y sencillo, era una nada en
comparación con el vestido amarillo con dorado que ella lucía,
pero me encontraba bastante satisfecha. Pronto llegaron dos
de sus asistentes y se pusieron manos a las obras. El atuendo
presentaba un delicado escote en forma de V y unas mangas
amplias y relajadas que se extendían hasta las muñecas, dejando al descubierto una gran parte de mi espalda en la misma forma de V. Además, un elegante lazo adornaba mi cintura, otorgándole un toque de refinamiento a mi vestimenta.
Dalila se puso de pie y con delicadeza, tomó un collar de perlas pequeñas y largas. A continuación, lo ajustó en la parte de
mi cuello y lo dejó caer sobre mi espalda hasta el final de la

abertura en V. Pude sentir la suave sensación de las perlas contra mi piel.

—Mira, esto es lo mejor —dijo Dalila sonriente y luego se sonrojó—. La hice yo misma.

Era una sencilla diadema plateada, casi como un hilito, con pequeñas perlas color lila que hacían juego con el collar, como detalle que me encantó fue que le había incrustado algunas lavandas. Me sentí conmovida por el gesto de Dalila que casi me ponía a llorar. La chica no era mala persona, sólo demasiado privilegiada y eso de pronto hacía que tuviera la nariz como si estuviera oliendo algo en mal estado. Quitándome eso de la mente, le agradecí.

Cuando terminamos de arreglarnos fuimos a recibir a las visitas. En la escalera que daba al atrio del jardín, al este de la entrada a la mansión, nos esperaban Elio y Atelo que estaban enfrascados en una intensa conversación silenciosa que no parecía ser del agrado de ninguno de los dos. No obstante, cuando nos vieron bajar los escalones sus miradas se suavizaron. Ambos lucían relucientes, eran hombres muy guapos y Atelo parecía pensar lo mismo de nosotras, pues nos dedicó cumplidos a Dalila y a mí. Elio sólo me observó una vez y no volvió a mirarme durante prácticamente el resto de la noche. Dalila pronto lo tomó del brazo y tampoco reaccionó a su contacto, parecía que quería terminar con esta reunión social lo antes posible. Nunca me lo había dicho, pero no parecía muy adepto a esa clase de convivencias. Atelo me presentó como su nueva esposa con tres hombres y sus mujeres. También presentó a Dalila que sonreía radiante y parecía la verdadera señora de la casa. Hijo de Lobo saludó y Dalila nos llevó hasta la mesa en donde nos esperaba un vino de los que había mandado su padre para la ocasión y como disculpa por no poder asistir a la reunión. Yo buscaba la mirada de Elio, pero él la rehuía de forma abrupta, dejándome confundida y un poco lastimada.

Una vez que resonó la palabra "ejército", las mujeres decidieron que lo mejor era dividir el grupo. Damas en un lado, caballeros en el otro. Las mujeres nos encontrábamos en el jardín, mientras los hombres estaban en la gigantesca sala de estar de la mansión hablando acaloradamente sobre quién debería ser general de las fuerzas del Greendo y quiénes eran los mejores soldados.

Si creía que Dalila tenía cara de que olía algo desagradable, las mujeres que estaban ahí, todas vestidas con algún tipo de vestimenta naranja parecía que olían pescado podrido todo el tiempo, al parecer la moda de la capital. Sentadas en el jardín en una bonita mesa que Atelo había mandado arreglar con rosas amarillas, eucaliptos y lavandas, comenzó entre las mujeres una soporífera conversación de la que me perdí hasta que de pronto sentí las miradas puestas en mí. Miré a su dirección escondida detrás de mi taza de té de lavandas.

—Así que por fin alguien atrapó al buen Atelo —dijo la más vieja del grupo. Tenía unos cuarenta y cinco años, pero hablaba como una niña mimada—. Dalila intentó por años —dijo en tono burlón mientras daba un gran trago a su copa de vino rosado.

—Nana, eso no es amable —dijo otra de las mujeres con el mismo tono mimado. Dalia se irguió, como queriendo mostrar que sus comentarios no la hacían más pequeña, y realmente no la hacían más pequeña, Dalila era por mucho la más hermosa y elegante de las que estábamos ahí sentadas.

—No fue ni tan inteligente, ni tan bonita, supongo —volvió a decir Nana como si Dalila no estuviera ahí y yo sentí que un fuego interno ardía en mí con ganas de defenderla y a-bofetear a Lady Nana.

—Pero, ahora se casará con el hijo del rey —dije en un intento por animar a Dalila para que hablara sobre lo orgullosa que estaba de su compromiso con Elio, aunque eso era algo que secretamente no me encantaba. De pronto hubiera preferido estar en la otra sala, hablando sobre el ejército y soldados a tener que perder más de mi tiempo con esas mujeres. Es más, me hubiera unido al ejército en ese mismo momento con tal de no tener esa conversación.

—Preferiría casarme con un duende, al menos así tendría un título —dijo Nana tomando su copa con una extravagancia innecesaria. Cuando pensé que por fin cerraría su boca agregó— Es cierto, Dalila nunca sufrirá de hambre y vivirá con lujos, pero siempre será por la bondad de la familia real —dijo torciendo los ojos—. El Justo no quiera que el hijo de la loba esa, pelee con su hermano, porque si no se quedarían en la calle...

No me gustaba que hicieran sentir a Dalila menos de lo que era, pero lo que definitivamente encendió más mis entrañas fue que hablaron de Elio como si fuera menos que los hombres que estaban en ese momento en el salón.

—Obviamente, no sabes de lo que hablas, Elio es un gran guerrero, lo he visto luchar yo misma y todos saben que su hermano y su padre lo estiman como un miembro oficial de la familia —dije tan herida por esa estúpida comparación.

Ahí debí haber parado, ¿no se supone que el té de lavanda debía relajarme?, pero continué:

—¿Y su esposo Lady Nana?, ¿por qué es conocido?, ¿es rico? Quizá, ¿es apuesto? Definitivamente no, ¿es un gran guerrero? Dudo que resista una pelea con el mismo duende con el que preferiría casarse.

Lady Nana se puso roja de ira, pero Dalila la calmó. Las otras dos mujeres me observaban con la boca entreabierta y los ojos redondos de incomprensión, ¿cómo podía hablarle a la líder de su estúpido grupo así?

—Creo que eso es algo por lo que no debemos de preocuparnos, mi padre dijo que Elio daba muchas vueltas a ese matrimonio y decidimos cancelarlo. Mi nuevo prometido es un gran señor de unas costas, no es tan atractivo como Elio, pero es muy rico —compartió Dalila.

—Un pescador —dijo Lady Nana como si fuera el colmo—. Creo que estás maldita, cariño —agregó, expulsando el veneno que se había guardado al no replicarme y sirviéndose su quinta copa de vino rosado.

Yo ya estaba roja, Dalila lo debió de haber notado, y me sirvió una copa de vino muy oscuro y muy fuerte. Cuando se inclinó para llenar la copa me susurró: "es para emergencias". La siguiente parte de la velada la pasaron criticando a una señorita que se llamaba Bronna, la futura esposa del príncipe Guy Gunthari, el hermano de Elio.

—De verdad, Dalila, creo que tú serías mejor reina —dijo Lady Nana, pues aparentemente le tenía más envidia a Lady Brona que a Dalila.

Por otro lado, el té de lavandas que me había prometido tomar durante toda la noche había caído en el olvido, y ya iba por la tercera copa de vino tinto, que pronto se convirtió en la cuarta y es que, además de que relajaba, era verdaderamente delicioso. Dalila hizo el comentario sobre que la bebida era de sus viñedos y todas celebraron lo fino de Brunneis y el buen gusto de su padre al mandar esa reserva. Por fin algo en lo que todas parecíamos coincidir. Luego de cinco copas y un poco de mareo me perdí otra vez de la conversación, mientras hablaban de que la esposa del rey patrocinaba al Mitrado del Justo con cantidad asombrosa de dinero. Puse un poco de atención cuando mencionaron a Elio. Aparentemente, en la capital Hijo de Lobo era muy respetado, cosa que enardecía a la esposa del rey, lógicamente, pues se trataba del fruto de los engaños del rey.

—Era muy bella Milenor —dijo Nana volteándome a ver—, la amante del rey, pero era muy vulgar y corriente —aseguró viéndome fijamente como si las palabras "vulgar" y "corriente" me pegaran perfecto. Yo sonreí media mareada y la saludé con mi copa de vino antes de darle un trago con la que me la terminé.

—Después de todo era una lupina y las mujeres con sangre de lobo, son un poco menos femeninas —dijo otra vez mirándome como si sus últimas palabras también encajaran conmigo. Esta vez, el vino me tenía tan feliz que sólo sonreí y me enorgullecí, si ser poco femenina y ser "vulgar" y "corriente" impedía que mi cara tuviera ese gesto de asco constante, sin duda era algo positivo, por lo menos para mí.

—De cualquier cosa —afirmó Nana—, la afición de la reina por el mitrado es sólo porque son los únicos que le dicen que está mal que un bastardo siga viviendo en el reino y conviviendo con la familia real, le encantaría ver al guapo de Elio en el exilio.

—Sin duda, las mujeres lo extrañarían en la capital —dijo a la que me habían presentado como Pippa.

La atención por la conversación volvió a mí y hasta podría jurar que el vino se me había bajado un poco luego de que empezaran a hablar sobre Elio.

—Las de las tabernas y burdeles, querrás decir... —dijo Nana despectivamente moviendo la mano en el aire.

La cara me ardía, quería preguntar algo, decir algo, pero lo cierto es que no sabía qué preguntar, ni qué decir, desde que lo conocía Elio jamás había mencionado a alguna mujer, ni siquiera habló de Dalila cuando aún estaban prometidos.

—Y alguna que otra noble —aseguró Pippa como si se tratará de un gran chisme para contar.

Estaba apunto de estallar en alguna pregunta que probablemente hubiera sido demasiado impertinente, cuando Dalila me echó una mirada y luego paró la conversación en seco.

—No sé, queridas, Elio no me da la impresión de que sea un mujeriego.

—Es por que no vas mucho a la capital...

Fue lo último que dijeron respecto al tema antes de empezar a hablar de Guy, el hermano pequeño de Elio y futuro rey de casi todo el continente.

18

Un lobo en el estanque

La conversación siguió... y siguió, hasta que algo mareada del parloteo y por las copas de vino, me levanté. Necesitaba un poco de oxígeno si quería aguantar un poco más. Estaban tan absortas en sus críticas que ni se dieron cuenta de mi ausencia y comencé a caminar por los jardines hasta que los jardines se convirtieron en árboles y plantas más silvestres. De pronto, divisé la cabaña en la que había estado durante la Luna Llena, en donde nos cambiamos para ir al estanque, apenas dos días atrás.

Seguí caminado hasta que llegué al hermoso estanque con flores de tréboles a su alrededor en donde se posaba el brillo de la Luna que, aunque no era llena, se veía majestuosa y recordé la religión que me había fascinado desde que llegué a Tindel, la del Gato Tuerto.

Fuera del libro que había leído cuando empecé el trabajo en la biblioteca, era poco lo que sabía, el protector de Oure, el viejo Trepis, se había deshecho de todos los libros sobre el Gato Tuerto, porque había adoptado la religión del Justo luego de perder a cuatro de sus hijos en las guerras vodas. Volteé a ver la Luna una vez más.

—Gato tiene el ojo entreabierto —dije en voz baja para mí misma.

—No te daba por sacerdotisa de Sherí —escuché—. Aunque dicen que son muy bellas y tú lo eres.

Elio estaba justo a lado de mí, recargado en el sauce llorón y miraba la Luna, parecía que tenía el deseo de aullarle. No me sorprendería, por sus venas corre sangre de los lupinos. Todos sabían que eran una raza muy antigua y extraña, con una ancestral conexión con la Luna.

—¿Qué haces aquí? —le pregunté con tono dolido por la indiferencia que me mostró durante las últimas horas.

Después de pensarlo unos momentos y sin voltearme a ver todavía porque sus ojos estaban clavados en la Luna, volteó hacia mí y me observó desde los pies hasta la cabeza deteniéndose en mis ojos. Pude ver que el color miel de sus ojos se había transformado en un brillo ambarino, y su mirada transmitía un peligro lobuno. Luego negó levemente con la cabeza y el brillo desapareció.

—Salí a caminar, los caballeros han empezado a fumar y no tolero ese olor —dijo con tono desagradable—. Te vi desde hace un rato y vi que te alejabas mucho, pensé que tal vez te perderías. Además, es casi Luna Llena y hay lobos por el bosque... luego pensé que tal vez querías escapar —dijo de modo sugerente con su voz grave.

—¿Y me ibas a detener si decidía huir? —dije mordiéndome el labio inferior. ¿Por qué siempre tenía que sonar de ese modo con él? Honestamente no pensé que fuera a contestar, pero en cambio dijo algo que hizo que la piel me ardiera.

—Consideré llevarte, raptarte, ir a las Islas del Jaspe, tengo amigos ahí y no queda tan lejos... —dijo acercándose poco a poco a mí, o tal vez era su paso normal, pero para mí todo ocurría con lentitud. Pero de pronto ya estaba frente a mí, a unos escasos, pero provocativos centímetros de distancia.

Miré alrededor, ni un alma estaba cerca, si había un guardia estaba dentro de la mansión con nuestros invitados importantes. Era obvio que él ya había hecho ese análisis. Elio sólo me veía a mí, su mirada pasaba de mis ojos a mis labios, luego a mi cuello y después a los hombros, parecía que hacía una danza con sus ojos, hasta que paró en mi rostro.

Ninguno de los dos estaba pensando realmente, y movidos por un instinto y una fuerza de atracción irracional nos lanzamos el uno a la otra en un abrazo fuerte, como si fuéramos parte de la misma cosa. En un segundo me aprisionó entre él y el sauce llorón que a pesar de su dureza no me lastimaba porque mi atención ya estaba en morder, lamer y masticar esos labios que me respondían. Mientras eso sucedía en nuestros rostros, nuestras manos se enfocaban en meterse entre las telas de la ropa y tocar cualquier parte de nuestra piel. Las manos de Elio se deslizaron por debajo del vestido y tocaban mis costillas hasta subir un poco más y llegar a mis pechos que acarició suavemente. Sus labios y sus dientes se aventuraron hasta mis hombros y mi cuello. Gemí al suave tacto de su lengua en mi cuello y él me respondió apretándome más a su cuerpo. Su aliento era cálido y el sonido que salía de su boca era el mejor sonido que había escuchado hasta ese momento. Sentía mi cara ardiendo, entre mis piernas palpitaba...y justo cuando sus dedos encontraron su camino entre mi humedad, las mangas de mi vestido cayeron hasta dejarme libres los pechos. En algún momento, el hermoso collar de perlas lilas cayó como lluvia sobre mi espalda y mis pechos y algunas perlas se quedaron atoradas en la tela del vestido que se juntaba en mis costillas. Elio emitió nuevamente un rugido de excitación y se aferró con sus dientes a uno de mis pezones y con dos de sus dedos adentro de mí comenzó a empujar y por cada delicioso empuje yo hacía sonidos que parecían sacar esa ferocidad que lo caracteriza. Lo quería dentro de mí y lo quería ahí en ese momento. Con la Luna encima de nosotros y el hermoso estanque de testigo. Mis manos habían bajado hasta sus pantalones y cuando estaba a punto de desabrocharlos escuché una voz familiar...

—¿Nive?...

Tardé unos segundos en volver a la realidad después de escuchar esa voz familiar que decía mi nombre. Lo dude, ¿sería la culpa?... La culpa de no sentir ninguna clase de remordimiento por lo que estaba haciendo en ese momento.

Amos, me observaba, con sus ojos redondos y llorosos. Me pasaba la mirada a mí y luego a Elio. Se encontraba a unos pocos metros de nosotros. Lucía terrible, ojeras oscuras surcaban su rostro descompuesto.

19

Traición y huida

—¿Qué haces aquí, Amos? —Fue lo único que se me ocurrió decir mientras me acomodaba el vestido y acicalaba mi cabello. No puedo decir que me gustó verlo... no en esas circunstancias.

Amos miró el piso con frustración en esos hermosos ojos verdes.

—No puedo creer la capacidad de tu egoísmo, Nive, pensé que estarías aprisionada, sufriendo —dijo como si verme prisionera hubiera sido más sencillo de ver que lo que acababa de presenciar.

Me acerqué un poco. No sabía por qué decía esas palabras, él sabía que yo había tomado la decisión de dejar Oure, pero nunca habíamos terminado... Él se alejó de mí como si tuviera algún tipo de enfermedad en la piel y mi contacto pudiera lastimarlo.

—Amos, no entiendo... te escribí...

—¿Cuándo? ¿Cuándo me regresaste alguna de las siete cartas que te he enviado? Y cuando vengo aquí, preocupado, tú estás aquí vestida como una señorita de sociedad y revolcándose como un animal con tu marido... ¿ya te olvidaste de tu abuela?, ¿Lena?, ¿la recuerdas? —dijo con ira y sarcasmo. Decidí que corregir a Amos y decirle que Elio no era mi marido sólo haría las cosas peor. Sabía que lo que había visto era duro para él, pero cómo se atrevía a reñir sobre mi abuela. Elio sólo nos observaba atento, listo para decir algo o actuar si Amos se ponía agresivo, aunque yo sabía que él jamás me tocaría así.

—Sé que estás enojado, Amos, pero tranquilízate.

—¿Qué? ¿CÓMO PUEDES ESTAR TÚ TAN TRANQUILA? TU ABUELA PRESA Y TÚ AQUÍ PASÁNDOLA DE LO LINDO —gritó—. Y yo pensando que estarías pasándola horrible...

El corazón se me detuvo.

—Amos... ¿Dónde está mi abuela?

Mi ira era trémula, sentía que algo iba a explotar en mí. Resulta que tan sólo unos días después de mi partida con Hijo de Lobo hacia Tindel. Mi abuela se preguntó por qué no llegaba por ella el carruaje que Atelo había prometido y decidió tomar camino ella sola. Amos, le propuso acompañarla por lo menos hasta la mitad del camino porque su papá había empeorado de la herida de la pierna y necesitaba ayuda.

Y justo a unas pocas horas de camino se toparon con la guardia que había mandado Atelo. Le dijeron que como el viaje era pesado harían una parada en Mandiel. Luego de eso, Amos regresó confiado a Oure, pero le pidió a Lena que tan pronto llegara a Mandiel le enviara una carta para confirmar que estuviera bien. Al pasar varios días, sin saber de Lena, Amos se aventuró a Mandiel en donde descubrió que un día antes el Mitrado del Justo había arrestado a Lena por brujería, ya que la encontraron dormida en los campos de giralunas con una extraña piedra, muy probablemente la que yo le había dado.

Amos, reclamó, les dijo quién era yo y quién era mi marido, los carceleros dijeron que mandarían una carta a Atelo y lo trataron de forma lo suficientemente decente para que él les creyera, pero al salir los monjes del representante del Justo en Mandiel lo esperaban y le dieron una paliza, pero lo dejaron ir. Regresó a Oure para conseguir ayuda de Trepis, pero éste le dijo que no podían hacer mucho. "Lo más probable es que esto se le informe a Atelo de Tindel y él resuelva el problema" le había dicho.

Insatisfecho y preocupado por mi silencio y por mi abuela, no lo pensó más y vino a buscarme, pero no lo dejaron entrar a la mansión, por lo que tuvo que rodear el bosque hasta que llegó por este camino. Tenía tres días que apenas dormía y se notaba en sus ojos ojerosos, cansados y... decepcionados.

Así como Amos tenía su rostro amable marcado por la ira, yo también quedé en shock por unos momentos. Lutébamo y Atelo lo sabían por eso habrán cerrado la biblioteca los últimos días, seguro no podían verme al rostro... Entonces sentí otro vuelco en mi corazón y una idea terrible me vino a la mente. Miré hacia Elio que miraba fijamente a Amos. Yo hice lo mismo.

—¿Tú lo sabías? —le pregunté a Hijo de Lobo sin siquiera mirarlo a la cara.

Elio guardó silencio, era un silencio helado, tembloroso y lastimante.

—Me he enterado hace poco... pero Nive...

Le di un golpe tan fuerte con el puño que mi dedo índice jamás volvió a ser el mismo.

—¿CÓMO TE ATREVES?, después de lo que acaba de...— me interrumpí—. Amos, vete a Mandiel y diles que la esposa del señor Atelo ya se ha enterado de esto y no está feliz —le dije en un ruego.

Amos comprendió que no estaba enterada de ninguno de los eventos que me narró y asintió con un movimiento de cabeza, sus ojos verdes se llenaron de decisión y de una energía renovada. Me tomó la mano y la soltó rápido, ante la mirada de quien creía era mi esposo. En un momento se echó a correr y yo me dispuse a hacer lo mismo.

—Nive...

Elio me tomó por el brazo, pero mis pensamientos fueron al libro rojo que tenía, en la piedra que había quitado y que era la causante del encarcelamiento de Lena y por un instante pude recordar su peso, su forma y justo, en ese momento de remembranza, un arbusto cercano a Elio se incendió. Él se quedó confundido y me miró con sorpresa. Yo aproveché para correr, correr muy rápido.

20

La huida

Llegué a mi habitación con el corazón desbocado y sintiéndome increíblemente traicionada. Entre lágrimas en los ojos tomé algunas cosas que consideraba importantes y me cambié con pantalones de caza que nunca había usado pero que eran bastante prácticos para alguien que necesitaba correr lo más rápido que le fuera posible. Dejé una nota a Dalila para que cuidara de Elio el cerdito prometiendo que regresaría por él. Hice todo lo más rápido que pude y antes de marchar observé la Torre de Tadeo. Sin pensarlo mucho, me dirigí ahí. No había guardia y subí corriendo los escalones.

Tadeo me observó sobresaltado y algo preocupado.

—Me largo de aquí ¿quieres venir conmigo?

Tadeo sacó de debajo de su cama una mochila que ya tenía preparada, no me sorprendió en lo absoluto.

—Vámonos —dijo radiante.

Estando abajo se empezó a escuchar más ruido de lo habitual. Seguro me estaban buscando o intentaban apagar las llamas del arbusto que se había encendido como por arte de magia.

—Dime, por favor, que conoces una salida —rogué a Tadeo.

—Las conozco todas, pero creo que conozco la perfecta para esta ocasión, sólo que... —dijo apenado—. Necesitaré tu ayuda, el té que me obligaron a beber, no me permite hacer uso de... ciertas herramientas.

—¿Qué herramientas? Yo no tengo herramientas —dije mientras me ocultaba detrás de un árbol de grueso tronco.

—Sí las tienes —contestó Tadeo—. Sígueme.

Lo seguí hasta la cocina, y de ahí seguimos el camino de piedras hasta llegar a la cabaña del árbol. La aldaba en forma de puño relucía en la noche oscura y temí por un momento que estuviera cerrado. Sin embargo, se podía ver que alguien estaba adentro, seguramente Lutébamo.

—Tenemos que entrar —dijo Tadeo—. ¿Recuerdas la piedra que había en el libro de la biblioteca?, aquél que te llevaste.

—Sí, pero no la tengo —dije. Tadeo se golpeó la cabeza.

—Eres tonta, Nive, tonta, tonta, ¿cómo te pudiste desprender de un tesoro así?

Sabía que era valiosa, nunca había visto una piedra así antes, por eso se la había dado a Lena.

—¿La tocaste? —preguntó con esperanza.

—Sí, es raro que lo menciones, justo hace unos momentos, cuando intentaba escapar de Elio pensé en la piedra, en el libro rojo y de pronto un arbusto se quemó.

Tadeo se emocionó y movió las manos.

—Sí, sí es que ese libro es el Libro sobre el Fuego "Leber atem igno". Como quisiera tener más tiempo para contarte más —dijo lamentándose—. Trata de recordar exactamente lo que sentiste cuando prendiste el arbusto, mientras estabas con Elio (me hubiera gustado verle la cara) ... ahora apunta a esa rama.

—Estás loco —dije alzando un poco la voz.

—Ya lo has hecho antes y todavía ni siquiera tocabas la piedra, es por lo mismo que sacaste ese libro de la biblioteca... tienes una conexión con ese elemento, con el fuego. Recuerda, prendiste la vela en la Biblioteca de Irisa.

—Lo hice con una piedra y el cerillo, Tadeo... ¿Biblioteca de Irisa?

—No, no seas tonta, Nive, el cerillo que dejé ni siquiera tenía pólvora, era una prueba que te estaba haciendo y la pasaste —dijo viéndome como si fuera un maestro orgulloso de sus tácticas de enseñanza—. Fuiste tú, toda tú, probablemente por haber crecido tan cerca de esa piedra y ese libro tengas una conexión inusual con él. Ahora concéntrate.

Traté de hacer lo que él me pedía, no tenía tiempo, quería llegar con mi abuela y largarnos antes de que esa bola de serpientes nos encontrara, y claro que sí, planeaba llevarme al hijo de un gran Señor de las Tierras Verdes y nada me lo impediría. Así que me concentré, pensé en la piedra y rápido su forma y tamaño las sentí en mis manos. La rama se prendió y pronto un nuevo arbusto estaba encendido. En cuestión de segundos Lutébamo salió corriendo hasta las cocinas gritando "fuego", "fuego". Entramos inmediatamente a la choza del monje.

La choza era pequeña, se notaba que la mayor parte de ésta había sido decorada por Lutébamo. Había varias hierbas colgadas que olían mal. Tadeo se dirigió hasta una cortina que recorrió y dejó ver parte de la raíz del sauce llorón. El árbol tenía grabado un símbolo, una especie de triángulo invertido con una raya en el medio.

—El viejo tonto le tiene mucho miedo a ese símbolo, por eso lo cubre, pero si le hablas te dejará pasar.

Tadeo torció los ojos al ver mi cara de no entender una sola palabra de lo que decía.

—Es una puerta, ¿por qué todo te lo tengo que explicar como si fueras una niña, Nive?

—Bueno ya, dime qué hacer —resolví pensando en el fuego que acababa de crear de la nada, ya en dos ocasiones en una misma noche. Si Tadeo decía que podría abrir una puerta, no sería lo más extraño que sucediera desde... bueno, desde hace algunas semanas, cuando la tierra me atrapó y fui a parar a una biblioteca subterránea.

—Vas a llamar a la tierra, le pedirás permiso para pasar —dijo tranquilo.

—¿Cómo?, Tadeo, no hay tiempo para lecciones.

—Concéntrate, Nive, y repite conmigo: "expenda camiu tierta iom".

—Tierra mía, abre tu camino —repetí con temor de que Tadeo me reprendiera.

—Está bien, continúa, repite las palabras —dijo intentando ser paciente.

—Tierra mía abre tu camino, "expenda camiu tierta iom" —dije sintiendo un cosquilleo eléctrico que recorrió mi cuerpo y se deslizó hasta mis pies. Lo más sorprendente fue que desde mis dedos de los pies, surgió una ondulación que viajó rápidamente a través de la tierra, hacia las raíces del árbol. Como si estuvieran en comunicación, el árbol respondió emitiendo ondulaciones que se unieron a las mías. En cuestión de segundos, los movimientos convergieron y una pequeña puerta entre las raíces se abrió ante mis ojos.

Tadeo estaba muy feliz y sus ojos brillaban con admiración.

—Es muy lindo ver eso... —dijo con una voz dulce—. Eh, ¿a dónde vas? —preguntó cuando me alejé de la puerta recién abierta para acercarme al librero de Lutébamo.

—Por esto —tomé el "Leber atem aguia" y el "Leber atem ksira" y los metí a un bolso en donde también se encontraba mi libro rojo y el verde que me había dado Atelo unos días antes.

—Ahora sí me siento lista —dije con alegría mientras me metía por la puerta y ésta se cerraba detrás de nosotros de manera automática.

—Ahora, ¿este túnel a dónde nos lleva? —pregunté a Tadeo, aunque suponía la respuesta, lo que necesitábamos era llegar antes que Elio y Atelo a Mandiel, antes de que pudieran detenerme.

Tadeo prendió una vela y se iluminó su rostro.

—A la Biblioteca de Irisa, al Cementerio de Roca vieja, pero también podemos hacer una parada cerca de Mandiel.

—Tadeo, pero lo que necesitamos son caballos —dije, aunque quería preguntar cómo diablos estos túneles nos llevarían tan lejos.

Tadeo me miró triunfante.

—No te preocupes, este camino es prácticamente plano, no hay rodeos, tampoco desviaciones, llegaremos horas antes que Elio cabalgando en Gris a toda velocidad.

No me explicaba cómo había descubierto estos caminos, ni cómo sabía lo que sabía o cómo yo misma podía ser capaz de hacer estas cosas, sólo lo abracé con fuerza y le di un beso en la mejilla, esa era la mejor noticia que me habían dado en semanas, no, en meses. Tadeo se sonrojó y me miró confundido.

—Ya suéltame, me asfixias, Nive —dijo incómodo, pero sonriendo.

Luego de casi exprimir al pobre chico, hizo un movimiento para que lo siguiera.

21

Una importante parada

El túnel era especialmente ancho, cuando recién bajamos por las escaleras de tierra pensaba que todo el camino tendría que ir agachada pero, después de descender unos cuantos pisos el túnel se hacía más amplío.

Había tantas cosas que procesar: lo más importante era que durante días me habían estado mintiendo. Luego me vino a la mente la posibilidad de que Dalila estuviera enterada de lo que sucedió con mi abuela y también me lo hubiera ocultado. Me sentí traicionada por todos, de pronto un frío me recorrió la espalda. Paré en seco y Tadeo paró también.

—¿Sabías que mi abuela está presa?

Tadeo calló, otro horrible silencio. Por primera vez, Tadeo estaba elaborando una respuesta.

—Sabía que alguien estaba preso... escuché a mi papá e Hijo de Lobo discutir acaloradamente ayer, creo que Elio quería decirte, si te hace sentir mejor, pero papá le decía que ya estaba resuelto.

Otro vuelco en el corazón. Elio había intentado explicarme algo antes y no lo había dejado. Todavía sentía que mi mano derecha, con la que había golpeado a Elio, punzaba de dolor.

—¿A cuánto estamos de Oure? —pregunté, con la impresión de que sin tener que rodear lagos, montes y árboles llegaríamos mucho antes.

—Es rápido si tomamos los túneles, creo que unas siete horas, a Mandiel llegaremos en tres horas, cuatro, si tomamos en cuenta que tenemos que desviarnos un poco.

No me importó en lo más mínimo el desvío, si llegábamos en cuatro horas, eso significa que tendríamos otras cuatro horas para escapar antes de que Atelo y compañía nos encontraran, y si íbamos Oure por los túneles, estaríamos muy lejos de ellos.

—¿Cómo descubriste eso? —pregunté.

Tadeo pareció fastidiado, pero contestó mi pregunta.

—Según algunos textos que he leído en la Biblioteca de Irisa, los Íden tenían un reino inmenso y estos túneles conectaban con castillos, que eran bastiones importantes. Las distancias se reducían y además eran exclusivos para ellos, es decir, sólo gente con un poder similar al nuestro podría acceder a ellos. Pero hace más tiempo del que te puedas imaginar, nació un grupo conocido como La Orden, odiaba la magia y destruyeron muchos de los castillos. Por ejemplo, en Tindel había uno muy importante, pero de él sólo queda el árbol, la torre y el estanque y ya ves, en Oure, lo que ustedes llaman El Cementerio de Roja Vieja y otros lugares.

Recordé que, en El Cementerio de Roca Vieja, o más bien "La biblioteca de Irisa" había un mapa con trece distintos puntos que habían sido marcados por símbolos.

—Eso de La Orden suena al Mitrado —le dije a Tadeo.

Tadeo puso los ojos en blanco.

—Pues, aparentemente los Íden se les resistieron y destruyeron a La Orden, pero los dejó muy débiles. Eventualmente desaparecieron, tanto La Orden como los Íden, pero como puedes ver aquí estamos tú y yo y allá andan esos fanáticos del mitrado. Es como si la historia se repitiera.

—O tal vez no se les resistieron, sino que se transformaron, Los Íden son más antiguos que la religión del Gato Tuerto, posiblemente son sus predecesores, y La Orden quizá sean los del Justo, o por lo menos las bases de estos.

Tadeo se mostró de acuerdo, pero dijo:

—Hay algunas inconsistencias, pero puede ser, según las leyendas, los Íden fueron los primeros pupilos de Gato, cuando este vivía entre los humanos... pero ellos tenían poderes mágicos y las sacerdotisas no tienen este tipo de dones que tenemos tú y yo—reflexionó.

—¿Cómo supiste...? —le pregunté a Tadeo, me refería a cómo supo que yo tendría algún tipo de "don" ...

—No lo supe, pero me pareció extraño que alguien de un pueblo tan chico conociera más de una lengua y cuando caíste, era para que mínimo te hubieras roto el brazo... además... —dijo con un poco de duda.

—Además qué —pregunté parando mi camino por esos túneles subterráneos con olor a eucalipto y otras hierbas.

—Antes de que cayeras, me percaté de que las llamas de las velas con las que iluminaba la biblioteca comenzaron a cambiar su tamaño y a... bailar, como si estuvieran felices.

—Oh... —dije y me quedé muda, reflexionando.

Luego de caminar durante poco más de tres horas, me senté en el piso para descansar y procesar lo que me contaba Tadeo. Mis conocimientos de historia se limitaban a unos doscientos años atrás máximo... pero él hablaba de cientos de años atrás. Tadeo se sentó ante mí y su manita tomó mi mano. Era un niño muy dulce, uno increíble...

—Parece que grupos como La Orden y El Mitrado del Justo surgen como oposición a la magia... son simplemente u-na reacción. Tal vez Las Tierras Verdes han hecho bien en mantenerse neutral con las creencias... me gustaría echar un ojo a esos libros que dices —dije.

—Respecto a los libros que quieres leer, podemos in-tentarlo... Algunos ya están hechos polvo y otros no aguanta-rán otra lectura, pero podemos intentarlo.... En cuanto al Mi-trado, dice mi papá que el rey Guntharí se está haciendo muy religioso. Lutébamo no se cansa de decir: "Sherí tiene al Gato Tuerto, Sher a Serpiente, Las Islas del Jaspe a Los Antiguos... es hora de que Las Tierras Verdes tengan su fe".

—¿Y qué pasa con gente como nosotros? Que no somos de Sherí o Sher y tenemos algo ¿especial?...

—Bebemos el té más asqueroso —respondió con amar-gura—, pero vámonos ya, deja de hacer preguntas o no llega-remos nunca.

—¿Cuánto tiempo tienes tomando ese té?

—¡Que ya no quiero seguir con el tema! —gritó como un niño lastimado y movió la mano para que lo siguiera.

No insistí, en cambio seguimos caminando unos minu-tos más. Los túneles estaban hechos con unas piedras de colo-res plateados, de alguna manera recordaban el reflejo de la luz en el lago de Tindel. Me había encariñado con el lugar, con Dalila, con Elio…

—Desde que tengo cuatro años me dan el té, Lutébamo tiene una cicatriz por mi culpa, una explosión —dijo con pesar en su voz—. Él se lo buscó por meterse en mis experimentos —concluyó con seguridad, parecía algo que se repetía así mismo y que lo hacía sentir mejor.

—¿Tu madre es de Sherí? —pregunté sin pensarlo mucho y sin demasiado tacto para ser un tema que ya había clasificado antes como "sumamente delicado".

—Cómo eres entrometida, Nive, ya me cansé de hacerte sentir mejor contestando tus preguntas.

—Tú también puedes preguntarme cosas, ¿sabes?

Puso los ojos en blanco.

—Tu secreto mejor guardado, ni secreto es.

Era obvio que se refería a Hijo de Lobo, al menos ese era el único secreto que guardaba y claro, que de pronto había adquirido una extraña habilidad para hacer chispas y crear pequeños fuegos.

—Ah, pero te apuesto que no sabes que a veces sueño con una chica de labios lavanda y un castillo de arena diamantada.

Tadeo me observó, no sé por qué lo dije… sólo había soñado con eso un par de veces… aunque en el momento que lo dije sentí que era parte de cada noche de sueño.

—Se llama Denmiel, sueño con ella desde que nací —expresó el pequeño.

—¿No es una versión joven de tu mamá? —intenté adivinar, todo era posible después de todo.

161

—Cómo me irritas, Nive, si fuera mi mamá te hubiera dicho "es mi mamá" pero te dije "es Denmiel" —dijo con sincero estrés.

—Bueno, y ¿el castillo?

—Sherí... creo.

—Pensé que lo sabías todo.

—No empieces —dijo cansado y no seguí porque sus ojos estaban opacos, carentes de ese brillo que los caracterizaban.

Llegamos ante las inmensas raíces de un árbol, un sauce llorón supuse, y Tadeo subió por las escaleras.

—Esta puerta, nos lleva a otro sauce llorón, cerca de Mandiel, ahí podremos solucionar lo de tu abuela y tomar de nuevo los túneles para llegar a cualquier parte de las Tierras Verdes.

Nos metimos por las entrañas del árbol y salimos por éste al exterior, en medio de un camino que era para que transitaran carretas o caballos. El paisaje me resultó bastante familiar.

—Ayúdame a buscar, ¿quieres? —dijo mientras veía por el piso. Capté de forma inmediata por qué se me hacía tan familiar el lugar. Fue donde los hombres nos atacaron y Tadeo llegó a rescatarnos con las piedras que brillaban en sus manos. Busqué hasta que encontré una. Casi al instante Tadeo encontró la otra camuflada en medio de algunas piedras.

—Estas piedras las encontré en la Biblioteca de Irisa, son como un comodín. Ayuda a canalizar o activar los elementos. Aunque, claro, de momento son inútiles porque tengo en mi sistema el brebaje de Lutébamo.

Así que eso era lo que hacía el famoso té que obligaban a tomar al pequeño, me pareció repugnante y maldije a Atelo en mis pensamientos por permitir ocultar esa maravillosa parte de Tadeo.

—Pero yo pude hacer fuego sólo imaginando la piedra —dije confundida.

—Es por tu conexión con el elemento, si no tuvieras esa conexión tendrías que estudiar detalladamente cada libro y apoyarte con las piedras para poder tener algo de control. Además, al tocar la piedra, aunque sea una vez posiblemente activaste tu poder. Creo que eventualmente no se necesitan para acceder a estas habilidades.

—¿Y tú con cuál elemento tienes conexión?

—Con todos de los que tengo conocimiento —dijo orgulloso, pero al ver mi rostro de incredulidad agregó—: Menos muerte... pero alguien te lo aseguro sí que lo tiene.

—Ya veo, ¿sabes cuántos elementos hay? —pregunté caminando hacia donde iba Tadeo.

—Fuego y agua, tierra y viento, vida y muerte, luz y oscuridad, pero hay más, estoy seguro.

Seguimos caminando un rato en silencio.

—No creo que debas seguir enojada por lo de tu abuela, mi padre le dijo a Elio que ya estaba resuelto el asunto y no creo que le mintiera, le caes bien, Nive —dijo intentando justificar a su progenitor, a quien después de escuchar lo que permitía que el monje le hiciera al niño no le tenía mucho cariño.

Volvimos a meternos a las entrañas del sauce llorón porque habíamos salido y caminamos unos minutos hasta llegar a otras enormes raíces.

—Aquí saldremos más cerca de Mandiel, disculpa por desviarnos un poco, quería recuperar estas piedras para ti, son las del libro de agua y de aire.

—Vaya, si fueron sólo unos pocos minutos, a Elio y a mí nos tomó horas llegar a Mandiel, aunque también fue cuando nos encontramos con tus "amigos" itinerantes y quedamos a pie —le reclamé.

—Recuerda que yo estaba inconsciente —dijo apuntándose con el dedo como si no tuviera nada que ver con aquello—. Elio tenía varios días buscándome ya, así que no se pudo resistir —dijo sonriendo—. Cuando nos visita, papá siempre lo manda a buscarme, la verdad siempre es quien más rápido me encuentra —Rio como si se tratara de juego muy divertido, pero no estaba segura de para quién, si para el niño o el adulto.

22

Heridas

Salimos nuevamente de las entrañas del árbol. Noté que la luz del sol estaba empezando a filtrarse tímidamente entre las ramas del bosque, como si el amanecer temiera anunciar su presencia demasiado pronto. A lo lejos, a través de la espesura, se podía ver Mandiel, con sus casas y chozas esparcidas por el horizonte. Pero antes de que pudiéramos avanzar, sentí un susurro inquietante en el aire, como si el bosque estuviera tratando de decirnos algo.

Sonreí a Tadeo intentando calmarlo y él me devolvió una dulce e infantil sonrisa hasta que ésta se convirtió en mueca. Un ardor centelleó en mi columna vertebral y luego algo caliente. Sangre... sí era sangre. Tadeo me sostuvo para que no me cayera de frente. Gritó fuerte y empujó a un hombre que tenía los ojos en blanco y la piel verde y viscosa.

El pánico se apoderó de los ojos de Tadeo cuando el hombre regresaba con su espada directo a nosotros. Yo quería pensar en la piedra, hacer fuego de nuevo, pero estaba muy débil, podía sentir en mi espalda como la camisa se me pegaba a la piel por la sangre. Perdí el conocimiento unos segundos, pero cuando recuperé el sentido, unos segundos más tarde, el olor de la sangre llenó el aire y los gritos guturales de tres hombres se mezclaron con los gemidos agonizantes del monstruo. Era una lucha desesperada. Al final, los hombres lograron someter al monstruo, dejándolo inmóvil en el suelo mientras recuperaban el aliento y nos miraban asustados a Tadeo y a mí. Finalmente, uno de los hombres habló.

—Tenebras, creo que tu falsa madre necesita ayuda médica —dijo Trébol más desaliñado que la última vez que lo vi. Entre los tres hermanos, Arco, Trébol y Melus me ayudaron a meterme a un carromato, mismo en el que se habían llevado a Tadeo la primera vez que vi a un "No-hombre" y que había conocido a esta banda de trovadores.

El viejo Ándalo, padre de los tres hermanos, se acercó y liberó mi espalda de la tela.

—Antes de vendar mi herida, tiene que poner un ungüento para la infección si no tiene, algo de alcohol bastará —dije segura de que estos artistas itinerantes llevaban algún tipo de alcohol en su carromato.

—Tengo tres hijos, sé como curar este tipo de heridas. Lo que me preocupa es que has perdido mucha sangre —dijo mientras mojaba una tela con un líquido que parecía alcohol mezclado con hierbas.

Estaba en el carromato con la espalda vendada. El viejo Ándalo me observaba. Me percaté de que no tenía nada más arriba que el vendaje y me cubrí con desconfianza con un retazo de tela. Después de todo, por más amigos que fueran de Tadeo, la última vez que los había visto habían puesto una cuerda sobre mi cuello y me habían arrojado hasta Elio.

—Pasen, chicos —dijo a la puerta.

Entraron Melus, Trébol, Arco y al final Tadeo, más blanco que de costumbre.

—¿Estás bien? —le pregunté.

—Sí —dijo, pero su mirada estaba clavada en la sangre que había cubierto mi blusa.

Arco me pasó un vaso con algo que parecía sopa.

—Gracias.

Bebí con sed y hambre, y el sabor demasiado salado me escaldó la lengua.

—El corte no es grave, ni siquiera es profundo, pero es un lugar que sangra mucho y eso es lo que preocupa, con unas horas de descanso y cambiando tu vendaje, todo estará mejor —dijo Ándalo sonriendo.

—Sí, no te podíamos dejar morir, recuerda que aún no nos pagas por la canción —dijo Melus mientras me cerraba un ojo.

—Entonces, ¿es o no tu mamá?

Trébol se frotaba la barbilla confundido.

—Creo que más bien me ve como una hermana tonta —dije sonriendo, dando un sorbo al caldo demasiado salado.

Tadeo me sonrió triste y se le llenaron los ojos de lágrimas, me abrazó y comenzó a llorar desconsolado como aquella noche que había aparecido en mi habitación.

—Siento que no te pudiera ayudar —sollozaba—. Te juro que soy más fuerte de lo que parezco.

—No tengo duda... —le dije—. Además, es mi culpa, prácticamente te robé de tu casa.

—Entonces eres una roba-niños... —dijo Trébol como si hubiera encontrado la respuesta a un enigma que tenía mucho tiempo intentando descubrir.

Hubo un silencio y todos estallaron en carcajadas, yo intenté no moverme muy bruscamente para que la herida no sangrara de nuevo.

—Lo que más me preocupa es que ya van varias noches que nos topamos con No-hombres —dijo Ándalo con tono serio—. ¿Es una epidemia? ¿Una enfermedad?

—Sí, ya nos estamos haciendo expertos en someterlos —dijo Trébol mostrando sus puños que estaban lastimados.

—Alguien nos debería de pagar —dedujo Melus—. A lo mejor ese Guntharí que se hizo pasar por guardia...

—¿Sabían que era él? —pregunté asombrada de sus habilidades deductivas.

—Magnus nos dijo después que vencimos al gran Hijo de Lobo, príncipe del Greendo e integrante del único Clan de los lupinos —dijo Trébol haciendo fuerza con el brazo—. Pero nadie nos cree —finalizó triste.

Todos rieron, pero después Ándalo retornó a la seriedad.

—Tendremos que ir con los señores del valle, sobre todo con Atelo Eliur que es el que más influencia tiene. Incluso puede hablar con los Guntharí. Esto se está volviendo algo insostenible, pronto más gente se dará cuenta y se generará un caos que no se ha visto desde la guerra contra los vodos.

—No creo que esté enterado de lo que ocurre en las regiones más alejadas del valle —les comenté mientras sorbía lo último de mi sopa.

—Ella puede hablar con él, es su esposa —me señaló Tadeo.

—¿Seguro que todavía? Como que tienen problemas maritales muy graves ¿no? —soltó Trébol e inmediatamente recibió un codazo de Melus.

—Creo que me debe una, escuchará —dije esto último interrogando a Tadeo con la miraba, éste asintió.

Ándalo se levantó.

—Entonces, no se diga más... duerme un par de horas, iremos lento para que tus heridas no se abran y en poco tiempo estaremos en Mandiel, descansamos un poco más y veremos que traten tu herida y de ahí a Tindel con el señor padre de Magnus.

Todos asintieron y los jóvenes pecosos y Ándalo salieron del carromato.

—Tal vez deberíamos decirles del árbol —dije en voz baja a Tadeo—. Nos ahorraríamos mucho tiempo.

Tadeo lo pensó unos segundos.

—Dejemos los asuntos de los Íden, entre nosotros.

—Bien...—acepté.

Ya estaba a punto de dormir cuando escuché la voz de Tadeo.

—Niv...

—¿Qué pasó?

—¿Por qué será que ni huir puedes hacerlo bien?, ya vamos de regreso...

Sus palabras se mezclaron con mis sueños, y con una sonrisa caí completamente dormida.

Cuando desperté el carromato estaba vacío. No se escuchaba ni un solo ruido. Era de día, la luz se colaba por la cortina roja. Llamé a Tadeo pero no respondió.

Me paré sobresaltada y sentí un delgado tirón en la espalda, la herida se estaba cerrando, aunque podía sentir cómo me palpitaba la piel. Seguro era una herida alargada que recorría mi columna vertebral.

—¿Trébol?

—¿Qué haces levantada? —dijo Arco que venía llegando junto con sus hermanos. Todos llevaban varios cubos de agua. Tadeo llevaba un poco de madera en los brazos y Ándalo venía conversando con un hombre alto de ojos verdes que reconocí inmediatamente.

—¿Amos?

Amos me observó y su rostro se contrajo... ya me sentía mejor, pero la pérdida de sangre y la falta de ropa no manchada de rojo no podía ofrecer una linda visión

—Nos encontramos en el río —dijo Trébol—. Estábamos hablado de ti y reconoció tu nombre... insistió en venir a verte.

Se acercó y me besó los labios rápido, como un hecho que tenía años repitiéndose, más como un reflejo que como una auténtica necesidad.

Trébol estuvo a punto de decir algo, posiblemente, algún chiste malo sobre mis problemas maritales, pero Arco lo tomó del codo para hacer que parara lo que fuera a decir.

—Nive, por favor... cuéntame lo que te ha pasado todo este tiempo. Hay cosas que no logro entender —dijo Amos con su completa atención en mí y pude notar que su aspecto se veía empañado por el cansancio que se reflejaba en su rostro.

Le conté todo lo que había pasado desde el ataque de esos No-hombres hasta su llegada a Tindel, la biblioteca, la magia, los Íden. Pensé que me tacharía de loca y entonces yo le pediría a Tadeo que confirmara mi historia. Y si no quería hablar por ser asunto mágico, pediría a Ándalo que confirmara lo de los ataques de esos seres extraños. También decidí no hablar sobre Elio y Atelo, no era el momento. Amos, escuchó y para mi sorpresa creyó todo lo que le conté.

—Tú... eres especial, siempre lo has sido.

—No...no lo creo —contesté con un poco de culpa.

—Es como si hubieras venido al mundo por una razón, siempre lo supe, algunos sólo pasamos, pero tú...

Pasó su brazo por mi espalda y sintió el vendaje.

—Entremos, quiero revisar tu herida.

Todos nos abrieron el paso hacia el carromato.

—No hagan cochinadas en el carromato ¿eh? —advirtió Trébol con tono amenazante. Luego Melus le dio un codazo como de costumbre y Trébol añadió—: Y sí lo hacen, espero que traigan monedas.

Melus hizo un gesto con la cabeza de aprobación. Y Arco torció los ojos a sus hermanos.

Me quité el vendaje y mi espalda quedó descubierta. Amos comenzó a inspeccionar.

—Está sanado bien, pero quedará cicatriz —dijo tocando alrededor de la herida. Mientras sus dedos se deslizaban por mi piel, me di cuenta de que el contacto ya no era el mismo que antes, o quizá no quería hacerme daño o tal vez la que había cambiado era yo.

—Lo echo de menos —dijo acariciando una marca de nacimiento que tenía al lado de mi hombro derecho.

Empezó a untar un poco de mezcla de hierbas que había preparado Ándalo para que la herida no se infectara. Sus dedos pasaban por mi espalda, su tacto era delicado y pude sentir como su respiración se agitó.

—Ponte esta camisa, está limpia, te quedará un poco grande, pero tengo un listón de piel que lo ajustará —dijo sacando una de sus camisas de un pequeño morral que cargaba.

Me lo puse mostrando mi cuerpo descubierto de la parte de arriba, tan acostumbrada a cambiarme frente a él, no sentí pena, hasta que se volteó para no verme.

—Supongo que el señor Atelo fue mejor de lo que esperábamos —dijo sin voltear a verme. Y creyendo que Hijo de Lobo era Atelo, cosa que me negué una vez más a aclarar, aunque sabía que esa plática en particular aún estaría pendiente.

—Definitivamente no es lo que esperaba... —dije apretando el cinturón.

—No puede ser muy bueno si no te habló sobre tu abuela.

—No que te importe, extraño, pero eso no es tu incumbencia—dijo Tadeo mientras entraba.

—Te presento a Tadeo, ya te hablé de él.

—El hijo... Hola.

—El extraño... Adiós —contestó Tadeo, e indignado dejó el carromato.

Amos sonrió.

—Sí que las cosas cambian— suspiró —, tú aparéntemente enamorada de un gran señor y con hijo y todo.

No contesté a eso de "enamorada".

No dije nada porque Ándalo nos informó que si queríamos llegar pronto a Mandiel tendríamos que salir en ese momento, aunque se alcanzaba a ver el pueblo desde donde nos encontrábamos, estábamos a unas dos horas de llegar. Quería descansar porque si Atelo todavía no había solucionado lo de Lena, sería muy probable que no pudiera hablar con ella en prisión y yo haría todos los esfuerzos posibles para lograrlo. No me había percatado de que Amos iba en un caballo muy hermoso, blanco con manchas cafés. Lo reconocí como uno de los que solía montar Satina, la hija Tepris. Pensé que tal vez se lo había prestado para ir por Lena que, después de todo, era la mejor curandera del pueblo. Lo interrogué con la mirada observando el caballo.

—Prestado —dijo y luego lo amarró junto a los otros caballos que tiraban del carromato.

—Dime que la prisión no es como los calabozos que describen en los libros —dije dirigiendo mi pregunta a Ándalo, no sé por qué, pero me dio la impresión que sabía una cosa o dos sobre cárceles.

—No, qué va, si hasta cama debe de tener... por estos rumbos sólo te encuentras uno que otro viajero borracho que no pagó la cuenta de la taberna.

—Nunca he ido a una taberna —dije pensativa.

—No es el mejor lugar para ti —contestó Amos.

—Y tú qué sabes —contesté pegándole con el hombro, cosa que me causó algo de dolor por la herida.

—Me hice algo aficionado, estos últimos días... no sé si te diste cuenta, pero anoche que fui a verte estaba algo borracho —respondió ruborizado.

—Qué buen partido —dijo Tadeo torciendo sus ojos.

—Partida de cara la que te voy a poner, niño —dijo Amos de una forma tajante, pero él no podía sonar soberbio o agresivo, no era parte de sí.

—¿Eh? Tipo, no te metas con Tenebras —dijo Trébol y en tono retador continuó dirigiéndose a mí—. Yo te puedo dar un recorrido por las mejores tabernas del Valle y de la costa, si quieres —añadió mirándome.

—Se llama Tadeo; Tenebras es un pirata —dijo Amos.

—Tenebras se llama como se le da la gana, amigo —dijo Arco que rara vez hablaba y que había turnado la dirección del carromato a Melus.

—Vale —respondió Amos de mala gana, no podía ganar si tenía a todos en su contra.

Era obvio que a Tadeo no le gustaba tener a Amos cerca, a pesar de lo extraño y cruel que podía ser su padre, lo quería. Se veía que respetaba sus opiniones y en alguna parte, en su interior, quería que las cosas entre Atelo y yo se tornaran reales... Aunque ya era demasiado tarde, por muchas razones entre ellas unos ojos tristes color miel que se asomaban a mis pensamientos con mucha frecuencia.

—¿Cómo se conocieron? —preguntó Amos refiriéndose a los músicos y al pequeño, para cambiar el tema y para ser honestos era algo que también me preguntaba, pero que no había podido cuestionar antes.

—Pues como se conoce la gente —contestó Trébol, pero casi inmediatamente se arrepintió de su vaguedad y comenzó a contar una historia que ya había escuchado antes, cuando se llevaron a Tadeo sólo que en aquella ocasión él y sus hermanos la cantaron. Básicamente Tadeo los ayudó un día que regresaban de un recorrido por el valle, habían visitado casi toda la región, aunque en Tindel no los aceptaron por tener músicos y actores enviados por el mismo rey Guntharí. Pero, a pesar de ello, se presentaron en Oure, Mandiel, Ása y Brunneis.

—Yo he vivido en Oure toda mi vida y no recuerdo que se presentaran —interrumpió Amos diciendo exactamente lo que yo estaba pensando.

—Bueno, es que, en Oure no nos presentamos... por... cosas —dijo Trébol rascándose la cabeza.

—Pero Arco sí que se presentó con la hija del señor de Oure y... pues nos corrieron a patadas —siguió Trébol haciendo uso de su ya tan acostumbrada imprudencia.

Satina era la hija de Trepis, muy recatada y de una extraña belleza. No era hermosa como Dalila, pero su amabilidad y su sonrisa siempre dejaban ver que era una buena persona. Su padre la tenía demasiado consentida y se negaba a casarla a pesar de que tenía edad y bastantes pretendientes. Era la única hija que le quedaba luego de perder a sus hijos varones en la guerra.

—Satina no se acostaría con cualquiera —dijo Amos casi de inmediato.

—¿Quién dijo que se acostaron?, ¿en dónde tienes la mente? En serio, eres un cochino —espetó Trébol con tono burlón—. Si nomás lo atrapó meando —soltó una carcajada.

Amos me observaba de una forma muy extraña.

—Te aseguro que era la primera vez que observaba un pipilín, y claro que la pobre chica quedó traumatizada — continuó Trébol.

Tadeo parecía divertido con la conversación, no obstante, continuó la historia que Trébol había iniciado.

—El punto —cambió de tema el pequeño—, es que cuando llegaron a su pueblo había una especie de plaga que se había llevado la mayor parte de sus cultivos. Mis estimados amigos creyeron que sería buena idea asaltar a un *indefenso* niño que pasaba con una mochila llena de pan —dijo lo de "indefenso" con sarcasmo.

—No me digas que todavía nos guardas rencor por eso mi querido Tenebras —dijo Trébol con cariño y Tadeo sonrió.

—Los convencí de que me dejaran ayudar y les di mi bolso de pan, luego regresé y planté ajos que terminaron alejando a los animales que se comían sus cultivos.

—Y, desde entonces, es nuestro mejor amigo —dijo Arco mientras le sacudía el cabello como Dalila lo había hecho el día de mi boda, pero esta vez a Tadeo no pareció molestarle y en cambió sonrió.

De pronto algo hizo que nos dejáramos de mover y un olor extraño entró al carromato.

—Magnus, Nive —asomó la cabeza Ándalo—. ¡Quédense dentro! —gritó mientras los dos hermanos pelirrojos y Amos salían.

Tadeo y yo nos observamos con preocupación. Aunque nos imaginábamos que por el olor y la preocupación de Ándalo tenía que ver con los No-hombres nada nos preparó para lo que vimos cuando abrimos la cortina del carromato.

Humo y los colores naranja, amarillo y púrpura invadían los alrededores. El pueblo de Mandiel estaba asediado por humo y llamas. La gente corría como loca, algunos intentaban echar agua a sus casas, pero por más que se esforzaran era inútil. Lo primero que pensé fue en Lena.

—No, Nive —dijo Tadeo que me jaló hacia dentro.

—Mi abuela —dije suplicante, pero Tadeo seguía tirando de mí para que no saliera.

—Te aseguro que Amos ya fue por ella, tú y yo podemos ayudar aquí...

—Todo se quema —dije confundida—. ¿Qué está pasando?

A pesar del caos que había alrededor, de mi confusión, de la gente corriendo y el olor a madera quemada, Tadeo no parecía muy preocupado.

—Nive, ¿qué libros tenemos en nuestro poder?, recuerda.

Un segundo de no entender nada y de pronto algo en mí se iluminó y comprendí perfectamente lo que quería decir, antes de irnos de la cabaña de Lutébamo tomé un libro en especial que podría ayudar con esta situación.

—Leber atem aguia —dije.

—Podemos salvar todo pueblo, *Témer* —contestó Tadeo.

—Destino —dije respondiendo a su última palabra y él asintió. Fui por el libro mientras muchas dudas se mofaban en mi mente. Tadeo todavía no se recuperaba del brebaje de Lutébamo y yo... yo no sabía cómo hacer agua, incluso sentí que el libro me rechazaba, deduje que no podía existir otra cosa más opuesta al agua que el fuego, elemento con el cual tenía una conexión.

—Concéntrate y trata de abrirte al libro —dijo mientras me pasaba las piedras.

23

Poder

"Por favor... por favor... funciona". Mis ojos veían las llamas, pero mi mente estaba en una sola persona, en mi abuela, en salvarla, y en todos los que corrían y gritaban a lo lejos. Ya había perdido de vista a los Ándalo y a Amos. Las cosas no se estaban solucionado. Tadeo me miraba desesperado.

—*Aguia iom properu est cielu* —dijo Tadeo como indicación para que repitiera esas palabras.

Apreté las piedras con fuerza y susurré, grité, canté esas palabras, pero nada pasó. Ni una brisa aminoraba el fuego. Leí partes del libro... nada. Furiosa lo aventé y frustrada grité cuando un enorme y largo árbol que se había prendido cayó casi encima de nosotros haciendo una división de fuego entre nosotros y el carromato y el pueblo.

A lo lejos, pude distinguir la silueta de figuras diminutas moviéndose apresuradamente, como si estuvieran siendo perseguidas por un enemigo invisible. Un pánico abrumador se apoderó de mí al reconocer dos de esas figuras: mi abuela y Amos. Miré con impotencia cómo corrían hacia el carromato, intentando escapar de lo que fuera que les persiguiera. Pero entonces, el horror se apoderó de mí cuando vi que mi abuela tropezó y cayó al suelo, arrastrando consigo a Amos. Mi corazón latía tan fuerte que casi podía sentirlo en mi garganta, y sentí una desesperación insondable mientras miraba impotente cómo intentaban levantarse. Luego vi a Arco y Trébol que llevaban a su padre entre sus hombros. No divisé a Melus por ningún lado.

—¡No-hombres! —gritó Amos que ayudaba a mi abuela a levantarse—. Nive... —dijo desde el otro lado del árbol, cerca de las llamas.

Iba a tomar el libro de nuevo e intentarlo una vez más, pero obedecí a mis instintos, le pasé una piedra a Tadeo y yo me quedé con la otra.

Pensé en el libro de fuego, en las chispas violetas y un calor recorrió mi cuerpo. Pero esta vez sabía que no quería hacer fuego. Cerré los ojos, me hubiera gustado ver lo que vieron los demás.

Sentí un viento fresco que no era más que el calor y el fuego que abandonaban el árbol, como consumido por el mismo aire. Cuando abrí los ojos, las llamas del árbol habían desaparecido. Sentí algo cálido en mi mano, una especie de cosquilleo intenso que se extendió desde mi muñeca hasta la punta de mis dedos. Miré hacia abajo y vi que la piedra que tenía en la mano brillaba con una intensidad inusual. Su superficie había cambiado, y ahora parecía un pedazo de metal candente. Era como si la piedra hubiera absorbido el fuego que empezaba a arrasar la parte del bosque donde nos encontrábamos. Solté la piedra que cayó al piso, todavía envuelta en un color naranja. El camino se había despejado, pero el pueblo seguía en llamas. Me dirigí a Tadeo quien tenía los ojos cerrados y sostenía con fuerza la piedra con el *Leber atem aguia*. La mano de Tadeo brillaba con hermoso tono azulado cielo.

En ese momento, una brisa fresca empezó a soplar en el aire, trayendo consigo una especie de rocío refrescante que hizo disminuir la intensidad de las llamas que consumían el pueblo. El humo que antes había sido espeso y oscuro, se tornó de un blanco fantasmal, flotando en el aire y cubriendo todo lo que estaba a su alrededor. El calor intenso que antes era insoportable, se convirtió en un ambiente tibio y húmedo. Tadeo sonrió.

—Lo logramos —dijo feliz y desvaído.

Corrí hasta Lena. No tenía ni una quemadura, pero claramente no estaba bien.

—Insistió en traer esto —dijo Amos, quien me dio la piedra plateada del libro rojo. La toqué y sentí una extraña familiaridad. En eso, escuché un grito de desesperación.

¡Melus!, ¡Melus! —gritaba Ándalo con lágrimas en los ojos. Volteaba a ver el pueblo que la llovizna auxiliaba.

Como si no hubiera pasado suficiente, varias cosas sucedieron a la vez. Unos siete No-hombres se acercaron feroces a nosotros, encaminados hasta donde nos encontrábamos Tadeo y yo. Todos estábamos sumidos en el caos, parecía que este era el fin, pero eso sí, tenía que proteger a Lena y Tadeo. Algo tenía que poder hacer. Pensé en crear fuego y abrasar a esas horribles criaturas, pero nada serviría si la llovizna que auxiliaba al pueblo también impediría que hiciera algo para salvarnos.

Estaba a punto de gritar de miedo y frustración cuando escuché los cascos de un caballo. Elio, Hijo de Lobo, montaba a Gris y hacía que aquellos No-hombres cayeran al piso. Atrás, montado en un caballo también, venía Melus con el cabello chamuscado, pero con una mirada determinada buscaba a su padre y hermanos entre el caos.

Elio bajó del caballo y con su espada decapitó a los siete en un abrir y cerrar de ojos. Ya lo había visto antes usarla, pero esta vez pude ver al guerrero del que todos hablaban. Su concentración era todo un espectáculo. Una vez que se aseguró de que a nuestro alrededor no había más No-hombres dirigió a Gris en mi dirección.

La brisa se hacía más suave mientras Hijo de Lobo se acercaba a nosotros. Melus bajó del caballo y corrió hasta su padre que lo abrazó con sus grandes brazos. Arco y Trébol tenían lágrimas en los ojos.

Elio bajó del caballo, tan grácilmente como ya lo había visto hacerlo antes. Tadeo se acercó a él, pero luego paró en seco.

—No me vayas a golpear, ¿eh?

Pero Elio se hincó en una rodilla y lo abrazó.

—Me alegra que estés bien, tu papá estará tranquilo.

Tadeo asintió y dejó el paso libre para que se acercara a mí, yo estaba en el suelo mojado con la cabeza de mi abuela en las piernas. Lena respiraba despacio.

—Entonces, ¿tú quién eres? —La pregunta de Amos rompió el silencio—. ¿No eres su esposo?

Elio lo ignoró y siguió caminando hacía mí, se hincó como lo hizo con Tadeo y me dio un beso suave en la frente, después apoyó su frente en la mía.

—Perdóname, Nive, justo hoy vendría por ella para llevarla a Tindel, Atelo me lo había pedido, pero entonces llegó él... —dijo señalando con la mirada a Amos. Ellos se quedaron observando durante lo que me pareció una eternidad hasta que Amos volteó la mirada con desdén y luego la posó en mi rostro.

—No estaba prisionera, Nive, cuando la encontré estaba ayudando a una familia a apagar su casa que se incendiaba —dijo Amos.

Mis ojos se llenaron de lágrimas y observé la cara colorada de mi abuela, sus finas arrugas de la frente y sus cejas algo quemadas por el fuego. La abracé muy fuerte, siempre tan buena, incluso en ese momento estaba queriendo ayudar a personas que ni siquiera conocía. La quería tanto... si algo le pasaba, por mi culpa, no podría soportarlo. Las lágrimas me surcaban el rostro, no sólo por eso, sino también por el ardor que sentía en la espalda.

—Será mejor que entren al carromato, tú también, Nive, tu herida se ha abierto —dijo Ándalo quien recuperaba su fuerza.

—¿Cómo sucedió? —preguntó Elio observando mi espalda. Se acercó para ver la herida que sangraba.

—Un No-hombre me atacó a unas horas de aquí... Elio, esas cosas están por todas partes.

Él se sorprendió y mientras cargaba a mi abuela para meterla al carromato, me acarició la mano y sentí unas ganas inmensas de perderme en un abrazo largo y fuerte.

Me metí al carromato y mi abuela estaba recostada en el mismo lugar donde yo había pasado las últimas horas. Su respiración se hacía más fuerte, aunque seguía desvanecida. Elio me miró preocupado y pude sentir cómo dudó en darme la información que me soltó.

—Nive, no sé cómo decirte esto, pero es probable que esos seres a los que llamas *No-hombres* estén relacionados con Tadeo —dijo Elio—. Te suplico que no le digas nada, Atelo piensa que el niño no es consciente de ello.

Mi piel se erizó.

Hijo de Lobo pareció agotado, pero no tenía tiempo de ser comprensiva, necesitaba una explicación de lo que acababa de decir. Así que busqué su rostro para que me diera más información.

—Siempre que el pequeño sale se reportan esta clase de accidentes, aldeas que reportan vodos, viajeros que aparecen muertos. En cambio, cuando está en la torre y toma el brebaje de Lutébamo, todo parece ir demasiado bien y este tipo de situaciones no ocurren.

La lógica de eso era incuestionable, la primera vez que nos atacaron, Tadeo andaba cerca y esos hombres extraños estaban de camino a Oure, luego, cuando paramos cerca de los túneles también aparecieron. Y justo hoy, los siete No- nombres se dirigían hacia él.

—Pero, ¿por qué intentan matarlo? —pregunté.

—Atelo piensa que al no ser consciente de lo que hace... se pone en peligro él mismo. Por eso su insistencia en que viva en la Torre. Por eso Atelo pasa la mayor parte del tiempo en la biblioteca buscando una cura... permanente. No creas que Atelo es malo o cruel con Tadeo por querer mantenerlo encerrado, es sólo que está obsesionado con ayudarlo... quiere una vida normal para él, pero temo que Tadeo no es del todo normal y poco tiene que ver con esos No-hombres... es simplemente quien es.

Me quedé callada porque parecía que todavía no terminaba de decirlo todo.

—Cuando recibí su carta, meses atrás pensé que mi amigo realmente se había vuelto loco después de pelear en las arenas movedizas vodas. Fue tan salvaje esa batalla, que la gente la llamó La Batalla de Arenas Rojas por la cantidad de sangre que tiñó la arena y los hombres que fueron capturados presenciaron terribles cosas, Atelo fue uno de esos hombres capturados... otros sólo fuimos testigos —dijo con vergüenza lo último y luego continuó:

—A pesar de mi recelo acudí a su llamada. Después llegaron todos esos extraños reportes que coincidían con las salidas de Tadeo, aún así no estaba muy convencido hasta aquella noche cuando nos topamos con esos hombres... por eso insistió en que yo fuera por ti a Oure. Eres la persona más valiosa para él, la oportunidad para su único hijo. Después de llevarte a Tinel se supone que marcharía a Greendo, pero comencé a crear excusas para quedarme porque...

—Te cautivó mi linda nieta —dijo mi abuela con voz débil.

—¡Lena! —dije volcando toda mi atención a ella—, ¿cómo te sientes?

—No muy bien, pero me recuperaré, Nivecita —dijo tocando mis mejillas con sus finos y huesudos dedos, más delgados y fríos de lo que los recordaba.

—Lamento todo por lo que pasaste, Lena, fue mi culpa si no te hubiera dado la piedra... —dije avergonzada.

—Que lo lamenten ellos —declaró con auténtico coraje en su rostro, pero al ver que Elio se incomodaba añadió—: Me refiero al condenado mitrado, al estúpido monje de Mandiel y a todos los demás... Si tu padre los apoya, las cosas se irán al carajo muy pronto —acusó.

—Los tolera, y ellos siempre parecen estar de acuerdo con él, y ¿a qué monarca no le gusta que le den la razón? Aún así no creo que cambie las políticas centenarias de Las Tierras Verdes —contestó Elio de manera seria, como queriendo convencerse a sí mismo de que la tolerancia en Las Tierras Verdes era algo inamovible.

—Creo ya han cambiado, no te engañes —dijo mi abuela levantándose un poco—. En mi juventud, existía la gente intolerante, creo que esa siempre existirá, pero jamás alguien actuó en contra de otro por algo tan sencillo como saber de unas cuantas hierbas... Pero luego llegó la guerra con la gente del desierto, los vodos, con sus artes oscuras —Paró para tomar aliento y observar a Elio que tenía la mirada en el piso—. Todos perdimos a gente que amábamos, mi nuera y mi hijo; tú a tu madre y no sólo perdimos gente, ganamos miedo, miedo a lo que no se puede entender de manera sencilla. Gente como los de la mitra, siempre ha existido porque hay personas que se niegan a comprender lo que no se puede explicar fácilmente, así ganó adeptos, muchos... tanto que ahora cada pueblo o aldea tiene su propio representante de El Justo. Agradece que las grandes ciudades como Greendo viven en un bullicio que los distrae de cosas como la religión.

—Debería enseñar en el palacio, Galena... nuestros maestros son soporíferos —dijo Elio con una sonrisa.

—Y soportar a la realeza, creo que preferiría el exilio, sin ofender...

—No me considero de la realeza.

—Es una lástima... tal vez un líder que no se considere realeza es exactamente lo que hace falta. Elio se sonrojó. A Lena le caía bastante bien, lo podía ver y, sinceramente eso me hacía muy feliz.

—Lena, me da mucho gusto encontrarte despierta —dijo Amos mientras entraba con una sonrisa y se sentaba justo a lado de Elio.

Nunca los había visto tan juntos. Elio con su cabello oscuro y ojos miel tenía un rostro más duro y su armadura lo hacía lucir más fuerte. Amos más alto, pero menos fuerte tenía un rostro amable y bronceado de trabajar al sol.

Mi abuela se percató de algo y me dijo en voz baja:

—Nive, creo que estás en problemas.

Tadeo entró también con una sonrisa y el cabello agarrado en una coleta. Se parecía demasiado a Atelo peinado así.

—Mi padre nos espera —dijo.

—Definitivamente, estoy en problemas, Lena...

24

El regreso a Tindel

Llegamos de día a Tindel, el mercado estaba abierto, aunque algunos de los puestos estaban cerrados, ya que varios de los mercaderes vivían en Mandiel y los rumores de lo que ocurría se escuchaban por las calles. A pesar de ello, la gente seguía su ritmo, buscaban gallinas y especias para la cena.

La ciudad me impresionó una vez más y esta vez reparé en el lago, cuyas aguas, como noté la primera vez que lo vi, parecían tener un tono azulado iridiscente. Recordé entonces que la mayoría de la ciudad estaba llena de labradorita, una piedra preciosa que tenía un brillo especial. Supuse que el lago tenía en su fondo esa misma piedra, lo que le daba ese hermoso color que parecía brillar incluso en la noche más oscura.

—Cómo ha cambiado Tindel, la última vez que estuve aquí no estaba tan grande —dijo Lena volteando a todos lados—. El señor de Tindel ha hecho un excelente trabajo, se ve todo muy organizado.

Dalila nos esperaba frente al portón de la mansión de Atelo. Sus ojos azules se posaron sobre mí con desaprobación. Luego como si se sacudiera algo molesto me abrazó y sus dedos sintieron mis vendajes en la espalda. Pero en lugar de preguntar algo, sólo dijo:

—Me da gusto que estés bien, Nive, pero yo me voy de aquí. Mi padre ha enviado a sus hombres para llevarme a Brunneis, tengo horas esperando, pero nada. Dicen que están pasando cosas medias raras... Nive, ¿eso es sangre? —preguntó señalando mi camisa con un poco de asco, pero también con preocupación.

Asentí. Y luego, como si no le importara, me reclamó por haberla dejado sola con aquellas espantosas mujeres con "caras de pájaro".

—Lo siento, tenía algo urgente que resolver —dije sin dar muchos detalles.

—Sí, algo sabemos todos a estas alturas —dijo zanjando el tema—. Aunque claro, Nana salió con la tontería de que habías decidido huir con Magnus Tenebras.

Y por supuesto, pensé, como una mentira espectacular siempre es más creíble que una verdad no tan llamativa, Pippa y la otra mujer de la que no recordaba el nombre lo debían haber creído. Ignoré lo que dijo Dalila y seguí caminando hasta llegar al recibidor con sus hermosas paredes pintadas y decoradas.

Todos los que habíamos estado en Mandiel estábamos de pie en espera de Atelo: Ándalo, Melus, Trébol, Arco, Elio, Amos, Lena, Tadeo y yo. Dalila fruncía el ceño con desaprobación mientras observaba a los artistas itinerantes que invadían el salón. En sus manos sostenía un abanico que agitaba de manera insistente, como si quisiera espantar a los intrusos con su aire frío.

Los artistas, despreocupados, devoraban las manzanas verdes que habían sido dispuestas con tanto esmero como decoración, y las utilizaban para hacer malabares. El único que se comportaba de manera más o menos normal era Arco que tenía los brazos cruzados como si desconfiara de todo, hasta de las manzanas que sus hermanos comían.

Atelo y Lutébamo, entraron con rostro preocupado.

—Señora Galena, Elio y Nive... ve-vengan conmigo a la biblio- teca —indicó Atelo.

Parecía que el señor de Tindel sólo podía encontrar soluciones a cualquier problema si los trataba en la biblioteca, era algo que me agradaba de él y con lo que concordaba. La biblioteca era un refugio para aquellos que necesitaban calma, inspiración o respuestas a sus problemas, y en ella podían encontrar cualquier cosa que necesitaran, ya fuera en forma de ficción (para soñar despiertos) o de estudios para salvar el cuerpo y la mente.

—Yo también quiero ir —dijo Tadeo con impaciencia.

Pensé que Atelo no iba a acceder, pero parecía que lo último que quería era discutir con su hijo por lo que hizo un gesto con la mano para que lo siguiera. Entramos a la biblioteca y nos pidió que nos sentáramos, luego se sostuvo sobre una de sus rodillas y se dirigió a Tadeo.

—Hijo —dijo sin rodeos y tomándolo por los hombros como si lo que estuviera a punto de decir fuera algo muy serio... y lo era—. Supongo que lo sospechas, pero hace tiempo que deducimos que tus habilidades son lo que está atrayendo a esos extraños seres. Cada vez que las utilizas de alguna manera los atrae.

Tadeo se quedó en su silla, mirándolo con desafío.

—Pero... yo nací así. Esto tiene poco tiempo ocurriendo —dijo Tadeo en voz baja, queriendo debatir esa idea, pero pude ver que en su mente hacía cuentas de las veces que nos habíamos enfrentado a esos hombres, en todas había un objetivo: él.

—Lutébamo cree que conforme vas creciendo, vas haciendo más grande tu poder... —soltó Atelo con dolor al ver la cara de Tadeo en una especie de incredulidad obligada.

—No quiero tomar la poción... ¡no quiero! —gritó—. No sabes lo mal que me hace sentir.

—Pero hasta ahora es lo mejor que tenemos. Ahora mismo te dirigirás a la Torre con Lutébamo, si no te preocupa tu seguridad preocúpate por la de los demás, no te gustaría que a Nive o a los demás les ocurriera algo, ¿verdad? —Tadeo iba a decir algo, pero Atelo lo silenció.

—Ahora que te he dicho lo que te corresponde a ti, tengo disculpas que ofrecer —dijo mirando a Lena y luego volteando a verme a mí y a Elio continuó — Y permisos que negar...

Tadeo se paró y se dirigió a Lutébamo, que estaba absorto mirando a Atelo, se veía maravillado por la actuación tan determinada y franca del señor de Tindel. Ambos salieron de la habitación, pero antes Lutébamo paró para echar una mirada de desaprobación a Lena, a lo que ella contestó con una otra fulminante.

—Señora Galena, no tengo más que disculpas que ofrecerle, los del Mitrado se han tomado demasiadas libertades en estas áreas cercanas a Tindel.

Lamentablemente, las negociaciones por su libertad fueron más lentas de lo esperado.

—Demasiado lentas, diría yo. Mandiel es parte de sus tierras y parece que está perdiendo el control... —replicó Lena con respeto hacia Atelo.

—Tengo que andar con cuidado, estimada señora. Según Lutébamo, los de la *mitra* —dijo esto en tono despectivo—, ofrecen protección y parece que sus monjes guerreros están al tanto de estos ataques y enseguida han propuesto ayudarnos —expuso mientras sacaba una carta con el sello del rey.

—Mi padre ha contestado... —dijo Elio con asombro.

Atelo rio nervioso, este nerviosismo sí parecía ser genuino, aunque con él, en realidad no se podía saber.

—Él ni se tomó la molestia, ha sido el príncipe Guy el que respondió, como podrás leer lamenta que tu padre no mande un solo hombre para las averiguaciones correspondientes.

Con un estruendo que hizo temblar la mesa, el puño de Elio chocó con fuerza sobre la superficie de madera. Un rugido salvaje escapó de sus labios en un alarde de frustración, mientras que sus ojos ambarinos parecían arder con un fuego amenazador.

—Dice que él vendrá, pero sólo con una decena de hombres y, según reportes, podemos contar con que hay muchas de esas bestias por el bosque— continuó Atelo.

—Pero dices que la pócima puede ayudar a Tadeo... —aseveré exaltada.

—Espero estar equivocado, pero creo que ya pasamos ese punto, por todas direcciones se reportan casos, no tan graves como los de Mandiel, es verdad, pero si siguen avanzando eventualmente se juntarán y darán con Tindel, sólo podemos esperar que la pócima debilite "eso" que rastrean y los vuelva más lentos.

Mi abuela se estremeció en su silla y hablo:

—No creo que aceptar la ayuda del mitrado sea buena idea, señor. Sería como venderle el alma.

—Créame, no me causa alegría— asintió Atelo.

Hijo de Lobo se paró de la mesa muy decidido.

—Yo te conseguiré ayuda.

—Pero, tu padre dijo que no —respondió Atelo frustrado—. Por más bueno que seas en las batallas, si son tantos como dicen, no creo que puedas hacerlo tú solo.

Atelo lo miró y negó con la cabeza.

—No me refiero a mi padre.

—Los lupinos están muy lejos, Elio... —pero entonces la voz de Atelo se desvaneció en el aire, como si hubiera comprendido algo importante que lo dejó sin palabras.

Un breve silencio se instaló en la habitación, roto solamente por el sonido de su respiración agitada—. Eso sería como si tú vendieras tu alma... —murmuró el señor de Tindel, mientras sus dedos se cerraban con fuerza en torno a la mesa.

—No sería la primera vez —sonrió triste Elio.

Me encontraba confundida, no tenía ni idea de lo que estaban hablando. Lo que sí sabía es que cuando partí de Tindel, la noche que me llevé a Tadeo pensé que no volvería a ver a Elio y cuando lo había visto en su caballo, entre las llamas que se sofocaban en Mandiel, pensé que tendríamos más tiempo y ahora, si no me equivocaba, ¿ahora él se iba? ¿Cómo era sabio deshacernos del mejor soldado en una batalla? ¿Y nosotros qué?, ¿y yo qué?

—Pues corre entonces... —dijo Atelo y luego me miró a los ojos con un gesto firme—. ¿Por qué no lo acompañas hasta Gris, Nive? Alguien tiene que despedirlo y yo tengo muchas cosas que resolver aquí —continúo Atelo girándose hacia un montón de cartas. No sabía si las tenía que contestar o leer. No tenía idea de lo que estaban hablando, solo entendí que Elio iría por ayuda y que estaba seguro que la conseguiría, pero a un precio que no comprendía qué implicaba.

Cuando salimos pude ver que nuestros acompañantes y Dalila se encontraban todavía en el salón. Dalila tocaba el brazo de Amos y este parecía estar colorado de pena.

Salimos sin que nadie se diera cuenta de nuestra presencia y cuando nos vimos solos, Elio me tomó de la mano y me acercó hasta él, no en un abrazo, sólo más cerca.

—¿Qué vas a hacer? —pregunté a Elio.

—Algo drástico, cosa que debes prometerme no harás en mi ausencia —dijo llevando mis manos a sus labios.

—No te preocupes, aquí me cuidan bien.

—¿Amos? —dijo arqueando la ceja.

—Me refiero a todos, hasta Lutébamo... una persona me dijo que yo era muy valiosa para Tindel —dije recordando sus propias palabras y mirándolo a sus ojos miel.

—Nive... —susurró mi nombre mientras negaba con su cabeza.

—Desearía entender más —le confesé—. La verdad es que no conozco a Atelo, sólo sé que tú y Tadeo confían en él.

—Ya sé que sus métodos no son los mejores, pero es cierto que Atelo no quedó muy bien de esa guerra, ¿sabes? Ese tartamudeo fue real durante mucho tiempo y le sirvió para darse cuenta que la gente baja la guardia cuando cree que alguien es débil... —explicó esto con mucho cuidado.

Era cierto, recordé cuando conocí a Atelo y pensé que no significaba ningún peligro para mí.

—Entiendo... haré lo posible por no meterme en problemas con él —dije mirando mis botas manchadas de lodo y luego mirándolo a él que se ponía una capa.

—Promételo —me dijo con una mirada expectante. Sabía que se refería a no hacer cosas imprudentes.

—Ya te dije, me cuidarán.

Se quedó callado mientras asentía.

—No dudo que te cuiden, lo que quiero que me prometas es que cuidarás de ti misma —dijo con un dolor en su cara y arrepentimiento por marcharse.

—Quédate cerca de Atelo, no dudo que Amos sea fuerte, pero Atelo sabe luchar, él me salvó la vida en la Batalla de Arenas Rojas.

Me sorprendí con esa revelación, jamás me imaginé a Elio como a un tipo al que había que rescatar.

—Lo haré —le dije y luego devolví mi mirada a esos ojos miel, determinados, con una misión.

Sabíamos que las cosas no estaban para romances, también que nuestra conexión no se había roto con la presencia de Amos o esos "permisos que negar" de Atelo.

Sin embargo, había una enorme barrera entre nosotros, una misión que era más importante que cualquier cosa. Yo quería proteger a Tadeo y descubrir mi verdadero poder.

Él quería hacer lo correcto, sin importar cuán grande fuera el peligro, aún si el rey no había manifestado su apoyo y por un pueblo que ni siquiera era el suyo. Lena no se equivocaba, Elio Guntharí, Hijo de Lobo, era un hombre con suficiente valía para convertirse en rey.

Acercó su boca a mi frente, la besó y luego recargó su frente en la mía, nuestras narices se rozaron y nuestros labios se resistieron.

Montó en Gris y vi cómo se alejó de la mansión. Mil dudas llegaron a mi mente, tanto como si lo volvía a ver como si no. ¿Qué tal si antes de que llegara la ayuda, Tindel había caído y yo y todos los demás con ella? ¿Qué tal si salíamos victoriosos? ¿No tenía un esposo? ¿Iría todavía a La Cátedra? Todo era incierto, la única certeza era que mi destino sí estaba ligado al del pequeño que había conocido semanas atrás y que se había ganado mi respeto y mi cariño.

Llegué al salón donde se encontraban todos. Incluso Lutébamo y Tadeo estaban reunidos en el gran salón viendo un truco que hacía Trébol con una moneda. "No es magia" le decía al monje, "solo un movimiento rápido y enérgico en las manos", dijo esto último dirigiéndose a Dalila y luego le guiñó el ojo, Dalila cambió de lugar para alejarse de la intensa mirada que le dedicaba Trébol a su escote.

Lutébamo examinaba a mi abuela decidiendo si era un peligro o no. Supuse que decidió que no porque se excusó con que mañana sería un largo día y no pregonó algo sobre de El

Justo, ni dijo algunas de sus frases con las que le gustaba atormentarme de vez en cuanto.

—Papá, ¿puedo dormir en el cuarto con Nive y Lena? —preguntó Tadeo.

Atelo asintió y Tadeo se puso feliz de que pudiera dormir con nosotros en lugar de estar en la solitaria Torre.

—Ya que estamos compartiendo, este joven podría dormir en mi habitación —comentó Dalila mientras tomaba del brazo a Amos que volvía a estar azorado. Dalila llevaba varias copas de vino, porque bebía mientras esperaba su carruaje y este ya se había tardado más de lo indicado. Atelo la miró con desaprobación, pero no dijo nada.

—Yo no negaría esa propuesta —dijo Melus observando a Dalila de arriba abajo. Ella pareció ofendida.

—Cambié de opinión —dijo rápido antes de que Trébol, que ya había tomado aire para hablar, pudiera decir algo.

—Creo que será lo mejor —contestó amenazante Atelo —. Cada quien puede tener su habitación, hay espacio para todos y aunque algunos sirvientes han ido a ayudar a sus familias en Mandiel, todavía hay suficientes para que, por lo menos desayunemos como es debido.

—Cielos —se impresionó Trébol—. Nunca había tenido mi propia habitación, por fin podré respirar otra cosa que no sea el olor de los pies de Melus.

—Pero si ese es tu olor... el de tu hocico —replicó Melus molesto y ofendido.

—Estos chicos, ya no saben ni qué es qué —dijo Ándalo mientras tomaba el camino que Brisa ofrecía a los hermanos y padre—. Muchas gracias, Señor Atelo, por su generosidad —dijo inclinándose hasta la cintura y siguió su camino.

Al final, sólo estábamos en salón Atelo, Tadeo y Lena.

—Deberíamos descansar —me dijo Atelo, quien se encaminó a su habitación—. No te preocupes, Nive, Elio sabe cuidarse solo—dijo poniendo su mano sobre mi hombro y pude sentir un poco de electricidad en su roce.

—¿Dónde está Amos? —pregunté volteando a ver a los lados.

—Mencionó antes que cuidaría su yegua, él también tendrá su propia habitación... —aseguró.

—Él es... —sentí que le tenía que dar una explicación.

—Sé exactamente quién es, Trepis me lo informó antes de que llegaras —confesó.

Yo me incomodé, así que aparentemente todos estaban al corriente de la clase de relación que tenía con Amos.

—Lamento mucho haberlos separado... es sólo que estaba desesperado, temía que algo así sucediera.

No supe qué decir, pero sus palabras eran honestas y supe que podía confiar en ellas.

—Cuando acabe todo esto, veremos si podemos adelantar tu viaje a La Cátedra... está en Greendo, ¿sabes?

Lo sabía, pero no sabía si él lo decía porque ahí es donde Elio residía la mayor parte del tiempo o por otra cosa. Nuevamente, me quedé sin palabras, igual que me sucedió con Tadeo cuando lo vi la primera vez. Atelo con su piel pálida y ojos tan negros con destellos violetas, me dejó callada. Luego sonrió y miró detrás de mí.

—Creo que te esperan —dijo viendo a Tadeo y Lena.
Tadeo tenía tomada de la mano a Lena y me observaban para
llevarlos hasta mi habitación.

Tadeo que se comía unas galletas se quedó como estatua
con las mejillas repletas viéndome a mí y luego a su padre. A
veces el pequeño se sentía más listo que los demás y probablemente lo era, pero había cuestiones que solo la experiencia
y la edad podrían entender. Por ejemplo, estoy segura que le
sorprendió enterarse que Atelo intuía del vínculo creado entre
Elio y yo.

Llegamos a mi habitación donde el pequeño cerdo que había
bautizado como Elio descansaba a sus anchas en medio de la
cama. Supuse que Dalila había llenado su plato de agua y comida o había indicado a Brisa que lo hiciera.

—Qué enorme y hermosa recamara, Nive... y tu esposo
no está nada mal. Lástima que te guste el príncipe —mencionó
Lena.

—Elio no es un príncipe —dijo Tadeo en corrección a mi
abuela.

—Se comporta como debería comportarse un príncipe,
siempre hay que reconocer los méritos de los demás, aunque
no nos gusten —dijo viendo al pequeño Mendeleón mientras
se quitaba los zapatos.

—Ay, yo de eso no sé nada —se quejó Tadeo que se re-
costó en el sillón como días atrás. Estaba de malas, la pócima
que le daba Lutébamo no lo dejaba en muy buen estado.

Cuando Lena se quedó dormida me asomé por el balcón, había muchas estrellas y el ojo de Gato estaba entreabierto.

—Me gusta estar aquí más que en la torre —bostezó Tadeo.

—No lo dudo, aunque también tienes en la torre cosas muy interesantes —reflexioné.

—Dice Lutébamo que son magia, yo les llamo "ingenios de madera y tuercas" —dijo con un suave bostezo y sus ojos se llenaron de agua.

—Lo son, pero no por eso dejan de ser mágicos —le contesté y en cambio me regaló una sonrisa.

Me senté en el balcón a recibir el fresco de la noche. Estaba cansada y la herida de la espalda me ardía.

—Hay tantas cosas que me gustaría saber, cosas de los Íden, la biblioteca de Irisa, los No-hombres...

Tadeo se sentó frente a mí en posición de loto.

—Yo también quisiera saber más. Apenas estaba descubriendo los secretos y explorando los túneles cuando esto sucedió... en realidad sólo voy un poco más adelante que tú en esto de la magia.

—Pero si te puedes convertir en un felino a voluntad.

Tadeo calló unos segundos.

—La verdad que no es a voluntad, sólo ha pasado un par de veces y no estoy seguro cómo —confesó entristecido.

—Lo descubrirás, sé que lo harás.

—Pero qué bonita Luna —dijo Lena, desde la cama, seguramente nuestra plática poco discreta la había despertado—. Entiendo por qué los de Sherí hicieron una religión en torno a ella. En mis tiempos, de joven, conocí a unas sacerdotisas de Sherí, era maravilloso verlas trabajar con las hierbas, no necesitaban medidores ni nada por el estilo. Mi madre aprendió muchas cosas de ellas. Pero, ellas no se quedan mucho tiempo en otro lugar que no sea Sherí, sólo salen a conseguir hierbas que no nacen en su isla y tratan de dar conocimiento a quien lo pida... Creo que la única razón por la que no tienen más adeptos es porque ellas no buscan convencer a nadie...

—Todo lo opuesto al mitrado del Justo —dije con amargura.

25

La magia no es mi única herramienta

Nos quedamos dormidos en el balcón y fue la luz del amanecer la encargada de despertarnos. Tadeo tenía cara de malestar y estaba más pálido que de costumbre, supuse que debido a la pócima de Lutébamo. Lena seguía dormida a sus anchas en mi cama y Elio el cerdito, en algún momento de la noche se había acurrucado en la pierna de Tadeo. Al sentir el movimiento emitió un "pui" lleno de alegría.

Había varias cosas que debía hacer. Por instinto, coloqué en un lado los libros rojo y azul juntos, por el otro los libros café y verde. Los observé detalladamente, el café tenía que ver con tierra, el verde con el viento. Aunque ahora, la magia no fuera la solución, no tenía porqué dejar de ser útil y sabía que Lutébamo jamás aceptaría eso. Estaba segura que por eso había preferido llamar a los monjes guerreros. Al igual que había sucedido con el libro rojo del fuego, el libro verde me llamó.

Lo comencé a leer y las palabras "canalizar", "correr", "respirar", resaltaban. Aparentemente no bastaba con decir palabras para tener el poder, tenías que tomarlo. En ese momento el fresco de la mañana empujaba las cortinas hacía dentro y concentrándome imaginé que las cortinas comenzaban a empujarse hacia afuera, y lo logré... o eso creí. Dejé el libro por temor a que los No-hombres pudieran sentir mi magia, como sentían la de Tadeo, pero no cambié de idea de que los libros nos podrían ser útiles. De hecho, Atelo lo había dicho la primera vez que estuve en su biblioteca. Tenía la esperanza de que estos libros antiguos evitaran masacres como las que se dieron en la guerra contra los vodos.

Me cambié con cuidado para no volver a abrir la herida de mi espalda y me coloqué frente al espejo. Más flaca, más ojerosa y mi cabello color vino rebasaba con facilidad los hombros. Desde que había llegado a Tindel, semanas atrás, no me había preocupado por cortarlo. Me puse un cinto porque la ropa me quedaba más holgada, pensé que se solucionaría en un par de visitas a la cocina. Cuando salí del baño, Tadeo se estaba colocando las botas, tenía el cabello despeinado y los párpados un poco hinchados.

—Se me ocurrieron unas ideas para hacer de Tindel un lugar más seguro —dijo el pequeño Mendeleón poniéndose de pie—. Me voy a la torre.

Fruncí mi frente en el espejo y luego me giré para advertirle que no podía usar magia.

—La magia no es mi única herramienta —dijo antes de que pudiera decir cualquier cosa y se fue.

Dejé a Lena dormida en mi cama y bajé para prepararle un té de cáscara de naranja, eso le daría energía, además necesitaba distraerme con cualquier pretexto. Habían pasado demasiadas cosas, entre Amos en la mansión y Elio que se había ido, me sentía bastante fuera de lugar.

Cuando llegué a la cocina Brisa y Lutébamo estaban frente a una olla que emanaba un olor realmente putrefacto.

—Sólo un poco de estiércol de vaca y santo remedio a la debilidad —dijo el monje.

—¡Usted sí que sabe mucho, señor! —exclamó Brisa sonrojada, casi le aplaudía.

Me acerqué y el olor se hizo más fuerte.

—¿Qué diablos es eso? —pregunté a Lutébamo que me observó con enfado.

—No que te tenga que revelar los grandes secretos del mitrado, pero esto lo untas en heridas y cicatrices, sanan más rápido. —Su voz tenía una molesta solemnidad—. Pero no me pidas que te enseñe.

—Jamás lo haría —dije tan segura y agradecida de que no compartiera su cuestionable secreto.

—Es para ti —ofreció Brisa, orgullosa de su logro.

—Ni de broma... —Me alejé—. Huele peor que el trasero de mi cerdito.

—¡Ves! —gritó Brisa dirigiéndose a Lutébamo—. Nada de lo que hago la satisface.

Otro día más, otro involuntario desplante a la pobre de Brisa, ya ni me molesté en explicar nada. Salí de la cocina y me dirigí a los jardines para recolectar naranjas.

¡Qué ideas tan retrógradas tenía Lutébamo! Era obvio que untar excremento en una herida no solucionaría nada, por el contrario cualquier herida con esa cantidad de putrefacción untada, sería una muerte segura, o por lo menos una severa infección. Mi herida en la espalda punzó con fuerza, como si me advirtiera que no me colocara ese terrible ungüento.

Mientras hacía mi recolección de ingredientes tomé un poco de miel y ajo para mi herida, había comprobado que la miel hacía que las cicatrices no fueran espantosas y la de mi espalda no pintaba para ser una belleza. Lutébamo regresó a mis pensamientos y reflexioné: no todo lo que había aprendido en el Mitrado del Justo estaba mal, ya que hacía pociones que ayudaban a Tadeo... ¿o sólo lo debilitaban?

Mientras caminaba con una canasta con mis hierbas recolectadas en mi misión por las naranjas, me encontré a los cuatro Ándalos, Dalila y Amos que compartían carcajadas.

—Pero si son divertidísimos —dijo Dalila, que aparentemente ya había cambiado de opinión sobre los hermanos y en cambio les aplaudía, maravillada viéndolos a los tres.

Los tres hermanos traían instrumentos en las manos y parecía que acababan de tocar alguna canción cómica.

—Dalila nos prometió veinte brándores por actuar hoy por la noche —dijo Trébol cuando me vio—. No que otras personas...

—Te recuerdo que alguien me amenazó —dije mientras tocaba mi cuello con la mano, señalándole que no había olvidado que casi me mata.

—¡Ay! Qué rencorosa eres, Nive, jamás lo pensé de ti —dijo Melus tocando su cabeza de forma dramática, después de todo eran actores, músicos y según habían comentado Arco tenía una voz hermosa, pero digamos que el drama era parte de su personalidad. Aprovechando la distracción, Dalila que traía un vestido bastante escotado color azul tomó del brazo a

Amos y lo entrelazó con el suyo, como si fueran grandes amigos.

—He invitado a algunas damas que trabajan en la mansión a que se distraigan un poco de lo que pasó en Mandiel— suspiró —, tienen conocidos allí, y organicé un pequeña cena y entretenimiento al atardecer. Si vamos a estar aquí hasta nuevo aviso lo mejor será que no estemos inmóviles esperando lo peor.

Amos asintió confundido por la repentina atención de Dalila.

—Ven, vamos a ver si te queda algo de Elio, dejó un montón de ropa bonita que le envió su padre, pero él no se quita esas camisas holgadas de siempre —dijo irritada.

—Yo la puedo asistir —dijo Brisa que acababa de llegar y que no le quitaba los ojos de encima a Amos.

Era como estar en Oure otra vez: las mujeres luchando por recibir la atención de esos grandes ojos verdes.

—¿Qué hay de malo con lo que tengo? —preguntó Amos de forma inocente y mirándome con cara de hacer la pregunta en serio.

—Ay, ¡qué gracioso! —exclamó Dalila y se lo llevó del brazo—. Al atardecer, Nive... —me advirtió antes de irme—. Y ponte algo decente —dijo viéndome de arriba abajo con mis pantalones de caza y botas.

Creo que Dalila no entendía que era más fácil huir en pantalones que con vestido, si se presentaba el caso.

Amos me observó pidiendo rescate, pero ya conocía a Dalila y nada que pudiera decir evitaría que quisiera abandonar su misión de vestir a un joven tan guapo como

Amos. Me encogí de hombros... era el nuevo muñeco de esa mujer, ya me había tocado a mí un poco de lo mismo cuando recién llegué.

—Ahora, no nos distraigas, Nive... Tenemos que practicar —dijo Trébol con voz teatral y haciendo un ademán de que me marchara de su presencia.

Seguí caminando hasta encontrar unas pequeñas naranjas, no era temporada del fruto, por lo que determiné que esas serían las mejores, las corté y para cuando llegué a la cocina, Lutébamo y Brisa ya se habían ido. Preparé el té a mi abuela y subí casi corriendo. Ya había pasado más de una hora desde que salí de la habitación, probablemente la encontraría despierta.

—Nive —dijo Atelo que salía de la biblioteca como aturdido. Acto seguido, salió Dalila.

—No quería que realizáramos nuestro pequeño convite —dijo con aire incrédulo—. Pero no te preocupes, al final lo he convencido —dijo apresurando el paso en otra dirección. Cuando estuvo a suficiente distancia Atelo dijo:

—Me preocupa que no llegue el carruaje de Brunneis.

—Crees que puedan ser... —No quise terminar la frase.

—Espero que no, creo que esta fiesta la organiza para distraerse —dijo pensativo—. Tiene una mente muy soñadora y a veces parece evitar los problemas... sabes que todas las demás prometidas que pasaron por Tindel se rindieron al poco tiempo, ella es la única que tiene más de un año aquí.

—Es muy firme, no creo que sea tan soñadora como crees —dije mirando el pasillo por donde había desaparecido Dalila.

—Gracias por estar ahí para Tadeo —soltó, parecía que quería decir esto desde hace mucho tiempo—. Digo, prácticamente lo raptaste, pero estoy seguro de que si no confiara en ti...

—La verdad, Tadeo puede ser un reto, pero él y yo tenemos muchas cosas en común.

Meneó un poco la cabeza en forma de afirmación. Su parecido a Tadeo era muy grande, había algo en los ojos de Atelo, que daban un brillo tornasol, pero no tan evidente como el ojo de Tadeo,

—¿Has escuchado el nombre "Denmiel"?

Hizo un esfuerzo, parecía que lo había escuchado antes, pero no, al final negó.

—¿Es importante o es peligroso? —preguntó.

—No sé si sea importante, peligroso no creo.

—Bueno, será mejor que te vayas, no se vaya a enfriar el té que seguramente es para la señora Galena... no lo apreciaría —dijo apuntando la taza que tenía en mis manos.

—Creo que le puedes llamar Lena, después de todo, somos una especie de familia disfuncional.

Atelo me sorprendió con una sonora carcajada, libre y soñadora y por primera vez sentí que era algo más aparte del padre de Tadeo, del Señor de Tindel o de mi "esposo por un trato". También era un hombre, un hombre que aparentemente había sufrido mucho.

Reparé en el té que estaba más o menos tibio, no ardiendo como le gustaba tomárselo a Lena, pero aún así se lo llevaría, ya que los efectos de la bebida seguirán ahí y también lo había hecho exactamente como le gusta a ella.

—Además tendremos que elegir algo aceptable para esta noche, no sea que Dalila nos exilie —dijo Atelo en tono de broma.

Yo alcé la ceja, ¿cómo podría exiliar al mismo señor de Tindel?

—O, créeme cuando te digo que esa mujer encontraría la forma de mandarme a mi habitación durante la celebración —dijo sonriendo y quitándose varios años de encima o por lo menos dio la impresión de ser un poco mayor que Amos.

Así debía de haber sido Atelo antes de la guerra contra los vodos, de haber perdido a la madre de Tadeo y de vivir sólo para buscar ayuda y entender qué es lo que le pasa a su hijo. Sentí ternura por él y lamenté que su vida hubiera terminado hace tiempo, quise abrazarlo, pero mejor me fui... después de todo había que prepararnos para una noche de diversión, quizá sería la única en mucho tiempo.

26

La última fiesta

—Espero que entiendas…

—No queda de otra, ¿o sí? —dijo Amos a mi abuela cuando entré a mi habitación con el té más tibio que caliente.

Amos estaba vestido con un pantalón negro de piel y botas también negras. Tenía una camisa color gris y sobre él un chaleco que resaltaban sus fuertes brazos. Su mirada era triste, aún así sonrió al verme en el arco de la puerta. Le pasé el té a mi abuela y me giré hacía él, sentí que quería hablar conmigo sobre algo y tal vez pediría alguna explicación, una que con gusto le daría y que merecía. Después de verme con Elio sabía que nada de esta situación podía ser sencilla para él.

—Este lugar es sorprendente, la gente es muy amable… —dijo viendo mi habitación, en la cual muy probablemente cabía mi choza y la suya. No quise que sintiera eso, sin embargo, era muy tarde.

—Sí —dije sin saber muy bien qué decir.

—No me extraña que olvidaras tan rápido —dijo algo dolido, pero luego añadió—. Pasé a la biblioteca y me hubiera gustado ver tu cara al ver todos esos libros a tu alcance. Lo que no puedo entender es lo del príncipe y… tu esposo.

Era como lo había sospechado, Amos quería una explicación. Podía sentir el peso de sus expectativas sobre mí, su necesidad de cerrar este capítulo de nuestras vidas juntos... Decidí contestar con toda honestidad y algo de tacto, después de todo, Amos había sido mi compañero y amigo muchísimos años, desde que éramos pequeños y nos consolábamos el uno a la otra cuando nuestros padres fueron a la guerra y hasta cuando empezamos a dormir juntos.

—El señor Atelo buscaba más una traductora que una esposa... como bien sabíamos antes de venir aquí, temía que quisiera algo más de mí, pero no es así. Fue tal cual como lo dijo Trepis. Aparentemente a Atelo le agradó no tener que batallar con varias candidatas a esposa y necesitaba de una traductora a la que pagaría con comodidades, en mi caso la oportunidad de estudiar en La Cátedra y ser médico —dije—. La boda fue rápida y no hemos pasado una noche juntos desde entonces— añadí al ver su rostro con dudas, pero me siguió viendo con expectativa. Todavía no llegaba a la parte que más le interesaba.

—Elio, Hijo de Lobo... no es un príncipe —dije un tanto reticente a detallar.

—Lo sé, todos lo sabemos, no hay hombre en Las Tierras Verdes que no hable de su valor, también dicen que no es asentarse —dijo observándome con atención para ver mi reacción—. Que siempre está de misión en misión y que al lugar a donde va se enamora de una mujer —y luego dudó en decirme—. No me gustaría que tires tu futuro en La Cátedra y que esto haya terminado, por alguien que te dejará de buenas a primeras.

No me sorprendía lo de las misiones, se veía cómodo viajando, la practicidad con la que vestía también era una señal, aunque debo de reconocer que el asunto de las mujeres me incomodó. Nunca había hablado con Elio sobre mujeres, y lo único que sabía eran los chismesillos de las "Ladies Cara de Pájaro". Me sacudí las inseguridades.

—El Elio que conozco es un poco más de lo que me cuentas, de cualquier manera, aún quedan muchas cosas por resolver y no sé si este camino que tomé me lleve a asentarme también... no sabemos ni qué ocurrirá mañana, y tengo que pensar en Tadeo —dije.

—Sabes que no es tu hijo de verdad, ¿cierto? —preguntó abriendo sus ojos verdes y hermosos muy grandes.

—Pero es como yo, y así como tú lo eres para mí, él también es familia, Amos.

Él asintió como señal de comprendía todo y el resto de la tarde estuvimos con mi abuela. Los tres juntos como muchas veces lo habíamos hecho en Oure.

—Bueno, que me muero por algo de música y esa banda con la que viajamos era de lo más divertida, voy a enseñarles unos pasos que todos imitarán —dijo Lena moviendo las manos de una extraña manera.

—Cuenta con que yo lo haga... —contesté, tomando la taza de té que Lena había bebido casi de un sorbo.

—Yo tengo mis dudas... digo, no creo que sea capaz de copiar pasos tan complejos —dijo Amos burlándose, pero antes de que mi abuela pudiera replicarle con algo igual de irónico se despidió—. Bueno, me voy, la señorita Dalila dijo que pasaría personalmente a mi habitación, creo que siente pena por mí y por eso me ha invitado a conocer a todas las "chicas lindas de Tindel" —dijo lo último imitando el tono de voz de Dalila, que le salió perfecto.

Una vez que se retiró, mi abuela se puso seria y me pidió ver los libros de agua, fuego, viento y tierra. Los saqué con cuidado como el tesoro que eran. Al ver las portadas mi abuela dijo:

—Definitivamente están en buenas manos contigo, nadie mejor que tú para traducirlos y cuidarlos. ¿Qué has deducido de ellos?

Reflexioné unos momentos.

—Son más antiguos que Las Tierras Verdes, por el lenguaje, creo es la lengua madre de todo lo que se habla en el continente. Tuvo que existir un momento en el que era la lengua común, luego algo pasó que se dividió y dio origen a lo que hablamos ahora y las otras lenguas Shásticas.

—Cada libro es temático, por lo que veo... —dijo atenta a los colores y recordando la información que le había dado antes. Yo asentí con la cabeza.

—Eso parece, las piedras son la forma de canalizar las enseñanzas de los libros o activar un elemento con el que se tiene afinidad. Por lo que sé, cada punto importante para los Íden se reflejaba en libros como estos. También sé que no son comunes porque están hechos de algún material extraño, ya que son más perdurables que el papel normal. En el Puente de Roca Vieja, algunos libros se deshacían al contacto. Está claro que estos no.

Mi abuela se estremeció.

—¿Y cuántos puntos importantes crees que existirán?

—Hasta ahora, Tadeo y yo pensamos que por lo menos unos diez, pero apenas estamos conociendo esto.

Lena pensó durante un momento, podía ver cómo su mente estaba maquinando y elaborando teorías y conclusiones.

—Creo que es tu responsabilidad rescatar a esa civilización de su olvido, aprender de sus enseñanzas y mejorar al mundo; este mundo que está muy jodido. Tienes un don, úsalo, cariño —dijo dejando los libros de lado y brindándome una mirada tierna.

Sonreí a mi Lena, siempre tan llena de razón y apasionada, una mujer digna de admiración.

—Y ya hablé con Amos, reconoce que ese Elio es lo que quieres —dijo Lena cambiando de tema.

—Ahora sólo tendrías que hablar con mi esposo —me reí.

—Eso tomará más tiempo y no por lo sienta o no por ti —se burló Lena—. Tienen una misión que todavía no termina y su hijo está en el centro de todo.

Compartía la opinión de Lena. Me vestí un poco más presentable. Cepillé mi cabello y lo trencé. Mis ojos, mis pecas y mi cabello eran exactamente del mismo color. Observé el ropero donde había varias cosas que no había utilizado. Semanas atrás Dalila había surtido de lujosos vestidos mi armario. Ahí, como si nada hubiera sucedido, estaba el vestido azul de la noche que Amos llegó. Lucía impecable, claramente alguien se había encargado de limpiarlo y remendarlo porque recordaba haberlo maltratado un poco. Me recordó a Elio... lo observé y recordé aquella noche. Aquello que sólo había disfrutado por unos minutos volvía a ser disfrutable. Ya lo había perdonado y no sólo eso, ya comprendía por qué guardó silencio. En ese momento sólo me preocupaba que estuviera bien y, sobre todo, que llegara con ayuda antes de que los No-hombres estuvieran más cerca de todos nosotros.

Me puse mis pantalones y botas y una camisa suelta. Antes de arreglarme para la noche de entretenimiento organizada por Dalila iría a ver a Tadeo, había escuchado que Lutébamo estaba preparando más brebaje y el pequeño debía estar de un humor terrible.

Cuando llegué a la Torre, el espacio se encontraba repleto de papeles esparcidos por todas partes, como si una tormenta hubiera pasado por ahí. Había montones de hojas en el suelo, en la cama, en el escritorio y en cualquier superficie plana que pudiera sostener algo. El chico tenía su cabello enmarañado y desordenado, como si no se hubiera molestado en peinarlo desde que dejó mi habitación en la mañana. Parecía como si su mente estuviera en otro lugar, enfocada en resolver el problema que tenía ante él.

—Nive, no me molestes —dijo con sus ojos fijos en un papel y su mano derecha e izquierda apretaban carbones con los que había estado dibujando por lo que se podía ver gran parte del día.

—Tadeo, no te ves muy bien —dije preocupada buscando su hombro, pero antes de que pudiera tocarlo, él me esquivó y sin contestar algo, siguió bocetando como si estuviera en una especie de trance.

—Tadeo, vamos a ver a tus amigos tocar su música y ver sus trucos. Arco cantará y me han dicho que canta hermoso.

El pequeño dejó de bocetar como si le interesara lo que había dicho, sin embargo, se notó que llegó a una determinación a él porque sacudió la cabeza y contestó haciendo un gesto que indicaba "no".

—No, ya los he visto muchas veces —dijo mientras se mordía el labio—. Ya que estás aquí, revisa debajo de mi cama, envuelto en papel hay algo para ti —Seguía concentrado en el papel, sin verme.

Me incliné hacia abajo con cuidado para recoger el paquete envuelto en papel. Al abrirlo, noté un guante de color café de cuero en su interior. Entre la tela y el cuero había algo que sentí rígido y al examinarlo con más detalle, noté un pequeño botón en el dedo meñique. Los guantes no eran para nada femeninos, así que supuse que él los había hecho. Ese pequeño botón capturó inmediatamente mi atención y dirigí el dedo hacia él.

—No aplastes el botón hasta que lo tengas puesto —dijo alarmado con sus ojos oscuros como platos.

Muy tarde, ya lo tenía puesto y mi dedo estaba en el botón, acto seguido salieron de los nudillos cuatro hojas filosas que se estrellaron en el techo, furiosas.

Tadeo me volteó a ver, asustado.

—¡Casi me da eso en la cara, Tadeo! —grité conmocionada. A pesar de todo lo que había pasado desde que me caí del Puente Viejo, estaba completamente segura de que esas cuatro navajas eran lo más cercano a la muerte.

—Se me olvido decir que tenías que apuntar —dijo viendo el techo y con un poco de arrepentimiento—. Es un arma que hice para ti, es liviana y además tiene tres cargas, sólo tienes que aplastar el botón con tu pulgar y listo, inténtalo de nuevo.

Apunté a la pared y otras hojas se clavaron en ella con fuerza.

—Bien... ahora nunca te lo quites, ahí hay más hojas. Señaló otra caja—. Y vete, estoy muy ocupado.

—Tadeo, ven... —dije apuntando con el guante, intentando bromear, pero el chico no estaba de humor.

—Nive... —dijo con algo de desesperación.

—¿Qué haces? —pregunté mientras le quitaba el boceto de una máquina enorme lanzando hojas como las de mi guante a una gran escala. Sabía que era gigante porque en el dibujo se veían personas alrededor de ese artefacto, debo de decir que estaba bastante bien dibujado. No sé si era su magia, pero de no haber tenido una gota de esa magia de los Íden, Tadeo seguiría siendo la persona más lista y creativa que había conocido jamás.

—¡Qué me dejes de molestar!, qué no ves que intento ayudar, gente se está muriendo por mi culpa, Nive, por mí... lo que yo hago, mi habilidad atrae a esas cosas que queman pueblos y están matando a quien se cruce en mi camino.

Se notaba que le había dado vueltas al asunto y aunque todo parecía indicar eso, también había cosas que no encajaban. Por ejemplo, si yo he tenido ese poder durante tanto tiempo, ¿cómo es posible que en diecinueve años nunca antes había visto uno de monstruos? Mis pensamientos callaron porque vi a Tadeo quedarse estático. Luego las lágrimas inundaron sus ojos y lo abracé, lloraba tranquilo. Quién sabe cuántos minutos pasaron hasta que lo solté.

—Platicando con Lena, se me ocurrió que cada libro de los Íden está en lugares estratégicos...y estoy segura que con un poco de investigación podríamos saber en dónde están los demás.

Tadeo me observó.

—Tiene sentido, por eso el elemento con el que más te identificas es el fuego, creciste prácticamente con el libro a lado, porque el libro estaba en Oure.

Sonrió agradecido por dejar atrás el tema. Luego respiró hondo y sacudió la cabeza.

—Está bien...vamos —me dijo señalando las escaleras.

—Ah, no, señor, primero se peina esos cabellos —le ordené en un tono más maternal de lo que hubiera querido.

Torció los ojos, pero pareció agradarle la idea.

—Ya te pareces a Dalila.

Acompañé a Tadeo hasta la mansión porque quería ver a su padre antes de la reunión. Por otro lado, mi abuela encontró la mansión de Atelo bastante cómoda e interesante y después de llevarla al estanque "mágico", que ya tenía mucha menos agua que la primera vez que lo había visto, quiso ver el árbol en donde vivía Lutébamo.

—Sí que se ve antiguo, Nive, me sorprende mucho lo que me has contado sobre esto, qué gran tesoro y tan cerca de Oure —dijo refiriéndose a los caminos que se encontraban una vez que el sauce llorón te permitía entrar por sus entrañas.

—No hables tan alto Lena, recuerda que son cosas de Íden.

—Pues si no empiezas a dejar entrar a más gente a ese pequeño club privado que tienes con el niño, será uno muy solitario y triste.

—Sí, abuelita, pero me irritan los zopencos —dijo Tadeo recargado sobre uno de los árboles que estaba un poco cha- muscado luego de la noche de mi huida.

Tadeo tenía la boca llena y las manos repletas de galle- tas. Llevaba un traje que se le veía lindo y su cabello estaba más controlado que de costumbre. Ya se veía mejor en com- paración a como lo había dejado hacía unas cuantas horas.

—Me gustaría saber quién no es un zopenco para ti —le repliqué. Tadeo torció los ojos como tantas veces me lo había hecho antes.

—Te ves como todo un pequeño caballero —dijo Lena— , me gustas más desgarbado, va con tu personalidad de explo- rador.

Tadeo se sacudió el cabello despeinándose un poco y se erigió orgulloso de que lo llamarán explorador, luego se en- sombreció.

—Padre insistió.

27

Un príncipe de las Tierras Verdes

Al llegar la tarde-noche, el espectáculo que prometió Dalila con la banda de trovadores salvajes estaba por comenzar y pensé que sería la manera ideal de entretenernos hasta que Elio llegara con ayuda, y aunque lo deseaba con ansias, también sabía que si llegaba significaba que los No-hombres no estarían lejos o por lo menos auguraría una inevitable confrontación.

Dalila se había esforzado en hacer memorable esta presentación, el salón de Atelo estaba adornado con una mezcla vibrante de rosas del jardín y del campo, creando un torbellino de colores que incluía tonalidades carmesíes, amarillas y blancas.

Para la ocasión, la larga mesa había sido retirada para dar paso a un elaborado escenario adornado con alfombras de terciopelo guindas, ubicado justo frente a las enormes puertas que conducían al balcón. Este último fue decorado con un sinfín de velas, creando un ambiente cálido y acogedor. Dalila también puso a nuestra disposición todas las botellas de vino de su padre y decretó que esta noche nos serviríamos nosotros mismos porque los sirvientes también estaban invitados.

Y no sólo eso, nos había enviado vestidos y trajes a todos los que habitábamos esa mansión. Renegó, por supuesto, cuando le dije que por la herida de mi espalda no podía ir muy ajustada, pero opté por una túnica blanca con mangas largas y sueltas que me llegaba a la rodilla y que tenía un cuello en V. Mi abuela se rehusó por completo al vestido azul con brillos que había elegido para ella y se puso un vestido marrón parecido al mío, pero sin escote. Los cuatro Ándalo lucían trajes de terciopelo guinda que hacían juego perfectamente con la decoración escogida por Dalila. En el bolsillo de cada traje descansaba una rosa, cada una de un color distinto y elegido minuciosamente.

La organizadora del evento se presentaba como siempre impecable, pero esta vez fue la chica de las cocinas, Gretia, quien acaparó todas las miradas. La anfitriona le había obsequiado un vestido de satén verde que se ajustaba a su pequeña cintura, largo y suelto, con la espalda descubierta, realzando su figura. Con una sencilla coleta pero bien arreglada, la chica lucía radiante. Mechones de un suave tono café claro enmarcaban su rostro, mientras que sus ojos, ligeramente verdosos y almendrados brillaban tímidamente.

—Te ves increíble, Gretia —le dije en el momento que la vi. Y ella se sonrojó y se tocó las costillas sintiendo la tela del vestido.

—He usado vestidos antes, pero este sí que me gusta —dijo murmurando con algo de pena.

Ya sólo faltaban por llegar Atelo, Lutébamo y el pequeño Tadeo. Al poco tiempo llegaron arreglados específicamente como Dalila lo había ordenado, excepto Lutébamo que llevaba su túnica café clara de franela. Al avistar a los Mendeleón, todos fuimos conscientes de que estábamos frente a los Señores de una gran ciudad. La exótica elegancia que irradiaba ese par nos dejó sin aliento. El padre se presentó con un impecable traje negro, sus manos en los bolsillos, aparentemente más relajado que en cualquier otro momento que lo habíamos visto en el breve lapso que lo conocía. Su hijo, enfundado en un traje similar, sonreía con un aire despreocupado a su grupo de trovadores salvajes.

Dalila conversaba con Brisa que se veía bastante bonita y Amos estaba entre dos muchachas que también se notaban bastante interesadas en su traje y... ¿en sus brazos?, porque no dejaban de apretárselos. La presentación comenzó con Trébol agradeciendo a Dalila y especificando que podría ahorrarse el pago del espectáculo completo con sólo un beso. Pero Dalila que ya llevaba varias copas de vino, a juzgar por sus mejillas rojas, sólo sonrió y negó con la cabeza. Tadeo rio cuando Trébol dijo que de todas maneras ni quería nada que ver con ella, sino que todo lo hacía por el vino de Brunneis.

—Haces milagros —me dijo Atelo al oído al momento en que vio al pequeño reír—. Pensé que no lograría sacarlo de la Torre... para variar.

—¿Dónde está la comida?, creo que tengo hambre —dijo Tadeo y se dirigió con decisión a la mesa donde se encontraban los más exquisitos bocadillos. Sin vacilar, tomó un pastelito y lo degustó con deleite, saboreando cada mordida. Observándolo detenidamente, me di cuenta de que sus ojeras y la palidez de su rostro mostraban que había estado trabajando durante horas y probablemente se había olvidado de alimentarse adecuadamente en su afán por cumplir con sus "proyectos".

—No fue tarea fácil, déjame decirte —le dije a Atelo, recordando cuando había ido esa misma tarde a ver al pequeño.

—Con nosotros nada lo es —dijo guiñando un ojo.

Me sentí un poco mareada por el fuerte vino que había sacado Dalila para la ocasión. Y luego pensé en que este Atelo era mucho mejor que el tartamudo misterioso y algo chiflado, o que el señor obsesionado con las traducciones de libros antiguos y aparentemente mágicos...

—Entonces, este es el verdadero Atelo —dije sonriéndole y buscando algo en su rostro.

—Siento el teatro de antes, primero se tienen que ganar mi confianza antes de mostrar cómo soy realmente —contestó devolviéndome la sonrisa—. Tengo pocos amigos por eso, pero eso sí, muy confiables.

—Pero seguiste actuando así, aún después de que me dijeras que tu tartamudeo era fingido.

—Bueno, es que no confío exactamente en todos y cada uno de los que atienden la mansión —contestó como si eso no fuera a generar preguntas—. De cualquier forma, la noche que llegaron de Mandiel creo que revelé ante todos que ya no tengo ese problema, nos apremiaban cosas más importantes.

—¿Cómo está la gente de Mandiel? —pregunté al verlo tranquilo—. Fue horrible.

—No te apures, ya he mandado a reconstruir y comida suficiente, aunque están muy nerviosos, ya que no encuentran una explicación a aquellos hombres. Eran pocos, pero suficiente gente los vio para que se originara el caos y se provocara el incendio.

Algunos aseguran que los vodos han regresado con una magia que acaban de descubrir. En fin, cosas que de acuerdo a lo que he visto no son probables.

Asentí, aunque... ¿Era verdad que los vodos con conocimientos mágicos estaban completamente desaparecidos? Antes de que pudiera decir algo, la música que estaban interpretando los Ándalo cambió a una más movida. Atelo se paró y me tomó por el hombro derecho llevándome directo a donde se encontraban los demás.

Nos acercamos con Dalila, Brisa, Amos y Lena que parecían pasarla de maravilla. Lutébamo no se encontraba por ninguna parte... seguro no era su clase de convite. Demasiada alegría para él. Además, estaba Lena y posiblemente la combinación de Lena, Tadeo y yo no era su idea de diversión y había regresado a su cabaña tan pronto como había hecho acto de presencia. Después de aplaudir a la movida canción que principalmente interpretaban Melus y Trébol, estos dos dejaron el escenario. Mientras Arco se acomodaba para su número, Dalila me llevó por el lado opuesto al que se encontraban todos y me abrazó. Ya estaba algo borracha, pero su rostro era hermoso y sus mejillas rojas sólo le daban un aire de belleza natural.

—Nive, me alegro mucho que no hayas muerto —dijo tomándome de los hombros y acercando su cara a la mía, podía oler el suave aroma de las uvas blancas en su aliento.

—¿Gracias? —le dije un poco confundida.

—Creí que te odiaría tan pronto pisaras la casa de Atelo... yo lo quería, y creo que él me quería, pero buscamos cosas diferentes.

—Yo... —quería explicarme, disculparme más por cortesía que por cualquier sentimiento de culpa.

—Yo se lo dije —continuó apuntándose a sí misma—. Fui yo la de la idea. Atelo te podría haber contratado como traductora y ya, pero yo le dije "cásate, si no, no te dejarán de molestar". Esas estúpidas damas como las que conociste hace unos días, Nive —dijo con un infinito desdén—. Y, yo pensé que no me afectaría que se casara con alguien fuera de nuestro rango... luego llegaste y eras hermosa y lista y pensé que te odiaría, más por cómo te veía Elio...

Otra vez quería decir algo, pero Dalila siguió hablando.

—Pero me viste, no viste mis alhajas, ni mis vestidos, ni los perfumes, ni el legado de mi padre como uno de los trece señores, me viste y me trataste bien... y yo nunca creí que podría tener una amiga que no fuera como esas señoras. —Me veía con ojos llorosos.

Por sus palabras me dio la impresión de que ella y Atelo habían tenido una especie de relación, pero Dalila me había dicho que ella quería tener hijos y que Atelo no. Seguramente Atelo no quería poner en peligro la herencia de Tadeo. Sentí pena por Dalila y acepté el regalo que me estaba ofreciendo: su amistad. La abracé y murmuré la palabra "perdón..." y ella me sonrió y señaló a Arco que ya estaba listo para hacer su interpretación.

Arco tomó una pequeña guitarra y se aclaró la garganta. De las cuerdas del instrumento sonó una melodía lenta que poco a poco fue adquiriendo un ritmo enérgico. A pesar de tener pocas letras, la canción resonaba de forma que enriquecía el ambiente.

Sin embargo, lo más destacado fue cuando el músico comenzó a golpear la guitarra, cambiando de forma vertiginosa entre las cuerdas, en una danza apasionada e intensa que dejaba ver su habilidad innata. En ese momento, parecía como si sólo existieran él, el instrumento y una musa invisible que le guiaba en su ejecución, fundiéndose en una sintonía perfecta.

"Sólo tus manos conocen ese embrujo,
timonel de guiones disolutos
y colores que naufragan en un mar tornasolado"

Con esos versos terminó y como si hubiera sido planeado, la Luna salió preciosa y brillante detrás del escenario que daba a las puertas de cristal. Hubo un silencio en el que supe en qué pensaban todos. No había otra cosa en la que se podía pensar después de esas palabras cantadas. Y por supuesto, yo pensaba en Elio, no sólo porque la interpretación fue intensa, sino porque yo sabía que una debilidad del famoso guerrero era la música. Me incomodé cuando vi que Amos me observaba a la distancia, quizás él pensaba en mí... Todos aplaudieron ante la actuación de Arco, que había dejado de ser la pasión en persona y se había transformado en el más callado de los hermanos Ándalo, claro, no por eso dejaba atrás sus dotes teatrales y haciendo gala de estos hizo una reverencia un poco exagerada.

Todos decidimos salir al balcón que se encontraba lleno de velas y que era iluminado por la luz lunar. Desde ahí se podía ver parte de la ciudad, se podía ver el lago de Tindel con ese puente demasiado arqueado que había llamado mi atención cuando llegué.

Los hermanos siguieron tocando sus instrumentos y las llamas de las velas, la buena melodía y la comida pusieron de buen humor a todos los que estábamos ahí. Lena platicaba ¿o coqueteaba?, con el viejo Ándalo que se le veían unas copas de más encima. Las chicas tomaban turnos para bailar con Amos y una vez que bajó del escenario, también invitaban a Arco quien parecía que sólo podía ver los hermosos ojos azules de Dalila, que le sonreía discretamente. Por su parte, Tadeo seguía comiendo todo lo que le pusieran enfrente, únicamente aplaudía cuando Trébol y Melus terminaban de tocar canciones breves y alegres.

Cuando Ándalo dejó a Lena y fue junto Trébol y Melus, comenzaron a cantar y tocar una canción que parecía hecha para bailar. En ese momento Atelo se me acercó y me ofreció la mano.

—Esposa, ¿bailamos? —dijo con tono de fingida formalidad y reparé en esa voz dulce y masculina que se volvía inevitable no notar cuando dejaba de tartamudear.

—Esposo... bailemos —contesté con el mismo tono.

Otra vez sentí una electricidad proveniente de los dedos de Atelo cuando tomó mi mano. No, no era exactamente ese tipo de conexión que tienes con un hombre que te gusta, pero no pude evitar pensar que tal vez, sólo tal vez, Atelo, como su hijo, también escondía en su sangre algún tipo de magia. De cualquier forma, alejé esos pensamientos y me propuse a pasarla bien.

Atelo sabía lo que hacía...sabía bailar, me tomó por la cintura y me dio unas vueltecitas, delicadamente, lo suficiente para que ni siquiera me acordara de la herida que aún me sanaba en la columna. Yo no sabía nada de bailes, sólo me movía al ritmo de la música, que era una guitarra que tocaba Trébol y una flauta larga que tocaba Melus y luego la usaba para golpear unos pequeños tambores.

—Sabes bailar —dije señalando lo obvio.

—Bueno, no todo era la guerra, los libros y las bibliotecas antes, pasé mucho tiempo en La Cátedra de joven y ahí se hacen las mejores fiestas.

Me imaginé a Atelo de unos diecisiete años pasándola increíble en La Cátedra, siendo el más listo de su clase y me di el lujo de imaginarme a mí misma por los pasillos de aquel palacio antiguo y rocoso que era La Cátedra.

—Terminando esto... podrías ir a La Cátedra —dijo con algo de pesar.

—Pero el trato es de un año —Me solté mientras mis pies se dejaron de mover.

—Hace mucho que no paso una temporada en Greendo, me gustaría hacerlo y quiero que Tadeo vea sus opciones, así que, si no crees que sea muy pesado, me podrías ayudar como un trabajo de tiempo parcial —dijo encogiendo los hombros como si no se tratara de algo difícil. Luego añadió—: Tu abuela podría ir con nosotros.

Me quedé pasmada como una tonta, con ganas de llorar, de decir mil veces gracias, pero sólo lo abracé y él se quedó tieso, como si no lo hubieran abrazado en años y esto probablemente era verdad.

—Solo que... tendrás que seguir fingiendo que eres mi esposa —dijo nervioso y con la cara completamente colorada—. Tan pronto llegue a Greendo, las damas... —dijo sin querer decir algo que podría resultar bastante presuntuoso.

—Saltarían encima de ti si vas en calidad de soltero... —dije riendo y también avergonzándome un poco por semejante abrazo que acababa de darle.

—Bueno... —dijo apenado—. La verdad es que sí.

—Pero no tenemos que fingir... técnicamente sí soy tu esposa.

—Técnicamente... —dijo cuando nuestra conversación fue drásticamente interrumpida por el sonido de unos cascos de caballo que se iban acercando rápidamente al jardín. La sonrisa de todos murió en ese momento al igual que la agradable melodía que hacían los instrumentos de Trébol y Melus.

—Qué diablos... —dijo Trébol, pero Melus le dio un codazo al ver el estandarte verde con un árbol dorado en el medio, símbolo de la realeza de Las Tierras Verdes. Había visto antes ese símbolo, solo que ahora caía en cuenta de que se trataba de un sauce llorón. La manera en que entraron a la mansión no auguraba nada bueno, tampoco la urgencia con la que un hombre muy parecido a Elio bajó del caballo.

Unos diez hombres que parecían acababan de tener una pelea se presentaron ante nosotros. Tenían armaduras de lo más finas y un hombre rubio y de ojos color miel se echó el cabello para atrás con demasiada elegancia. Se acercó a Atelo quien hizo una reverencia que indicaba que no estaba ante cualquier persona.

Los sirvientes imitaron a su señor y todos los demás también, Lena y yo dudamos, pero al final hicimos lo mismo, Tadeo sólo tuvo la cortesía de apartar su pastelillo y tragar rápidamente lo que estaba comiendo.

—Príncipe.

—Relájate Atelo, no seas ridículo —dijo con su mirada altiva buscando alrededor—. ¿Dónde está Elio?

—Fue por ayuda, no sabía que tu padre los iba a enviar —contestó Atelo mientras se erguía. Todos lo seguimos.

—Y no, no lo hará... no se quiere creer las cosas que escribe Elio, por eso he venido a investigar —dijo mirando alrededor, percatándose de que había interrumpido una reunión—. Cuando Elio "suplica" es cosa de tomar muy en serio, y me alegro de haberlo hecho —dijo con urgencia—. Y creo que es peor de lo que imaginas.

Todos nos quedamos como piedra. El príncipe Guy, tenía una mirada altiva, algo insolente, pero se movía y hablaba con demasiada elegancia, se veía que había recibido una educación considerable y a juzgar por la espada que cargaba entre los hombros, al igual que lo hacía Elio se notaba que estaba entrenado.

Entonces, abriendo sus carnosos labios explicó que Elio había mandado una carta al rey desde hace semanas, aparentemente confirmando los rumores en donde informaba sobre avistamientos de hombres extraños parecidos a los vodos. El rey, por supuesto, dijo el príncipe dejando sus ojos en blanco, no quiso creer nada de eso y solo le importaba que Elio tomara una esposa de manera urgente.

Sus ojos se detuvieron en Dalila a quien saludó con la cabeza en un gesto respetuoso.

—Yo sé que mi hermano es duro y pedir ayuda nunca ha sido su fuerte, entonces decidí, a pesar de las negativas del rey, investigar un poco... —explicó Guy Guntharí quien parecía conocer bastante bien a su hermano bastardo.

Según contó, en el camino a Tindel se toparon con una decena de No-hombres, acabaron con todos, pero seguían encontrando más conforme avanzaban. Envió a su mejor hombre a hacer un reconocimiento y concluyó que hay centenas de ellos y todos parecen tener un solo camino: Tindel.

—Calculo un día y medio como mínimo.

Él giró su cabeza en dirección a un hombre alto y calvo, cuyo físico imponente sobresalía entre la multitud. Era más robusto y fornido que cualquier hombre que hubiera visto antes, con una presencia que imponía respeto. El hombre calvo asintió con la cabeza, sus ojos afilados recorrieron a cada uno de los presentes, vigilando atentamente cualquier amenaza potencial para el futuro monarca de aquellas tierras.

—Dile a tu padre —dijo Atelo que se encontraba más blanco de lo normal y eso era poco superable.

—Para cuando le llegue el mensaje, temo que será muy tarde, sólo queda esperar que Elio sobreviva y traiga ayuda.

—¿Sobreviva? —pregunté.

Ambos hombres me voltearon a ver. Guy Guntharí era la versión rubia de Elio, unos dos años más joven, pero aunque parecía buena persona sus ojos no tenían ni la mitad de la bondad con la que contaban los de su hermano bastardo...

también estaban exentos de esa tristeza tan característica de Hijo de Lobo.

—¿Ella? —preguntó retirando la mirada inmediatamente de mí y pidiendo explicaciones a Atelo. Seguramente pensaba en quién era la impertinente que había hablado ante un príncipe. Lo desprecié un poco por eso.

—Nive, mi esposa —dijo Atelo, pero no estaba como para hacer presentaciones formales y tampoco lo quería, sólo quería que me dijera a qué se refería con "sobrevivir".

Me ignoró y se llevó a Atelo por su propia mansión. Los vi alejarse y luego busqué a Tadeo con la mirada, ya no estaba. La alegría había desaparecido de los rostros de todos que intentaban guardar la compostura. Luego miles de dudas empezaron a surcar mi mente y quise buscar a Tadeo, supuse que no estaría en la torre porque se veía la luz de la ventana apagada, así que sólo podía estar en un lugar.

Fui corriendo a mi habitación y ahí me encontré a Tadeo.

—¿Dónde están los libros? —me preguntó de inmediato.

Me acerqué a la cama y los saqué. Al igual que Tadeo, sabía que nuestra única oportunidad sería utilizar los libros. De cualquier forma, los No-hombres ya estaban ahí y yo había visto a Tadeo lograr controlarlos con su magia, aunque solo eran tres, con su ayuda y conmigo intentando imitar al pequeño Mendeleón tal vez teníamos una oportunidad.

—Nive, yo no podré utilizarlos —dijo Tadeo bastante preocupado—. Acabo de tomar el asqueroso brebaje que preparó Lutébamo.

No entendía, había visto a Tadeo recobrar su color y sus ganas de comer supuse que el efecto de la poción ya había terminado. Eso aniquilaba por completo mi plan de utilizar la magia, su magia que era poderosa, mientras que la mía era apenas un atisbo de algo.

—¿Qué?, ¿cuándo? —le pregunté al pequeño que se encontraba cada vez más pálido y sus ojos más opacos.

—Ahora, hace unos minutos, cuando llegó el príncipe Guy —dijo con cara de asco.

Me estaba terminando de abrochar las botas, cuando dijo eso y en ese momento algo en mí se revolvió y no pude creer que nadie se hubiera dado cuenta de esto antes. Comencé a temblar y el corazón se sintió como si pudiera salir disparado de mi pecho. Pánico, miedo, ansiedad... no pude respirar por unos momentos. No obstante, algo me sacó de ese terrible re- molino de sensaciones que me habían golpeado como nunca.

Dalila entró corriendo para informarnos que el prínci- pe Guy había encontrado el carruaje que había enviado su pa- dre a mitad del camino completamente destruido. Aparente- mente no hubo ningún sobreviviente y entre los viajeros se encontraba su nuevo prometido.

—Estoy maldita, nunca me casaré —dijo con verdadera pena—. Y toda esa gente muerta —se lamentó con sinceridad.

Después de consolarla un poco e insatisfactoriamente porque no podía quitarme un pensamiento de la mente. La dejé con Tadeo y me dirigí hasta donde se encontraba Atelo, como siempre en la biblioteca.

Ahí estaban Guy, Atelo y Lutébamo. Por lo que pude escuchar, el monje trataba de tranquilizar al príncipe y a Atelo y les aseguraba que había mandado una carta al Mitrado del Justo para que mandaran a sus mejores monjes guerreros a ayudarnos a vencer a esos seres mágicos que buscaban la destrucción. Después de todo, Alister, la sede del mitrado, se encontraba a tan sólo un día de distancia de Tindel.

—Llegarán en poco más de un día, he enviado una paloma con el mensaje —dijo solemne y serio—. Así que podemos estar lo bastante tranquilos.

Atelo se veía con dudas, mientras que Guy parecía feliz de no tener que rogar a su padre nuevamente por ayuda, y por supuesto, de no tener que morir en las manos de esos extraños seres que seguro no se conformarían con Tindel.

—Si es así, es posible que el rey Guntharí ofrezca todavía más al Mitrado, Tindel es muy importante para el reino, y si son ustedes quienes lo salvan, podríamos negociar una concesión de tierras en donde ustedes prefieran. Mi padre ya los tiene en buena estima —aseguró el príncipe como si todo fuera demasiado sencillo, una calma ahora reinaba en su voz.

—Aún queda esperar a Elio —dijo Atelo diciendo exactamente lo que estaba a punto de protestar yo misma e interrumpir. Se notaba que Atelo no estaba nada convencido de ese plan que había trazado Lutébamo y que el príncipe Guy había aceptado.

El príncipe arrojó su puño sobre la mesa, molesto, y gritó:

—¡Prefiero deberle algo a la mitra, a los mismísimos demonios que a ese criminal!

Al decir esto, me observó parada justo en el arco de la puerta, su temple se irritó una vez más al verme.

—¿Y tú quién quieres? —exclamó.

Esto no ayudó para nada a que Atelo se relajara.

—Es mi esposa, Guy, ya te la presenté —dijo con un tono que parecía molesto.

Sus ojos cambiaron un poco e hizo un gesto que parecía de disculpas, pero no dijo las palabras. Parecía que el hermano de Elio jamás había pedido disculpas en toda su vida. Extrañé como nunca al hermano bastardo, quien seguramente habría compartido la opinión de Atelo en cuanto al proceder. Elio había hablado antes de tolerancia y los del Mitrado del Justo evidentemente carecían de esa cualidad, por lo menos en lo que a mi experiencia se refería. Además, ¿era sabio prometerles más poder?

No obstante de la escena en la que había quedado atrapada, yo me dirigí para hablar con Atelo por una razón concreta.

—¿Puedo hablar con mi esposo? —pedí a los otros hombres, mi voz se escuchaba decidida, cosa que, a pesar de conocerme poco, Atelo captó de inmediato.

—Ustedes quédense aquí, ya regreso —dijo Atelo, mientras escuchábamos a Lutébamo disculparse sobre "mis modales de pueblo" ante el futuro rey de las Tierras Verdes, cosa que poco me interesó, sobre todo, si resultaba ser cierto aquello que pensaba.

—Atelo, escúchame bien —dije en voz baja asegurándome de que nadie me escuchara y casi en un susurro—. Tu actuación frente a la gente que no confías —dije intentando elaborar. Guardé silencio un momento antes de soltar mi pregunta, porque era una pregunta peligrosa, una pregunta que, aunque simple, podría revelarnos algo.

—¿Fingías frente a Lutébamo?

Atelo palideció, fue como ver una hoja de papel.

—¿Po.. por qué dices? —esta vez el tartamudeo fue genuino y una gota de sudor brillante se perdió entre las cejas negras del señor de Tindel. Era una gota de sudor helado, supuse, del mismo sudor helado que me recorrió la espalda cuando me enteré de que el monje le había dado a Tadeo el brebaje justo cuando ya era inminente la llegada de los No-hombres.

—¿Sí o no? —pregunté desesperada por una respuesta. Por alguna razón sentía que si los instintos de Atelo eran "no confiar en Lutébamo" todo lo que había pensando tendría más sentido.

—Sí, sabía que él era efectivo para contrarrestar los poderes de Tadeo y evitar accidentes, pero las religiones no me acaban por convencer, sobre todo... —dijo.

Entonces todo tuvo sentido: los libros, los tés que intentó darme, el mitrado.

—Estoy segura que él está detrás de todo esto —dije con seguridad.

Junté todas piezas e intenté darle sentido a este nuevo panorama: la habilidad de Tadeo no atraía a los No-hombres, porque si lo hiciera por lo menos los últimos días, que el pequeño había estado prácticamente drogado con la pócima, debían haber bajado los avistamientos y al contrario sólo subieron y han escalado al punto de que casi han destruido un pueblo mediano y amenazan con acabar con Tindel.

Mi magia no los pudo haber atraído porque si no, hace mucho que habrían llegado al pueblo de Oure. Entonces si la magia no atraía a esas cosas... ¿por qué esos intentos pasivos de hacerme beber lo mismo que bebía Tadeo? Lutébamo nos quería sin magia. Magia que había probado ser efectiva contra esas criaturas, cuando Tadeo las debilitó aquel día por el bosque.

Por alguna razón el monje nos quería débiles e incapaces de enfrentar a esas criaturas, pero, ¿por qué? Él odia la magia... pero aún así ha vivido años en ese árbol lleno de magia y tiene una conexión: su abuelo tenía símbolos contenidos en los libros, pero yo no vi símbolos en ninguno... sólo en el libro negro.

Le dije todo esto a Atelo y ahora sus mejillas habían pasado de blancas a encendidas.

—Nive, cuando mis padres encontraron el árbol y los libros, sólo encontraron tres: el azul, uno verde y otro café. Ninguno negro.

Sus ojos negros, brillantes y misteriosos, centelleaban con intensidad mientras se abrían por la sorpresa, como comprendiendo algo. Su postura, de repente rígida, reflejaba la tensión que se apoderaba de su cuerpo.

Ahí estaba la pieza que faltaba, ese libro negro de alguna manera era posesión de Lutébamo y a estas alturas estaba segura de que él, podía manejar a la perfección poderes mágicos y que así como yo estaba anexada al libro del fuego, él lo estaba al libro negro que tenía que ver con la muerte... o controlar la muerte, esos hombres estaban muertos, no había duda.

"Solo el justo ha de ser amo de la muerte" había dicho cuando intenté hablarle sobre ese libro, una frase que no tenía nada que ver con lo yo le estaba diciendo. Y si él era el representante del Justo, su estúpido fanatismo justificaría el utilizar ese poder.

—Aquella vez, Lutébamo me lo quitó inmediatamente, Atelo, debió haber sido un descuido por su parte dejarlo ahí, luego tú lo tomaste y me lo entregaste sin preguntar.

Atelo se tomó la cabeza como si tuviera de pronto un fuerte dolor de cabeza.

—Eso explica muchas cosas... —dijo Tadeo con los ojos grandes y furiosos y violetas. El pequeño se encontraba justo detrás de nosotros, que estábamos a unos metros de la puerta de la biblioteca. Había escuchado parte de la conversación o toda.

—El último brebaje que me dio era más fuerte de lo común —dijo mostrando cómo sus manos temblaban—. Nunca antes había tenido un efecto tan fuerte. —Sus ojos estaban asustados y Atelo gruñó de rabia.

Justo eso último escuchó Lutébamo que iba saliendo junto al príncipe de la biblioteca de Atelo, al mismo tiempo, Dalila, Amos, los Ándalo y mi abuela llegaron. Guy ajeno a la tensión adoptó un aire solemne y dijo que todo estaba decidido.

—Ya mandamos llamar a los monjes guerreros del Mitrado del Justo, llegarán en cualquier momento y estarán listos para defender Tindel, tenemos que acabar con esto ya —dijo formando un puño con su mano derecha en un acto de heroísmo que me pareció bastante vacío.

Yo ya iba actuar, a gritar que detuvieran a Lutébamo, pero Atelo me detuvo con un gesto y el monje pasó de largo por nosotros mirándonos con extremado cuidado con los ojos muy abiertos, como si sospechara algo. Tadeo apretó los puños y por un momento temí que se le echara encima como un animal furioso, pero no, el chico era más inteligente. Sólo miró con profundo odio como se alejaba el monje.

—Tenemos que conseguir ese libro negro, no podemos actuar sin tener pruebas, si acusamos al monje nos podríamos enfrentar incluso al mismo rey de las Tierras Verdes, tenemos que ser inteligentes —me dijo Atelo en voz baja, lo bastante baja para que solo yo escuchara.

El príncipe se sorprendió y decepcionó un poco de no recibir la aprobación inmediata y se fue a hablar con sus hombres, mientras nuestros amigos llegaban a reunirse con Atelo y conmigo.

—Tenemos que estar preparados, en cualquier momento podrían estar aquí esos seres, así que por favor tomen armas, espadas, hachas, lo que sea para poder defenderse. Yo mandaré llamar a los guardias de Tindel y alertaré a la población de pueblos vecinos, incluido Oure... Ellos alertarán a los demás en caso de que nosotros fallemos en detener a esa horda —dijo Atelo.

"Fallemos", eso significaría que estaríamos muertos. El tono de Atelo era de un general, recordé que el señor de Tindel ya había peleado una batalla antes, varias, de hecho, y el príncipe, aunque se veía un poco desprotegido se había entrenado. "Mantente cerca de Atelo" había dicho Elio antes de irse.

—Amos, por favor, cuida a mi abuela —le pedí.

—¿Y tú, a dónde vas? ¿No crees que es mejor estemos juntos? —dijo mi abuela con temor en su mirada.

—No te apures —me contestó Amos nervioso, pero seguro de sí mismo—. Yo la cuidaré.

—Y yo —dijo el viejo Ándalo posando una mano sobre el hombro de mi abuela.

Por supuesto, sonreí encantada de ver protector a Ándalo que se notaba tenía su experiencia en alguna que otra pelea.

—Se olvidan que yo también sé protegerme —dijo mi Galena, fiera, con un cuchillo que probablemente había sacado de la cocina.

—Bien, bien... todos cuidarán los unos de los otros, pero escuchen —dijo Tadeo torciendo los ojos—, si se ven acorralados y no saben a donde ir, por favor, vayan al árbol de Lutébamo, ese será el punto de reunión.

—Tadeo, eso es imposible, quedaríamos atrapados dentro del árbol — Atelo habló confundido, sin tener idea que ese era el mejor lugar.

Tadeo sonrió.

—Padre, quizá sea nuestra única salida.

Atelo captó el mensaje en un instante. Las palabras de su hijo bastaron para que todo encajara. En su rostro se reflejó el entendimiento: "Así es como mi hijo se escapa, de alguna manera, hay una forma de salir de Tindel en ese lugar".

28

El verdadero niño de La Torre

Por otro lado, me dispuse a separarme nuevamente del grupo para buscar ese libro negro, Tadeo decidió acompañarme, después de todo se trataba de los asuntos de los Íden y eso nos correspondía sólo a nosotros. Mi abuela me tomó la mano y yo tomé su rostro, juré en mi interior que nunca más me separaría de ella... después de esto. Después de esto, todos estaríamos juntos, iríamos al Greendo, Lena, Tadeo, Atelo, yo... Elio tenía su casa allá, los demás nos visitarían, porque "todos estaríamos bien, ¿cierto?" me dije a mí misma.

—Tiene que estar en el árbol, Nive —dijo Tadeo sacándome del interior de mis pensamientos.

—No lo sé, me parece demasiado sencillo —le contesté, pero nos encaminamos en aquella dirección.

Cruzamos por la cocina, Gretia se había cambiado y traía unos pantalones y unas botas, estaba sacando de los cajones cuchillos con los que posiblemente armaría a todos los habitantes de la cocina. La miré y ella se me dedicó una mirada de temor. No obstante, Tadeo y yo seguimos hasta llegar al patio y seguimos el camino empedrado hasta la aldaba en forma de puño. El olor a hierbas era penetrante, pero el monje no se encontraba en ese lugar. Tadeo y yo intentamos de todo para abrir la puerta, pero estaba atrancada.

—Los siento cerca, Nive —dijo Tadeo impaciente. No sabía si realmente los podía sentir o si era sólo su miedo el que hablaba. El chico llevó su mano a los bolsillos de su pantalón elegante y estiró su puño cerrado—. Toma —dijo y dejó caer en mi mano las piedras que estaban en los libros. Tendría que aprender a usarlas rápido.

El pensamiento de que eso no funcionaría me recorrió todo el cuerpo porque sabía que mi habilidad no era ni la mitad de buena que la de Tadeo. Utilicé las piedras para evocar uno de los elementos, recordé el libro, su olor, la textura: el viento, el libro que me había entregado Atelo. Por un momento sentí que el oxígeno se me agotaba y que mi alrededor se quedaba sin aire, luego en un empuje de brazos y piernas, convoqué una ráfaga caliente y como si tuviera un gigantesco puño hecho de aire empujé la puerta y la dejé expuesta.

Cuando entramos notamos algo extraño, los estantes parecían vacíos, la mayoría de los libros había desaparecido. Como era lógico no había motivo para pensar que hubiera dejado el libro negro atrás, cuando era tan valioso y parecía tener un significado.

—¿Pero por qué me necesitaría a mí para las traducciones? —pregunté en voz baja.

Tadeo volvió a verme mientras buscaba con las manos sobre los estantes vacíos.

—Tengo una teoría y creo que es acertada —dijo con ese tono de niño increíblemente maduro que utilizaba casi todo el tiempo—. No sabe lo que dice el libro, no lo entiende, pero de alguna manera tiene conexión con ese libro negro. Como tú cuando encendiste la cerilla. Estoy seguro que sus prejuicios sobre la magia influyeron en que no quisiera aprender más de lo que sabía por instinto, un instinto que debe de tener años desarrollándose.

Quizá sea así, yo tenía una conexión con el fuego, y eso era desde antes de posar mis manos en el libro rojo. Recordé el momento en que pude hacer fuego, lo suficiente para prender una vela, cuando estábamos en la Biblioteca de Irisa. También el hipérico que crecía en mis jardines, no era normal, pero después de todo tenía sentido, ya que se trata de una planta de fuego.

El silencio se apoderó del lugar como un manto oscuro y pesado, creando un ambiente tenso y cargado de incertidumbre. Mis ojos se posaron en el pequeño a mi lado, compartiendo su misma preocupación. De repente, el aire que fluía suavemente por la puerta abierta se detuvo bruscamente, como si una fuerza invisible hubiera cortado su flujo. Fue entonces cuando el olor penetrante y nauseabundo inundó el espacio y nos envolvió.

Lutébamo nos observaba y venía acompañado de un hombre de aspecto desarreglado, el olor a muerte llenó la casa del árbol y observé con atención al hombre... no era un hombre. De inmediato y con una velocidad sorprendente tomó a Tadeo por el cuello.

—Déjalo ahí —dijo Lutébamo dando instrucciones al No-hombre que sostenía a Tadeo. Y este hombre, para mi sorpresa hizo exactamente lo que le ordenó el monje—. Ahora... —habló de nuevo y se miró las uñas, luego sonrió con malicia—, tómalo de nuevo.

Yo me moví para tratar de derribar al hombre, pero Lutébamo enseguida me hizo parar con un gesto con su dedo índice.

—Un paso más y el cuello de Tadeo terminará roto —amenazó el monje con cara de estar tremendamente aburrido—. Yo no quería que llegara a esto, Nínive de Lyff — dijo con tono resignado, tomando un respiro hondo.

Lo que me preocupó fue la resignación con la cual decía las palabras, como si tuviera varias opciones y se hubiera decidido por la más cruel, la más... fácil para él.

—No pareces querer otra cosa que no sea exactamente esto —dije sin quitar los ojos de Tadeo que se encontraba de rodillas, intentando recuperar la respiración luego de que el hombre lo ahorcara.

—Creo que la única manera de que esto funcione... —empezó—, es si te unes a la Mitra y dejas atrás esas brujerías, lo he intentado con el chico desde que llegué, pero lo cierto es que él es demasiado Íden... se lo debe a su madre de Sherí — dijo lo último con desprecio—. Y tal vez al listo de su padre... —continuó poniendo los ojos en blanco.

—No seas hipócrita, tú estás usando magia de los Íden ahora mismo —le grité, haciendo referencia al libro negro que como sospechaba le daba poder para controlar a los muertos—. Tu magia controla a los muertos, ¿no te has dado cuenta?

El monje se comenzó a reír mientras sacaba de entre sus túnicas un libro negro.

—Tan ignorante, tan tonta... este libro sólo revive a los que han muerto por magia viciada, oscura —dijo acariciando el frente aterciopelado negro. —Además, un propósito noble permite cualquier medio. Todo es parte de lo que El Justo tiene planeado para erradicar del mundo todas esas falsas religiones.

Recordé que Hijo de Lobo me contó que las criaturas parecían vodos, y según tenía entendido todos los vodos crecen practicando un tipo de ritual. Saqué eso de mi mente e intenté tomar el libro negro, con toda la intención de destruirlo, le prendería fuego y tal vez estos No-hombres caerían muertos. Pero el No-hombre me tomó del brazo.

—La verdad es que... —dijo el monje contemplando el vacío—, todo escaló de una manera que no esperaba, quién iba a decir que el chico y tú tendrían una conexión, con lo odioso que es el pequeño Mendeleón.

Miraba con furia a Tadeo que se encontraba tirado en el piso, luchando por recuperar el aliento. Pude sentir que tenía ganas de golpearlo con fuerza.

—Patéalo —le dijo al No-hombre que lo obedeció al instante y su bota pateó al pequeño en el estómago de tal manera que dejó a Tadeo en un silencio agónico. No vi sangre, pero vi el dolor mudo del pequeño que se tiró boca abajo sobre el piso. Grité de impotencia.

—Vine aquí cuando me enteré de que el niño existía, pensé que era como yo. Yo también tuve un accidente, ¿sabes? Maté a mis padres con mi *desviación* y mi abuelo me encerraba en la torre, sí, en esa misma torre, para protegerse... en lugar de ayudarme —dijo mirando hacia arriba, como si todavía le afectara—. Venía una vez a la semana a darme comida, agua y unos latigazos. Al poco tiempo sentí que algo me llamaba, algo oscuro, quizá la oscuridad llamaba a la oscuridad, pero ahí estaba. Encontré este libro negro —dijo señalando el libro—. Estaba bajo una roca, lo encontré luego de que mi propia sangre cayera sobre una piedra, y abajo de ella estuviera aguardando.

—Luego de cuatro años de estar encerrado, no sabía qué decía, pero la piedra me confortaba, la tomaba entre mis manos y sentía que podía caminar fuera de esta torre, en otro cuerpo... yo pensaba que eran sueños... sueños tontos de libertad —dijo riendo—. Desde los cuales podía sentir el pasto bajo mis pies y acariciar a los roedores que se colaban entre mis piernas mientras caminaba sin encontrarme con heladas paredes de piedra— su tono se acercaba al autodesprecio —, pero era verdad, caminaba en cadáveres vodos.

Recordé la historia que contó la señora a los niños de Mandiel, la del Joven de la Torre. Ésta era como una mezcla de la historia de Tadeo y la de Lutébamo. No me sorprendió en lo absoluto, esto sucede con las historias verdaderas, van cambiando conforme el paso del tiempo, adaptándose y cada persona va añadiendo algo para hacerla parecer más atractiva. Según contó el monje, cuando tenía unos dieciséis años llegaron los abuelos de Atelo a construir el pueblo, el rey les había dado las tierras de Tindel y el abuelo de Lutébamo lo sacó antes de que descubrieran que había un joven viviendo en la torre.

—Tras años de encierro no volvería a prisión, así que fue mi oportunidad para escapar.

Imaginé a Lutébamo, pequeño, asustado e incapaz de comprender lo que estaba sucediendo, pero no sentí lástima, no después de que le hiciera esas mismas terribles cosas que le hizo su abuelo a Tadeo.

—Luego, encontré al mitrado, o el mitrado me encontró a mí. Al principio pensé que por mis poderes no era digno de ellos, pero, al contrario, dijeron que era valioso y que algún día podría ayudarles a ganar más poder en Las Tierras Verdes. Y hace diez años, cuando llegó la guerra sentí que mi poder incrementaba, tantos vodos caídos a mi disposición... — le brillaron los ojos y una sonrisita de satisfacción le llenó el rostro. Luego se paró, orgulloso.

—Y ese día ha llegado, es hoy, Nive, y yo puedo ayudarte. Puedes ser parte del nuevo mitrado o puedes morir hoy como lo harán los demás.

—Estás loco, eso no va a funcionar, el hijo del rey está aquí, cuando se entere acabará con el mitrado, contigo y con tus No-hombres.

Lutébamo puso los ojos en blanco.

—Lo dudo, *los Sacos* se encargarán de matar a todos, menos al hijo del rey, quien sobrevivirá después de ver a su amado hermano morir y para ver como mis monjes guerreros eliminan a todos los Sacos e incluso estoy seguro de que con Atelo muerto y el pequeño Tadeo desaparecido, nos darán estas fértiles tierras en donde será la nueva sede del Mitrado del Justo... eso es justicia —dijo lo último "eso es justicia" como si se tratara de un rezo.

—Pero Hijo de Lobo no está aquí —dije inmediatamente. Fue imposible no echarle en cara que su "perfecto" plan no funcionaba y que además peligraba y, sobre todo, me quería convencer de que Elio estaba a salvo de los planes que el monje había fabricado para él.

—Un pequeño fallo en el plan —aceptó con resignación—. Pero esto debe de continuar, vamos a la torre, me será más fácil controlar todo desde arriba —dijo esto como dando una orden. "El Saco" como llamó al No-hombre me tomó por el brazo y no tuve más opción que seguirle. Me alegró que el monje no reparara en Tadeo, lo dejo ahí tirado retorciéndose de dolor y con dificultad para respirar, recé para que se compusiera y cerrara la puerta con llave.

La torre no estaba muy retirada y para mi mala suerte no nos encontramos con nadie más. Después de subir la escalera de caracol, llegamos al cuarto de Tadeo.

Desde la ventana de la Torre pude ver que algunas casas de alrededor de la mansión estaban en llamas y una formación de unos cincuenta No-hombres, iba directo a los enormes portones de hierro y madera de la mansión. Ellos caminaban directo, en tres hileras derechas. Lo único que hizo que mi corazón siguiera latiendo es que no estaban persiguiendo a los habitantes del pueblo, sólo estaban... como esperando.

—Pero estaban lejos, el príncipe dijo...

—Algunos ya estaban aquí, Nive, la idea, por supuesto... —dijo con arrogancia—, era que estuvieran dentro de la mansión, pero la llegada tan rápida del príncipe no me dio tiempo.

Lutébamo tomó lugar frente a la ventana y concentrado, de alguna manera comenzó a traer a los No-hombres a la puerta de la mansión. Estos se lanzaron furiosos contra los portones y la atacaban con espadas, piedras, troncos, cualquier cosa que sirviera para abrir los portones de madera y metal.

La instrucción del monje era clara, a pesar de que no decía ni una palabra, irían por Atelo, por Dalila que sería una de esas tragedias perfectas y de paso se ganarían la aprobación del señor de Brunneis, que era una región con bastante influencia. Pensé en Amos, Lena y los Ándalo, todos estarían mucho mejor si no los hubiera traído aquí.

—Querida, pero si tienes una cara terrible, y estás... sangrando—dijo abriendo los ojos como dos cristales.

Justo en el momento que dijo eso, sentí que mi espalda estaba mojada, mi vestido blanco tenía unas manchas de sangre que venían desde mi espalda. Posiblemente de tanto forcejear con el Saco que me tenía todavía sujetada de los hombros.

—Déjame revisar —dijo moviendo los dedos, como si no pudiera evitar el morbo de verme sangrar.

—Ni se te ocurra tocarme —le escupí.

Él se rio y tras forcejear unos momentos, me quitó el vestido, dejándome en ropa interior, sus ojos se posaron sobre mi cuerpo, pero no era lujuria lo que reflejaban, al menos no era lujuria por mí, sino de verme completamente expuesta y a su merced.

—Voltéala —ordenó al No-hombre, y este lo hizo con violencia como si yo no fuera más que un trapo viejo y sin valor.

Sentí sus manos tocando mi espalda, usó algo para limpiar la sangre y rogué que no fueran algunas de esas hediondas pomadas que prometían infecciones.

—¡Qué no me toques! —le rugía indignada.

—Mira, tienes una costra larga e hinchada que te recorre la mitad de la columna... vamos a ver qué pasa si la quito.

No tuve que verlo para saber que dijo eso con una sonrisa en el rostro. Luego sentí un dolor intenso, como un ardor, y me comenzó a quitar la costra como si se tratara de un pellejo largo. Un dolor agudo, como un fuego abrasador, me invadió. Mis manos trataron de encontrar algo a qué aferrarme. Grité, ¿qué clase tortura era esta? Siguió jugando conmigo, arrancando la piel de mi cuerpo como si fuera un mero objeto. Luego sentí que introducía uno de sus dedos en mi piel, era como un gancho que movía hacia arriba y hacia abajo. Volví a gritar y él se rio. Mi cuerpo temblaba de dolor y terror. Sabía que tenía que escapar de él, pero no sabía cómo.

—Vístete, bruja pueblerina —pronunció con desdén y odio palpable en su voz una vez que finalizó. Mi ser entero parecía estremecerse tras esa incursión invasiva en mi cuerpo. No sólo se trató de una tortura en sí misma, sino que también sus manos arrebataron mi autonomía, dejándome, por un momento que sentí eterno, sujeta a él.

Pareció saborear ese instante, como si se regocijara en mi humillación. Fue como si su mensaje fuera, o más bien como si me mostrara, que carecía de toda autoridad sobre mi propia existencia. Mis ojos se nublaron con lágrimas amargas, y mi boca se impregnó de un sabor acre, mientras que mi pecho se tensó ante el anhelo de soltar un gemido, aunque rehusé cederle más satisfacción. Me golpeó la pregunta de cómo había logrado contener ese odio durante tanto tiempo, desde que llegué a Tindel. El No-hombre me soltó y me vestí inmedia-

tamente, con ojos llorosos dediqué mi mirada furiosa a Lutébamo que se encontraba en la ventana.

Sentí una oleada de culpa, ¿cómo avisaría a Hijo de Lobo? No sabía que la última vez que lo vi era realmente la última y... Tadeo, ¿había Lutébamo dicho que estaría desaparecido? ¿Cuáles serían sus planes para el pequeño y brillante
Mendeleón? Cuando Tadeo hizo esa aparición en mi mente
miré al piso. Ahí estaba, el guante café que el pequeño había
hecho para mí, tirado en el piso justo donde yo lo había dejado con una sola carga más de navajas...

El monje se encontraba frente a la ventana, el aire de la
noche movía su barba hacia un lado y tenía los ojos cerrados y
los brazos abiertos. En una mano tenía una de las piedras
plateadas y en la otra tenía el libro negro. Estos emitían
destellos morados, parecidos a cuando Tadeo llegó con las
piedras en sus manos cuando los No-hombres nos atacaron
la primera vez.

Lutébamo sonrió y entonces su sonrisa vino acompañada
por un golpe que hizo temblar la tierra.

No necesité verlo para saber, el portón de hierro y madera, había caído. Mi corazón latía con fuerza mientras observaba impotente, sabiendo que mis seres queridos estaban en
peligro. Si tan solo tuviera más poder, si pudiera controlar los
poderes elementales que fluían por mi cuerpo, podría hacer
algo para salvarlos. Las sombras de los No-hombres se
deslizaban por los jardines, el bosque y los enormes terrenos
de la mansión. Una sensación de terror se apoderó de mí al
imaginar lo que podrían hacerle a mis amigos y familiares si

los encontraban. Cerré los ojos por un momento, tratando de encontrar alguna respuesta, alguna solución.

De cierta manera yo estaba a salvo, arriba en la Torre, con este monje loco. Me causó una inmensa desesperación cuando llegaron los gritos que se comenzaron a escuchar con más fuerza. No sabía si venían de la ciudad o si estaban dentro de la mansión. El monje tenía una mirada concentrada de odio, y me pareció que podía leer sus pensamientos: "mata", "mata", "mata". Los ruidos se hacían más cercanos y me dio la impresión de que algunos de los residentes de la mansión habían corrido hacia la torre, buscando quizá algo de refugio. Traté de concentrarme, de dejar atrás el miedo, tenía un plan, ciertamente no era el mejor, pero quizá era mi única esperanza... y la de todos.

Lo que pasó después ocurrió en un sólo segundo. Me deslicé hacia el guante, y apunté directo al No hombre, al momento en que las navajas flotaron en el aire se encendieron como un fuego furioso y se estrellaron contra el rostro de la criatura. Lo siguiente no fue bonito: el rostro de la criatura comenzó a arder en llamas y el olor fue espantoso. Luego miré a Lutébamo.

La sorpresa hizo que el monje que estaba frente a la ventana perdiera la concentración y yo ya no tenía más navajas, ya no tenía más fuego, ni tiempo para intentar invocarlo, así que hice exactamente lo que le había prometido a Elio no hacer, algo por completo imprudente: me arrojé contra él, pero con un sólo objetivo, arrojarnos por la ventana. Lo tomé por los hombros, la túnica y me aferré al viejo hasta con las uñas. Los dos caíamos cuando no supe bien si él o yo invocamos una ráfaga de viento que hizo que la caída desde unos veinte metros de altura no fuera mortal, pero no por eso menos dolorosa. El monje quedó inconsciente y yo me levanté con un dolor intenso en la pierna en la que había aterrizado y con la herida que tenía en la espalda ardiendo. Al menos estaba viva, sucia, cojeando y sangrando, pero viva.

—¿Te acabas de aventar desde esa ventana? —preguntó Dalila que llegó corriendo, despeinada, con la falda en pedazos y con un sólo zapato. Detrás de ella venía Melus y Amos, entre los tres me ayudaron a que dejara de tambalearme. Cuando miré hacia arriba desde la ventana salía humo, posiblemente el No-hombre seguía ardiendo.

—Mi abuela... —pregunté inmediatamente al ver que Amos sólo estaba con Melus y Dalila.

Amos explicó que se habían separado cuando entraron unos treinta No-hombres, la última vez que la vio estaba con el viejo Ándalo, Trébol y Arco.

—Atelo —dijo Dalila con ojos llorosos—. Creo que está muerto, fueron directo hacia él, me dijo que huyera y se quedó peleando... Eso fue hace unos minutos, entonces me encontré con ellos —dijo señalando a Amos y Melus, sus ojos estaban empañados y, no sé cómo hacía, pero a pesar de estar en terribles condiciones, seguía siendo hermosa.

Yo tenía la esperanza de que con Lutébamo inconsciente los No-hombres desistirían de su misión, pero me había equivocado, a los pocos segundos me di cuenta que por menos unas quince de estas criaturas venían en nuestra dirección, corrimos hacía detrás de la torre en un intento por escondernos. Sin embargo, contrario a lo que pensé, los Sacos se veían más salvajes, más animales que antes.

29

En los túneles

Dejamos al monje ahí, tirado, nunca pensé que sucedería lo que vimos, tal vez hubiera actuado diferente si lo hubiera sabido, pero pude ver cómo Lutébamo recuperó el conocimiento por unos segundos, sólo para ver cómo los quince "Sacos", como él los llamaba, se abalanzaron contra él y le encajaban cuchillos, espadas y hachas. Su túnica gris se convirtió en negra por la cantidad de sangre que perdía mientras soportaba el ataque, buscando con los dedos el libro negro, que francamente no tenía ni idea de dónde había quedado luego de la conmoción. Yo no pude soportar verlo, pero un miedo rondó mi mente: ¿cómo los detendríamos? Ahora eran prácticamente animales rabiosos con una sola orden haciendo eco en sus cabezas: "matar, matar, matar".

Pensé en Tadeo que había quedado inconsciente en la choza del árbol, corrí con desesperación. Detrás de mí corrieron Dalila, Amos y Melus. Probablemente los llevaría a la muerte, pero no podía dejar a Tadeo solo, además, desde mi punto de vista, la única salida segura que teníamos era el árbol, "todos nos reuniríamos ahí" si las cosas se tornaban feas, recordé. Iríamos hacia Oure y avisaríamos a todos los pueblos en el camino sobre la amenaza, con un poco de suerte nos encontraríamos a Elio.

En el camino hacia el árbol de Lutébamo nos encontramos con mi abuela, Ándalo, Arco y Trébol, a quienes ayudamos a quitar de encima a unos No-hombres. Cuando me giré uno de ellos iba directo a mi rostro con un hacha, cuando Gretia, le encajó un cuchillo de cocina en la cabeza.

Brisa también, la odiosa Brisa también estaba ahí, y abrazaba con su mano izquierda a mi pequeño cerdito, quien lloró y fue a dar directamente a mis brazos. Me sentí terrible por no haber ido hacia él cuando la amenaza llegó a Tindel. Supuse que al ser pequeño encontraría un buen escondite.

—Gracias —le dije a Brisa y la abracé. Ella temblaba con fuerza, pero hacía ademán de querer devolverme el abrazo.

Recorrimos el camino de piedras, uno, dos, tres No-hombres en el piso y sangre roja y brillante. Esa no era la mejor señal, ya que esos hombres sangraban otro líquido negro y viscoso. Llegamos en unos segundos al árbol y la puerta se encontraba abierta. Mi corazón se sobresaltó y lo primero que vi fue rastros de sangre. Temí lo peor. Cuando entré, Tadeo en sollozos abrazaba a su padre, quien estaba más blanco de lo normal y tenía una herida en el abdomen. Mi abuela se acercó corriendo hasta el hombre que, sinceramente no proporcionaba la mejor de las imágenes, pero su rostro se mostraba sereno y duro, y si tenía miedo de la muerte no lo estaba demostrando, sólo tenía el ceño entrefruncido y respiraba un poco más agitado de lo normal.

—¿Lo puedes ayudar? —dijo Tadeo con su cara llena de lágrimas y en el cuello se veía el inicio de un moretón con forma de dedos.

—Para mí no hay imposibles, niño —le contestó Lena y luego me volteó a ver con una mirada enigmática que no supe exactamente qué era lo que significaba. Tadeo se fue hacia mí corriendo y Dalila comenzó a llorar tocándole las manos a A-telo mientras sollozaba.

—Por favor, eres muy buen amigo, no importa que no te quisieras casar conmigo, eres mi amigo —alcancé a escuchar.

Mi abuela tomó unos ungüentos que tenía Lutébamo y envolvió la herida de Atelo hasta que la sangre dejó de emanar. Estábamos muy incómodos, en la casa nos encontrábamos Brisa, Amos, Dalila, Gretia, Atelo, los cuatro Ándalos, Tadeo y yo. Pero había algo que me preocupaba: el futuro rey de Las Tierras Verdes no estaba por ninguna parte y me pregunté si la orden de Lutébamo de no dañar al príncipe seguía estando vigente ahora que él mismo había sido masacrado por sus propias bestias. Estuvimos ahí con la tensión en el rostro y en el ambiente, sin decir una sola palabra durante por lo menos una hora. Dalila y Tadeo sollozaban.

Atelo fue recuperado el color, pero no era suficiente para moverlo, aún así ya se encontraba consciente. Les expliqué todo lo que había sucedido y los planes de Lutébamo, la Torre, el libro negro y su capacidad para controlar a los No-hombres y cómo había arrojado al monje desde la ventana de la Torre.

—Siempre supe que era diabólico —dijo Tadeo.

—Perdóname —dijo Atelo mirando su hijo—. Estaba desesperado porque no te hicieras daño que... —Se tomó la herida en el abdomen como si le doliera, pero su cara de dolor tenía más que ver con haber obligado a Tadeo a soportar todo lo que le había hecho Lutébamo.

—Es parecida a la historia del chico de la torre — reflexionó Trébol y asentí, la historia era demasiado vieja para tratarse de Tadeo, pensé. Era cierto que había paralelismos en la historia de ambos niños, pero Tadeo siempre había contado con el amor de su padre a diferencia de Lutébamo. Sentí un escalofrío al saber cómo había terminado la historia de ese niño que se convirtió en monje.

—Le pedí a Guy que si nos separábamos nos encontráramos aquí —dijo Atelo con poco aliento. Dalila que ya estaba a lado de él, le hizo un signo con la mano para que bajara el volumen y no se esforzará.

—Espero que esté bien, supongo que ya no cuenta con la protección de Lutébamo, dado lo que le hicieron al monje esos no hombres —dije en voz alta.

Pero no podíamos esperarlo mucho más, debíamos escapar por la puerta del árbol hasta el pueblo más cercano, Mandiel o incluso alejarnos más hasta llegar a Oure, tomar un barco y largarnos hasta las Islas del Jaspe.

Justo cuando estaba a punto de decirlo, tres hombres entraron al árbol. Estuve a punto de incendiarlos, ahora el recuerdo del libro de fuego podía ser evocado con mis manos más fácilmente. Por suerte, me di cuenta a tiempo de que se trataba Guy y otros dos soldados más. Ahora sí, todos estábamos juntos oliendo el sudor y la sangre de los otros, pero vivos.

—Mierda, no había visto algo así desde la guerra contra vodos—dijo entrando con el cabello manchado de tierra, sangre y lodo, sus ojos miel brillaban y se podía ver que se encontraba alerta. Luego vio a Atelo.

—Alguien tendrá que cargarlo —dijo mostrando preocupación, pero dejando claro que él no sería quien cargara a su amigo—. Aunque como lo veo no creo que podamos salir de aquí —dijo mirando alrededor de la pequeña casa del árbol—. ¿Por qué elegiste este sitio, Atelo?

—Tadeo se encargará, tiene habilidad para escapar de este lugar —dijo Atelo con palabras entrecortadas.

—Yo no puedo... pero Nive lo hará, estoy seguro, ya lo ha hecho antes.

Atelo levantó una ceja, interrogante, y demasiado agotado asintió.

Me coloqué frente a la puerta, que sólo era un pedazo de madera y puse mi mano sobre el tronco. Podía sentir la mirada de todos en mi espalda y también la humedad de la sangre que brotaba de mi herida. Pedí permiso a la tierra para pasar y fue más sencillo, las ondulaciones que recorrieron mi cuerpo y pasaron a mis pies para chocar con las ondulaciones del árbol fueron más fluidas que la última vez y la puerta se abrió, dejándonos libre el camino para un escape.

Y ahí comenzamos a caminar sin descanso. Todos estábamos traumatizados y cansados en exceso, pero pronto estaríamos a salvo, tomaríamos provisiones en Mandiel. Advertiríamos a los pueblos cercanos y llegaríamos a Oure. Si la cosa se ponía muy mal podríamos tomar un barco y navegar a Las Islas del Jaspe... Tadeo se pondría contento de conocer al verdadero Tenebras, ese pirata que se acababa de proclamar rey.

Todos dudaron por un momento en entrar, pero nos siguieron a Tadeo y a mí. Yo caminaba con dolor en la pierna y punzadas ardientes en mi espalda, pero nada estaba roto, podía continuar, podría hacerlo lo suficiente para llegar a Oure.

No podía decir lo mismo de Atelo, que necesitaba ayuda para caminar. El sudor de su frente me preocupaba, no sabía si era por el esfuerzo o porque su herida ya se había infectado. El príncipe Guy estaba encantado por ese camino subterráneo y por lo que había hecho para abrirlo. No obstante, Tadeo no quiso revelar más información y dijo que era un camino que sólo daba a Mandiel y no esta red inmensa que ni siquiera Tadeo había explorado todavía y luego me observó con una mirada que decía "dejemos las cosas de los Íden entre nosotros".

Atelo tenía varias personas atendiéndolo, Amos, Melus, Arco y Trébol se turnaban para asistirlo, mientras que mi abuela pedía cada veinte minutos parar para lograr controlar la hemorragia, también untaba algo para desinfectar la herida. Dalila por otra parte tomaba su frente cada que podía y Tadeo no le quitaba la vista de encima.

—Este túnel es maravilloso, es mucho más espacioso de lo que pensé en un principio —dijo Guy—. ¿De dónde viene este aire tan fresco y puro? —preguntó olfateando.

—Supongo que son eucaliptos, huele mucho a eso... alteza—contesté—. Aunque también hay otro olor que no alcanzo a distinguir —dije tratando de ser lo más formal posible.

—Los encontré hace unos años, me sirven para escapar de Tindel e ir a Mandiel —aclaró Tadeo.

Era evidente que no quería que nadie pensara que te podían llevar a Oure también, y a muchas otras partes, como estaba comenzando a sospechar el príncipe.

—Vaya... con que así era... —dijo Atelo comprendiendo todo, y algo de orgullo se hizo notar en su rostro.

—Tu hijo es todo un explorador, lo habrá heredado de su madre —dijo Guy sin pensarlo mucho.

—Sí, yo suelo ser más bien una rata de biblioteca —contestó casi en un susurro.

—Excepto, quizá, cuando se trata de la guerra —dijo Guy recordando que estaba ante uno de los pocos sobrevivientes de la peor batalla registrada en la historia de Las Tierras Verdes.

—Nive también es una rata de biblioteca —dijo Tadeo señalándome, yo solo abrí los ojos.

—Cualquiera hubiera pensado eres de una guerrera del clan de lobos —dijo mirándome ensangrentada, sucia y aguantando el dolor de mis heridas con algo de gracia, supuse—. Elegiste sabiamente a tu esposa, Atelo. —Y una mirada amable, la primera que me dedicó y yo casi me derrito porque a pesar de sus palabras pude ver a Elio en ese rostro más luminoso.

Tadeo se puso rojo y Atelo sólo tosió, más que por necesidad por incomodidad.

No supe muy bien a qué se refería, pero finalmente, tras unas horas de camino habíamos llegado a la puerta del árbol cercano a Mandiel. Esta vez pareció que la tierra detectó mi presencia e inmediatamente abrió la puerta de madera.

—Te estás volviendo buena en esto —dijo Tadeo con una sonrisa.

30

La esquirla

Cuando finalmente salimos por el sauce llorón, a unos pocos minutos de Mandiel. Todos nos acomodamos. Entre Amos y Arco colocaron a Atelo recargado sobre el grueso tronco del sauce por el que habíamos salido y Lena rápidamente fue a atender sus heridas seguida por el viejo Ándalo que algo de medicina sabía. Luego de atender su herida, los dos comenzaron a atender a los demás: teníamos cortes, llagas, quemaduras, raspones, pero nada roto. Yo también apoyé en esas consultas, hasta que llegó mi turno y Ándalo revisaba la herida de mi espalda.

—Galena, venga ahora mismo —dijo cuando me palpó un pequeño bulto en la espalda, justo donde había sentido que Lutébamo me había enganchado los dedos en el interior de la piel.

Mi abuela llegó muy preocupada y revisó mi espalda, la tocó, palpó y yo soporté el dolor inmenso que eso me proporcionaba.

—Nive... tienes una esquirla dentro de tu espalda —dijo con un temor en su voz poco característico de ella.

Me quedé helada, eso no podía ser nada bueno porque ahí la había introducido Lutébamo unas horas antes. El príncipe miraba fijamente mi espalda y luego miró a Atelo, quien estaba mudo, viéndome con toda su atención.

—¿Es...? —cuestionó Guy a Atelo.

—Sí... —respondió éste procesando la información o pensando bien qué decir.

—Ya díganos... ¿qué diablos significa eso? —preguntó Amos quitándome de la boca esas palabras.

A Guy no pareció gustarle nada el tono con el que Amos se estaba digiriendo a él, pero respondió:

—Así los vodos rastreaban a sus víctimas... era una especie de juego que tenían durante la guerra... Es una sentencia de muerte— el príncipe se estremeció—. Los vodos capturaban a los mejores soldados y en sus ratos libres, para entrenar o por simple diversión colocaban esquirlas bajo sus pieles, luego los soltaban, les daban esperanza de poder escapar. Esas esperanzas terminaban cuando rastreaban la piedra del soldado y lo cazaban. Lo peor es que no se pueden remover sólo de una manera quirúrgica —dijo Guy en tono seco y observándome como si fuera la primera y la última vez que me veía.

—Tiene que haber una manera —dijo Amos que se había acercado hasta mí para tomarme de la mano, yo seguía en silencio, pensando en que si conocían estas historias era porque seguramente había sobrevivientes, lo que significaba que no todo estaba perdido.

—Por suerte tenemos a una de las pocas personas que ha logrado quitarse una de esas esquirlas aquí con nosotros —dijo mirando a Atelo, recargado en el árbol, estaba sonriendo y había un destello en sus ojos.

Tadeo se veía muy sorprendido, sabía sobre las historias de su padre, pero por mucho tiempo Atelo había sido este personaje dañado que tartamudeaba y aprobaba que le dieran terribles tés que lo hacían sentirse fatal. Sólo tenía atisbos del hombre que había sido su padre cuando Elio los visitaba, y en los últimos años había comenzado a notar más su ingenio. Pero la manera en que el pequeño observaba a su padre, que se encontraba en el estado más débil que lo había visto jamás, era adoración pura.

—Padre... —dijo Tadeo.

Atelo le dedicó una sonrisa tierna y se remangó el brazo derecho mostrando una horrible cicatriz. Ahí había estado la esquirla hace tantos años.

—Lamentablemente es demasiado tarde —dijo—, es algo que llevará su tiempo, incluso yo lo hice en varias semanas y tenía más presión y urgencia de la que tengo hoy —dijo mirando su herida.

Lena se acercó a él con unos ojos de fiera.

—¿Qué es demasiado tarde? Mira, lordsito de mierda, ya llevo varias horas atendiéndote como si fueras mi propio hijo y evitando que mueras sólo por esa mujer... esa que es tu esposa —dijo Lena rabiosa, apuntándome con el dedo—. Así que la ayudas o yo dejaré de mantenerte vivo, me vale una mierda si el próximo rey me acusa de asesina —le dijo a Guy que se había parado junto a ella.

Para mi sorpresa Guy se encogió y se quedó callado.

—Estimada señora —dijo Atelo mirándola a los ojos, analizándola—, no puedo hacer nada porque ahora sería una pérdida de tiempo, aunque la removamos, pasarán semanas antes de que el efecto de la piedra deje de funcionar en su piel.

Lena, muy lejos de disculparse, cruzó los brazos y asintió.

—Eso hubieras dicho antes.

—Ni que lo digas, nosotros ya estábamos sacando los palos —dijo Trébol—. Nadie se mete con la madre de Tadeo.

—Pero ese es su padre —dijo Melus en un claro conflicto. Mientras los hermanos discutían esto, Atelo me miró con ternura, noté agradecimiento y un poco de culpa. "La madre de Tadeo", seguía pensando que Tadeo me veía más como una hermana, aunque no me molestaba que me identificaran así. "Sabes que no es tu hijo" había dicho Amos.

—Vayamos por caballos —dijo Guy—. Iré directo a la capital y le contaré todo esto a mi padre, por más que esté cegado por los aduladores de la Mitra, tendrá que ver esto. Comenzamos a caminar, y en esta ocasión eran Guy y Arco quienes ayudaban a Atelo, que se veía un poco mejor. Yo me acerqué a él.

—Entonces... ¿me perseguirán? —le pregunté.

—Sí, nos perseguirán, aunque no sé por cuánto tiempo. Tal vez ni siquiera funcione sin alguien que los controle porque no son técnicamente vodos.

—Son vodos muertos, que se mueven, corren... —dije esperando que me reconfortara, pero solo dijo:

—Tal vez eso sea peor.

Imaginé bestias que hasta entonces habían sido controladas y manejadas por alguien, pero esta vez, en esta horrible noche en la que todos teníamos más de una herida y en la que todos temíamos por nuestras vidas, esos vodos muertos eran como bestias a las cuales les habían soltado las cadenas. Sin amo, libres para obedecer lo último que escucharon en sus mentes no sólo cuando vivían, sino cuando estaban muertos bajo el control de Lutébamo: "mata, mata, mata". Esas palabras hicieron eco en mi cabeza y un sudor helado recorrió nuevamente mi cicatriz. No, mi cicatriz no, la esquirla que había metido Lutébamo bajo mi piel comenzó a punzar como si me estuviera dando un pellizco de odio.

—¿Sientes un punzar frío? —preguntó Atelo que luchaba por llegar a mí sin ayuda del príncipe que lo sostenía.

—Sí.

—Ya están aquí —dijo Atelo desenfundado un pequeño cuchillo que tenía en el cinturón, la única arma que le quedaba—. Prepárense... —dijo en un tembloroso susurro que todos escuchamos. Arco tomó a Dalila del codo y la puso tras él en gesto noble y caballeroso, la hermosa dama tenía una expresión de terror en el rostro. Gretia alzó un palo rudimentario que había cargado con ella desde que salimos de Tindel. Brisa cargó a Elio, el cerdito, y lo colocó sano y salvo entre sus brazos. Melus, Ándalo y Trébol se miraban y Amos fue hacia mi abuela después de dedicarme una mirada de preocupación.

El silencio fue sepulcral, todos nos estábamos preparando para lo peor. A estas alturas, pasó exactamente como sospeché que pasaría: el aire se volvió denso y pesado, como si estuviera cargado de algo tóxico. Un aroma nauseabundo de podredumbre invadió nuestras fosas nasales, anunciando la llegada de algo siniestro. Los ruidos que provenían de entre las plantas y los árboles parecían retumbos ominosos, como si estuvieran a punto de abrirse paso hacia nosotros.

Yo me fui hasta Tadeo que se encontraba cerca de su padre y no para buscar la protección de éste, sino para protegerlo. Saqué las piedras, tenía que intentar hacer lo que hizo Tadeo aquel día. Piensa en vida me decía a mí misma, pero no pude sacar más que un pequeño resplandor, nada comparado con las ráfagas de luces que había manifestado Tadeo. Pensé que lo mío era el fuego y me las había ingeniado bastante bien con el aire, pero el poder de la vida era algo que no podía entender, ni siquiera había tenido ese libro en mis manos o preguntado a Tadeo sobre cómo había podido invocarlo.

Cuando por fin detectamos a los primeros, éstos parecían distintos, seguían despidiendo el mismo olor a muerte, sus pieles se veían podridas, pero esta vez parecía que tenían un plan, o por lo menos dio la impresión de que estaban sopesando sus próximas acciones. Me pregunté si ahora que Lutébamo estaba muerto tenían voluntad propia y querían intentar lograr lo que antes no pudieron... conquistar las Tierras Verdes. Pero tenían una debilidad... sus cuerpos estaban en mal estado.

—Protéjanlo —gruñó Guy a los dos hombres que le quedaban para proporcionarle a Atelo algo de protección, ya que él se encontraba en peor estado que cualquiera de nosotros. Luego el príncipe se puso alerta, sacó su espada que aún tenía manchas negras provenientes de la sangre podrida de esos monstruos.

Rodeé las piedras con mis dedos y las presioné con tal fuerza que me lastimaban. Comenzaba a amanecer, pero esto no detendría a estas bestias. Uno de ellos emitió un sonido que parecía de guerra y pronto comenzaron a atacarnos. "Viento", "viento", pensé y las piedras brillaron en mis puños con tonos verdes, el mismo color que tenía el libro destinado a este elemento.

—¡Cuidado! —gritó mi abuela con un espantoso gesto en el rostro, porque el primer hombre que estuvo más cerca dirigió su hacha oxidada hasta mí, pero con una ráfaga que parecía un puño lo golpeé tan fuerte que salió despedido hasta golpear a otros tres de ellos. Esto no impidió que se levantaran, pero fue lo suficiente para que Atelo tuviera una idea y gritara a todos:

—Dejen que Nive los descontrole y luego corten sus cabezas.

Guy lo miró desde su hombro con la espada preparada y asintió, se puso justo a lado de mí y me dedicó una mirada impaciente con esos ojos color miel que parecían del mismo color de su cabello. Él era el único que tenía una espada, además de sus guardias que esperaban órdenes para acompañarlo.

—Bron, tú ven a mí —dijo para que el soldado menos fuerte y alto lo acompañara y el más fuerte se quedara protegiendo a Atelo. Al instante Ándalo se puso junto a ellos con un machete y Gretia también se acercó con un cuchillo de la cocina, temblaba, pero su mirada era decidida.

—Los demás, vayan por los que no tengan armas —ordenó Atelo.

Ojalá supiera cuánto tiempo pasó y cuántas de esas bestias había en el bosque, pero el plan de Atelo estaba resultado. Impulsada por una furia imparable, empujé con todas mis fuerzas a los No-hombres que se interponían en mi camino, mientras Guy y su guardia les cortaban la cabeza con rapidez y precisión. Pero el uso constante de mi habilidad para controlar el viento estaba cobrando su precio: el aire a mi alrededor se volvía cada vez más escaso con cada embestida que daba. Aun así, no me detuve. Inhalaba con fuerza el aire de mi entorno y lo exhalaba con violencia directamente hacia las piernas de los No-hombres. Diez veces, cuarenta, setenta... continué hasta que el sudor frío comenzó a bañar mi cuerpo y las piedras que sujetaba en mis manos se volvieron resbaladizas por la sangre. Pero sabía que no podía detenerme, no hasta que hubiera acabado con cada uno de ellos. Cuando pensé que iba a desfallecer y Guy había comenzado a respirar con fuerza, sentí que alguien me tomaba de las manos. Tadeo, estaba a lado de mí.

—No creo que necesites más las piedras, Nive —me dijo con sus ojos bien abiertos.

—Dámelas.

Obedecí y comencé utilizando el aire de mi alrededor atestando con fuerza a los No-hombres que no dejaban de aparecer. Tadeo tomó las piedras y un brillo leve, muy leve de blanco y violeta brilló en sus manos.

—Es vida... —dijo haciendo un esfuerzo gigantesco—. Lánzales esto— ondulaciones en colores plateadas y violetas se movían lento, con debilidad. Utilice mi viento para enviar directamente al rostro de las criaturas lo que emanaba de las manos de Tadeo y comenzaron a caer.

—Está funcionando —dijo Guy—. Sigan haciendo eso.

Un No-hombre casi le daba un golpe con la espada entre el hombro cuando las ondulaciones de Tadeo le golpearon en la cabeza y cayó al suelo.

Tadeo y yo hicimos lo mejor que pudimos, comencé a ver destellos de luz en el rabillo de mi ojo, y cada vez que parpadeaba, me resultaba más difícil abrir los ojos de nuevo. Los párpados los sentía de plomo, y la falta de oxígeno me estaba haciendo sentir aturdida y mareada. De repente, el mundo se volvió caótico: los sonidos se desvanecieron en un zumbido incesante, y las figuras de las criaturas parecían doblarse y distorsionarse ante mis ojos.

Cuando volví a abrir los ojos me di cuenta de que todos estábamos rodeados, y sentí que el aire se volvía más denso, casi imposible de respirar. Intenté concentrarme en mi respiración, pero parecía que mi cuerpo no estaba respondiendo, como si hubiera perdido el control sobre él. Creo que me desmayé unos momentos.

Sólo un oluleo hizo que me recompusiera un poco. ¿Un oluleo? Ese ruido no hacía sentido con nada de lo que había alrededor. Por un momento pensé que estaba llegando al "otro mundo" y que esa era una bienvenida triunfal, seguramente existía un "más allá" en donde si morías en batalla te recibían con honores. Necesité respirar un par de veces para que los párpados se volvieran menos pesados. Era el príncipe el que me sostenía con el brazo izquierdo mientras utilizaba el derecho para levantar la espada de forma amenazante contra los No- hombres que quedaron pausados por unos momentos, también confundidos por los ruidos.

Junto con el sonido, caballos gigantes (más grandes incluso de que Gris) venían en nuestra dirección y sobre ellos, hombres bronceados de cabellos largos y paliacates sobre sus frentes se acercaban para atacar a los No-hombres. Unos se movían sobre los caballos con soltura, otros se aventaban al piso a grandes velocidades y rodaban con dos espadas en las manos. Eran unos cuarenta, y atrás de ellos, Hijo de Lobo con su armadura ligera gris, ojeras grandes y oscuras y una mirada decidida. Atrás de él, un hombre completamente parado sobre su caballo movía una espada y cortaba las ramas de los árboles que le estorbaban, hizo lo mismo que los otros hombres y se aventó del caballo hasta rodar y alzar sus dos espadas de oro brillante en sus manos y un cuchillo pequeño en los dientes. Su aspecto en otro contexto podría haber resultado exagerado, pero lo cierto es que esas armas no estaban de más, sino que todo era necesario para controlar a los No-hombres.

—Tenebras —susurró Guy. Al escuchar esto, Tadeo que se encontraba de rodillas justo a lado de mí se levantó en un minuto y pude distinguir que sus ojos brillaban.

—Ahora, todos ataquen, si no tienen armas, apártense —dijo Guy mirando a Amos y uno de sus guardias que nos acompañaba. Dalila y Brisa fueron corriendo hasta el señor de Tindel y Tadeo también tomó su lugar junto a su padre. Luego de esto Ándalo, Gretia, Trébol, Melus y mi abuela sacaron cuchillos, espadas de los No-hombres caídos y se unieron a la lucha.

Yo no tenía ningún arma, pero me había recuperado lo suficiente para poder ayudar. Hice que el viento tirará por lo menos a tres No-hombres hacia atrás y eso facilitó que nuestros aliados acabaran con ellos de una manera más sencilla. También me las arreglé para lanzar un escudo de viento para Gretia que estaba a punto de ser atacada por un No-hombre. Utilizar el viento era incluso más sencillo y útil que el fuego, que la única razón por la que no lo utilizaba en ese momento era por el temor a provocar un incendio, que lejos de ayudar perjudicaría a todos. Ya no tenía duda de que había sido yo quien había convocado esa ráfaga que me había salvado la vida cuando salté de la torre.

Cuando volteé para buscar que todos estuvieran a salvo y nadie necesitara una ayuda más, me percaté de que aquel a quien habían llamado Tenebras estaba en aprietos, había tropezado con un No-hombre, así que utilicé mis ráfagas para equilibrarlo. Volteó a mi dirección e hizo una reverencia bastante mal hecha, pero que se notaba agradecida, y luego con una elegancia y rapidez impresionante acabó con su oponente. Mi abuela, el viejo Ándalo y Trébol atacaban a un No-hombre con furia.

—Eso mi Galena —dijo el viejo Ándalo mientras animaba a mi abuela.

De pronto, comencé a ver más aliados y los soldados que había mandado Atelo a Mandiel unos días antes, se habían unido a la lucha liderados por Arco. Así que ya había más gente viva que muerta. Pero no fue real, no hasta que Hijo de Lobo con el ojo derecho hinchado me tomó del hombro y me dijo con un tono tranquilo

—Ya terminó, ganamos.

En ese momento sentí un frío intenso, ganas de vomitar y desmayarme al mismo tiempo. Ocurrió lo segundo, o tal vez las dos, nunca lo supe.

Despertar

Cuando me desperté no sabía cuánto tiempo había pasado desde la batalla a las afueras de Mandiel. Cerca de mi cama, sentadas en los sillones color crema de terciopelo estaban mi abuela, Dalila con mi cerdito Elio en brazos y Gretia que charlaban sobre algo que no alcancé a escuchar o procesar. Sentí lagañas en mis ojos y cuando los tallé y se me arrancó una de estas gruñí. Sus caras giraron hacia donde estaba.

La cara de mi abuela se iluminó y sus ojos se llenaron de lágrimas, tenía algunos arañazos en el rostro, pero cuando se levantó del asiento hacia mi cama se movía con soltura. Dalila tenía una venda en el brazo y la mejilla morada por un moretón que ya había empezado a curarse. La cocinera también me miró alegre, ella estaba entera, a simple vista.

—Mi niña... —dijo mi abuela con ternura y me tocó el rostro.

—Te ves fatal —agregó Dalila y luego esbozó una sonrisa muy bonita—. Cuando Tadeo sepa que te despertaste y no estaba aquí, se molestará mucho. Ha estado pegado a tu cama cuando no está en la de Atelo —completó.

—El pequeño señor propuso que estuvieran en la misma habitación, pero... —dijo Gretia.

—No creímos que te dejarían descansar las discusiones entre el príncipe, Elio, Atelo y ... —dijo Dalila cuando mi abuela la interrumpió.

—La agobiamos con esas cosas —dijo mirándome.

Me alegró saber que Atelo había sobrevivido a pesar de que sus heridas se veían mucho peores que las mías, aunque yo me había agotado por abusar de ese extraño poder que ya no me era tan raro. Sospeché que mi abuela tuvo algo que ver con su curación y con la mía. Apenas podía sentir la larga herida de mi espada que se me había abierto y luego recordé la costra que me había arrancado Lutébamo y el placer del monje ante esas acciones.

Se me helaron las manos con solo pensar en ello. Me intenté tocar la espalda para sentir la esquirla que había introducido Lutébamo en mí, pero no alcanzaba a tocar este lugar.

—Ya te la quitamos nivecita —dijo Lena con rostro preocupado—. Me sorprende que no lo recuerdes... en estos días, pensamos que tal vez, aprovechando que estabas inconsciente sería bueno extraerla, aún así, te di una dosis fuerte de suero de amapola...

—¿Y qué pasó? —pregunté confundida.

—Gritaste como una loba, tus ojos... cambiaron de color a un violeta claro y luego te derrumbaste.

—No recuerdo nada de eso... —dije con un dolor de cabeza que pensaba que me iba a explotar algo dentro de ella.

—Necesitamos a Elio, Guy y a Amos para inmovilizarte —dijo mi abuela.

No podía recordar nada luego del "ya ganamos" de Elio. Al pensar en él recorrí la habitación, buscando evidencia de unos ojos color miel y tristes, pero nada en la habitación me hizo pensar que hubiera estado aquí.

—Él también estaba aquí —dijo Lena—. Estuvo las veinticuatro horas vigilándote, no dejó ni que su hermano lo interrumpiera, hasta que ese principito tuvo que acusar de ladrón al joven apuesto que nos ayudó.

Por un momento lo había olvidado, unos hombres en caballos gigantescos cortaban, apuñalaban y acababan con los No-hombres que nos tenían rodeados. Ellos tenían un grito de guerra muy particular y espadas que se parecían a las ilustraciones que había visto en libros sobre Las Islas del Jaspe. Entonces mi cerebro comenzó a funcionar con regularidad.

—¿Tenebras? —pregunté con la boca seca. Mi abuela se percató de esto y me pasó un vaso con agua que se encontraba en mi mesita de noche junto a una jarra de cristal.

—Es un patán —dijo Dalila restándole importancia—. Un patán muy apuesto y con habilidades para la espada, él también preguntó por ti... —dijo en tono misterioso.

Recordé que mientras él peleaba contra un No-hombre estuvo apunto de perder más que unos cuantos cabellos de su cabeza y lo logré asistir, ¿sería por eso que quería verme?

—No es que sea patán, es que tú eres muy estirada, te espanta cualquier cosa, pero eres dura, chiquilla —dijo mi abuela dándole un golpecito en el hombro con su puño. Dalila se irguió orgullosa.

—Creo que he quedado exhausta, he utilizado mucho mi habilidad, no sé bien cómo funciona, sólo que cada que la uso me drena la energía, ¿qué pasó con Lutébamo? ¿Con los monjes guerreros? ¿Llegaron?

—Sí, llegaron, el príncipe les dijo que se largaran, además dijo que hablaría con su padre para que dejara de apoyar tanto a esa religión, como te imaginarás los otros monjes afirmaron no tener idea de los planes del monje loco, pero todos tenemos dudas. Incluso el líder del Mitrado, Silian Herembú, mandó una carta desde Alister ofreciendo su "disculpa" más sincera.

Claro, era obvio que era un plan perfectamente orquestado, pero de momento estábamos a salvo o por lo menos teníamos al futuro rey de nuestro lado y eso ya era mucho. Además, si según recordaba haber escuchado bien, Tenebras era ahora el rey de las Islas del Jaspe, así que quizá tendríamos a dos reyes apoyándonos, eso si no se mataban antes.

—Nive, te haré una sugerencia, no me odies —anunció Dalila y yo me preparé no sé para qué, pero no para lo que me dijo—: Debes de bañarte, hueles, muy pero muy mal.

Yo me reí y tosí, mi abuela también se rio.

—Ahora sí que debo darle la razón a la estirada esta —dijo Lena con lágrimas en los ojos, esta vez de la risa.

—Yo te prepararé el baño —dijo Gretia.

En sólo unos minutos, la bañera estaba lista para mi uso. El aroma del eucalipto era dulce y suave, llenaba la habitación con una fragancia agradable y relajante. A pesar de sentir un poco de dolor, pude meterme en la bañera sin ayuda y noté que el agua estaba tibia y reconfortante. De repente, se me ocurrió invocar el fuego y poner las manos debajo del agua, lo que hizo que el agua comenzara a calentarse y el vapor llenara la habitación.

Me quedé acostada en la bañera durante unos minutos, disfrutando del calor y la tranquilidad. Después de limpiar mi piel de la suciedad acumulada en los últimos días, cogí la falda de franela beige y una blusa blanca de manga larga holgada que Gretia había dejado para mí. Me encantó la simplicidad y la comodidad de la ropa, era justo lo que me hacía falta.

Después de hacerme una trenza, me di cuenta de que mi cabello ya pasaba de mis hombros, un pequeño detalle que me sorprendió. Cuando me miré en el espejo, pude ver los moretones, rasguños y marcas en mi piel, recordatorios de lo cerca que estuve de la muerte en varias ocasiones esa noche. Sin embargo, también me di cuenta de que estaba viva y eso fue suficiente para hacerme sentir agradecida.

Cuando salí del cuarto de baño, mi recamara estaba vacía, pero una cabecita se asomaba por la puerta de mi habitación. Tadeo me dedicó una amplia sonrisa, la de un niño pequeño y corrió hasta llegar a mí.

—Fuiste brillante, en serio —me dijo viendo que arqueé la ceja mientras aceptaba su abrazo—. Me alegra que estés bien.

—Yo también estoy muy feliz de que estemos todos vivos.

—A mí también me gustaría uno de esos —dijo Elio que entraba a la habitación. Vestía de una manera más formal, pero todo de negro y gris, lo que hacía que sus ojos color miel brillaran con más fuerza.

—Elio... —dije y el cerdito que se encontraba recostado en el sillón más cómodo emitió un "pui".

—Siempre me arrepentiré de no haber rogado porque le cambiaras el nombre a ese... —dijo acercándose lentamente, luego observó mi cara—. Tenemos que hablar.

—Espera tu turno, *Elio* —dijo Tadeo colocándose frente a mí—. Nive no necesita de tus jueguecitos.

—Una de las cosas de las que tenemos que hablar tiene que ver con haberle salvado la vida a Tenebras —dijo Elio y Tadeo pareció comprender.

—Ah, pero sólo si se trata de eso —dijo amenazando al famoso guerrero con su dedo índice.

—Claro —respondió Elio escoltando ¿o empujando? al pequeño por la puerta. Una vez que salió, el guerrero pasó el seguro y escuché que Tadeo maldecía y pateaba la puerta. Yo me reí, pero después me acerqué a Elio y él cerró nuestra distancia con un abrazo. Puede oler a madera, vainilla y otras hierbas, no sabía si era su olor natural o llevaba algún tipo de loción, pero el aroma me envolvió por unos minutos antes de que lo soltara.

—Lo hiciste, trajiste a Tenebras —dije admirada.

—Eso fue sencillo, recibió una carta de Sherí diciendo que Tindel necesitaba ayuda, nos encontramos casi en Oure, aunque claro, aún así me hizo rogar un poco.

—¿De Sherí?... Entonces si ya estaba aquí... nos ayudaría de todos modos ¿no? —alcé una ceja.

Elio se encogió de hombros y miró al techo, como si reconociera la actitud usual de Tenebras.

—Él... sólo dijo que vino porque sintió curiosidad, pero que no ayudaría a mi padre, le dije que en realidad era a mí a quien ayudaría e... hicimos un trato.

—¿Un trato? —La manera en la que lo dijo me hizo sospechar que ese trato era algo más complicado de lo que pensaba.

—Pero basta de Tenebras. Quería decirte que hablaré con Atelo para que cancele ese matrimonio, no creo que sea válido de todas maneras, después de lo que Lutébamo hizo.

—Vaya, pues... yo —dije sin saber muy bien qué decir, recordé que poco antes de que llegara el príncipe Guy, yo había hecho mi propio trato con Atelo, ir a La Cátedra, pero lo que sucedió después...

—No es como que... Nive, no te estoy pidiendo matrimonio—dijo como si me hubiera asustado ante la idea.

Yo solamente abrí mis ojos y lo miré confundida. Claro que no, el matrimonio... digamos que después de lo que ha pasado en las últimas semanas no quería pensar en eso en mucho tiempo. Me quedé callada mientras reflexionaba en todo eso, pero Elio pensó que quizá me había hecho enfadar.

—Diablos, Nive, no te he ofendido, ¿verdad?

—Claro que no —dije y le conté sobre los planes de Atelo sobre ir a Greendo, a La Cátedra, en donde no sólo estudiaría medicina, sino que podría investigar más sobre Íden.

—Suena bien... aún así me gustaría hablar con él y confesarle... —dijo tomando mis hombros y bajando sus manos hasta mis codos en una larga caricia.

—Creo que lo sabe... no es tonto.

—No, no es —dijo negando con la cabeza y levantando la comisura de sus labios en una pequeña sonrisa—. De cualquier manera, yo quiero libertad de poder tocarte cuando quiera —dijo acariciando con su pulgar la palma de mi mano que tenía sujeta.

—¿Seguro? —pregunté arqueando una ceja y recordando todo lo que había escuchado sobre sus aventuras, "se enamora a donde va", había dicho Amos.

—Claro que sí —sus palabras fueron como látigos, rápidos, sin siquiera dudar por un instante.

—Hablaremos con Atelo, entonces —le dije.

—Pero primero tienes que conocer a Magnus, está muy ansioso, demasiado ansioso diría yo. —Arqueó una ceja como si sospechara de él.

—Bien, cuéntame un poco de él... Quisiera saber más sobre el Rey de las Islas del Jaspe antes de conocerlo. Sólo sé que es un pirata que de pronto se hizo con el poder de las Islas del Jaspe y que tiene una prisión de mujeres con las que se ha casado y luego abandonado.

Elio soltó una carcajada y me invitó a sentarme en las sillas que estaban frente a la ventana, en donde habían estado mi abuela y Dalila unas horas antes. Todavía había una taza de té en la mesita y Elio, sin importar de quién era o cuánto tiempo tenía ahí, se la tomó como si fuera un trago muy fuerte.

—Magnus tiene más o menos mi edad, es mi amigo, lo conocí... bueno, lo conocimos, Atelo, Guy y yo luego de la guerra contra los vodos. Yo buscaba una manera de ayudar a Atelo luego de lo que vivió en Arenas Rojas. Éramos muy jovenes, Guy tenía dieciséis, yo dieciocho y Atelo diecinueve, y supe de un templo de Los Antiguos donde hacían prácticas... meditaciones que supuestamente ayudaban a relajar la mente. Tomamos un barco de Tenebras y nos quiso embaucar y bueno... técnicamente secuestró a mi hermano. Mientras nos divertíamos, bebíamos, bailábamos con mujeres y nos brindaba más entretenimiento, él había enviado una carta a mi padre pidiéndole oro, mucho oro. Luego llegamos a Ciudad Rubí y Atelo estuvo en el templo. Pasaron unos tres meses hasta que nos enteramos del ardid. Dejamos que se quedara con el oro y nos regresamos. Guy no estaba muy feliz porque lo hizo quedar como príncipe débil... él pensaba que llegaría a contar historias sobre las mujeres, los rones, los piratas, las juergas y tuvo que contar que estuvo encarcelado.

Reprimí una risita y luego pregunté:

—¿Y no podría haber dicho la verdad?

Elio se acomodó en su silla y puso una mirada seria.

—Oh, lo hizo y la reprimenda de padre fue mucho peor de lo esperado. Perdí la cuenta de las veces que utilizó la palabra "estúpido" luego de que le contáramos la verdad. Después de esto llegó la última rebelión de los vodos, y las arcas estaban prácticamente vacías por haber pagado semejante cantidad y no podíamos pagar soldados.

—Pero nosotros... *ustedes* ganaron esa última batalla, todo el mundo lo sabe.

—Ganamos porque Guy envió una carta a Magnus en donde exigió el dinero o soldados. Pensé que Tenebras no lo haría, pero llegó él mismo con sus hombres. Luego de esto y de ganar la batalla, padre me envió a espiar a Magnus, pero ahí descubrí que además de pirata y el fiestero que nos había dejado ver la primera vez, era un auténtico líder, su pueblo lo amaba. No era rey, era como una especie de administrador, aunque no me sorprende que al final le hayan dado una corona. Nos hicimos buenos amigos, él me enseñó algunas cosas de los *romanceros*, como se llaman a ellos mismos, como a tocar la flauta, canciones, cierto estilo de montar y luchar y yo le enseñé lo que mi madre y su clan me había enseñado. Pasé casi un año ahí, al final supe que él me apreciaba también porque me regaló a Gris de despedida... los romanceros son bastante celosos con sus caballos.

Yo me sacudí en mi silla absorta por la historia que me acaba de contar.

—¿Y lo de la isla de mujeres? —pregunté.

Elio me observó y el brillo lobuno de su mirada se impactó con la mía.

—Morbosa, ¿eso es lo que querías saber desde el principio?

Me mordí el labio y parpadeé, no dije nada, en verdad estaba esperando su respuesta.

—Pues nada, se separó de su esposa y le regaló una isla —dijo encogiendo los hombros—. Yo estaba ahí cuando Marina le exigió una recompensa por aguantarlo tantos años. Aunque no sé bien la causa de su separación.

Bueno, aparentemente a este Magnus Tenebras le gustaban los juegos, pero había probado ser un buen aliado en dos ocasiones y Elio confiaba en él, o por lo menos más de lo que confiaba en el mitrado del Justo y gracias al cielo por eso.

Me paré de la silla y dije:

—Bueno, vayamos a conocer a ese amigo tuyo.

32

El Cadenero

Elio me llevó a la biblioteca, desde ahí se escuchaba una carcajada y la voz furiosa de Guy, cuando entré estaban en una discusión acalorada sobre que nadie ha reclamado la Isla Verde, una pequeña porción de tierra entre Las Islas del Jaspe y Las Tierras Verdes.

—Se llama La Isla Verde por algo —dijo Guy parado moviendo las manos como un loco frente a un tranquilo Magnus Tenebras que estaba sentado relajadamente en una de las sillas limpiándose las uñas con una pequeña daga.

Tenebras era un hombre bastante atractivo, tenía el cabello negro, portaba un paliacate que impedía que su cabello le tapara el rostro moreno y en su mejilla izquierda tenía una cicatriz en forma de X, pero no era profunda, ni se veía mal. De hecho, hacía que su rostro no se viera tan delicado porque sus facciones eran casi, casi femeninas, no obstante, tenía un cuerpo fuerte, la barba y el bigote salpicaba levemente su rostro, mientras dejaba ver unos ojos marrones y una sonrisita cínica y juguetona.

—Vaya, al rato vas a reclamar todo lo que tenga pasto nomás porque es verde, qué pésimo rey serás.

—Como tú sabes tanto de pésimos reyes —respondió Guy.

Magnus dejó de limpiarse las uñas y lo miró al rostro con una sonrisita burlona.

—Entonces, admites que soy rey... —dijo con un ronroneo.

—NO —gritó Guy—. No hay tal cosa como un rey de Las Islas del Jaspe.

—No había —puntualizó Tenebras y luego dirigió su mirada a mí, un momento más tarde bajó la mirada a mi mano que se rozaba con la de Hijo de Lobo y con eso, supuse, pudo leer toda nuestra relación en un sólo segundo. Era bastante astuto, me recordó un poco a Tadeo.

—Querida mía —dijo levantándose.

—Hola, su majestad —dije sin saber muy bien si decir eso era lo correcto.

—Técnicamente no es nuestra majestad, la corona aún no lo ve como rey, y como tú eres de Las Tierras Verdes... —dijo Hijo de Lobo que miraba a su hermano que a su vez me observaba con furia.

—Soy Nive —resolví decir—. Nive de Lyff.

—Nive Mendeleón— corrigió Guy esta vez viendo a Elio firmemente.

Magnus movió la mano como si no le importara en lo más mínimo y caminó hacia mí con cierta teatralidad.

—Por mí puedes llamarte como gustes... puedes —dijo volteando a Elio—, elegir que tu nombre también sea Tenebras, y yo me sentiría honrado.

Me tomó la mano y la besó debajo del dedo anular. Creo que en ese momento nada me había puesto más roja y solté una risa nerviosa.

—Por dios —dijo Guy poniendo los ojos en blanco ante mi reacción—. Me largo, me avisan cuando la congruencia llegue a Tindel y este sujeto se haya retirado.

Salió por de la puerta con grandes pasos.

Una vez que quedamos solos Magnus, Elio y yo. Elio se relajó y habló con completa honestidad.

—Déjate de juegos Magnus, dinos por qué querías vernos a los dos.

Magnus también se relajó un poco ante la marcha del príncipe y su rostro cambió de ese enfado cínico y a uno más moderado.

—Bueno, he traído a un cadenero.

—¿Un qué? —pregunté metiéndome en la conversación, pero a nadie le importó que yo hablara. Elio se acercó a él y me tomó del brazo para colocarme detrás de él de forma protectora.

—Sabes bien que no es como hacemos las cosas aquí.

—Ni en ningún lado, este es uno de los tres cadeneros que existen en el mundo, los otros dos están en Sher —dijo estremeciéndose de los hombros. Sher, era como una versión de Voda, salvo que su país era más grande y nunca había sentido interés por Las Tierras Verdes por estar siempre peleando entre ellos, se dice que la poca magia que queda en el mundo se encuentra ahí.

Después repetí en mi mente la palabra "cadenero" y recordé haber escuchado esa palabra antes, creo que en un libro que leí en esta misma biblioteca. "Los cadeneros" antes se llamaban "Conjuradores de Promesas", son muy antiguos y tienen un poder que la gente cree que son mitos: atan a las personas con promesas, si alguien incumple esta promesa algo malo les podría suceder. Estos seres mágicos tienen una capacidad innata para detectar las verdades y las mentiras en los tratos. Cuando conjuran uno, utilizan palabras poderosas y rituales sagrados que lo hacen inquebrantable.

No me había dado cuenta, pero lo anterior, respecto al cadenero, lo dije en voz baja, aunque no tan baja para que no me escucharan.

—Bien, Elio, es una chica inteligente, no puedo con las personas estúpidas —dijo Magnus torciendo los ojos y me volvió a recordar a Tadeo.

—Pero... —Me puse nerviosa al decir esto—. Yo no quiero hacer ningún trato contigo.

—Ah, pero yo sí con ustedes dos.

—No necesito nada de ti —le dije temerosa.

—Tú me salvaste, eso creó un camino de tu parte hacia mí, yo sólo busco regresar algo... —dijo y su mirada se endulzó—. Nadie me había salvado la vida antes y eso no me pasó desapercibido.

—¿Y por qué necesitas a Elio?

Su mirada se volvió dura y miró a su amigo.

—Es que él me debe un favor y temo que no dejaré que se escape de este.

"Es como vender su alma" había dicho Atelo la noche que se enteró de que Elio recurriría a Tenebras.

Elio lo miraba. Después de algunos minutos que parecieron horas, y de mirar fijamente el rostro de Magnus, el primero finalmente dijo:

—Habrá condiciones —expresó y así aceptó el trato.

—No esperaba menos de ti, Elio —Magnus sonrió—. Imagino que el favor, el que sea que me hagas, no podría afectar ni directa o indirectamente a tu familia, ¿verdad?

—Exacto. O a Las Tierras Verdes —dijo Elio.

Magnus se tomó la barbilla y murmuró un "de acuerdo", luego se volvió hacia mí y sus oscuros ojos se fijaron en los míos.

—Tú puedes pedir lo que quieras, sin restricciones... lo que me pidas te lo daré y sólo haré una vez la pregunta "¿Estás segura?" y sí me dices que sí, entonces lo haré sin dudarlo.

—Quiero que dejes a Elio libre del trato —dije como un reflejo.

Magnus se quedó callado y luego de pensarlo mucho iba decir algo cuando fue interrumpido por Elio.

—No.

—Sí —contesté confundida ante su negativa, pensé que le estaría haciendo un regalo.

—No, yo cumplo mis promesas y quieras o no, Magnus nos salvó a todos y le debo un favor.

—Pero... —dije intentando debatir.

—No —dijo esta vez con tono molesto, mientras Magnus parecía divertido.

—Bueno, en lo que deciden... Tanato, acércate.

De la parte más oscura y menos iluminada de la biblioteca salió al que llamaban Tanato, era un hombre de unos cuarenta años, completamente calvo y con tatuajes en forma de cadenas por todo su rostro, manos y cuello. Llevaba unos pantalones de cuero negro y una capa con cadenas que llegaban hasta el piso. Mientras se acercaba pude notar que cargaba un intenso olor a ajo. Sus ojos oscuros miraban a la nada.

—Ya sabes lo que necesito —dijo Magnus en tono de regente, de rey—. Elio, tú primero para que Nive vea.

Elio tuvo la prudencia de acercarse con cuidado, tomó el codo derecho de Magnus y éste tomó de su codo izquierdo. El hombre murmuró unas palabras y en la parte interna de los brazos de ambos se dibujaron unos tatuajes. El de Elio era un eslabón y en el centro había la forma de un animal, parecía un lobo. Por otro lado, en el brazo de Magnus apareció una llave y en el ojo de esta un cuervo negro.

—Cuando te pregunté si creías en la magia podrías haberme dicho algo sobre esto —dije viendo a Elio y luego a Magnus con los ojos tan abiertos y sin parpadear que cuando finalmente los cerré por unos momentos los sentí arenosos.

—Es que esto... es prácticamente imposible —contestó con un murmullo mientras observaba su tatuaje.

—Improbable —dijo Magnus hacia Elio y luego giró hacia mí—, es solo improbable, Las Tierras Verdes siempre se han caracterizado por su falta de magia, desde que las sacerdotisas del Gato Tuerto se marcharon hace cientos de años, pero el resto del mundo no es reacio a ella. A algunos nos gusta —completó guiñándome el ojo.

Pidió que me acercara y luego Tanato se acercó también. El hombre me observó y vi que algo plateado brillaba en sus ojos oscuros, pensé que murmuraría algo nuevamente y en cambio escuché claramente las palabras:

Bajo la superficie del mar y la tierra, donde los secretos se esconden, existen los lazos que perduran a pesar de los tiempos que mueren. Antes de que el poder cediera e incluso cuando retorne, serán las promesas las que se mantengan firmemente atadas a Sherú y a un destino que todos comparten.

Conductor esencial de una promesa, Témer los unió con una suerte inesperada, más allá de los límites establecidos por fuerzas que no eran naturales. Y como el agua que fluye sin cesar, los vínculos de la promesa nunca morirán, hasta que la deuda quede saldada.

El juramento era un poema, me pareció hermoso y la voz de Tanato era realmente melódica. Me quedé perpleja cuando un tatuaje sobre mi muñeca apareció, esperaba una llave con algún animal, como había pasado con Magnus y Elio, pero en su lugar me encontré con unas espirales sin formas definidas que llegaban desde el codo hasta mi muñeca, y que rodeaban una Luna con un ojo felino cerrado. El rey pirata vio mi tatuaje, y luego observó el suyo, un eslabón, como el de Elio, pero en un tono plateado. Tanato, era el que estaba sin habla, ya tenía este aspecto, pero ahora incluso estaba pálido.

—Qué hermosas palabras —dije admirando mi tatuaje que también parecía plateado y le sonreí tímidamente al Cadenero.

Tanato palideció y Magnus me observó con curiosidad. Elio no estaba muy seguro de qué decir, pero se acercó a mí con aire protector y miró mi tatuaje que tenía líneas más delicadas que el suyo, o quizá fuera lo plateado que le daba ese aspecto menos fuerte.

—Tanato... —dijo Magnus viendo su hermoso tatuaje plateado.

El hombre sólo se fue.

Magnus pasó su mirada de su tatuaje a mí unas cuantas veces.

—Vaya, supongo, que es todo... Nos volveremos a ver, seguramente —dijo y siguió a su cadenero.

33

El Despertar del Gato Tuerto

Después de eso, vimos poco a Magnus Tenebras. Hasta la noche siguiente, la noche en que él partiría. Salí a caminar y por alguna razón llegué hasta las caballerizas de la mansión en donde lo encontré ensillando a un enorme caballo color café. Ataba cuerdas con una seguridad y precisión que se notaba que lo había hecho cientos, tal vez miles de veces.

—Hola —le dije algo insegura, era la primera vez que estaba sola con él. Tenebras sólo me sonrió y siguió ensillando el caballo.

Miré su tatuaje y le pregunté si le había dolido.

—¿A ti te dolió? —preguntó arqueando una ceja.

—Sentí frío y de pronto el tatuaje estaba ahí —dije mirando el ojo cerrado que se encontraba en el centro de una Luna Llena.

Tenebras se rio y se tomó la frente con los dedos y se giró sin titubear mirándome fijamente a los ojos. Sus ojos marrones tenían una forma almendrada y la intensidad que reflejaban en ellos, era como si hubiera visto muchas cosas o vivido muchas vidas. Luego con completa honestidad y sin dar muchas vueltas al asunto dijo:

—Pero, lo que en realidad quieres preguntar, es: "Magnus, ¿sabes qué soy... yo y el hijo de Atelo?".

Su honestidad se sintió como un golpe limpio. Me sentí estúpida, yo dando rodeos sin saber muy bien qué preguntar... hasta que él lo dijo y puso las palabras a mis desordenados pensamientos supe que eso era exactamente lo que yo quería decir. Con un suspiro profundo comenzó a explicar.

—He recorrido todo el mundo, Oda, Sherí, Sher y más allá del mar de Turmalina, he visto a los vodos sacrificar cosas, humanidad y sangre por un poco de magia, a los hombres de Sher deformados por pedir un poco de la vieja magia que había en el mundo en los tiempos de los Íden, a las hermosas sacerdotisas de Sherí orar con mucha fuerza al Gato Tuerto para que las honren con sueños lucidos y visiones —suspiró profundo y luego continuó con la misma intensidad—.Por los Antiguos, he visto a los clanes de lobos controlar a salvajes animales, pero nunca, nunca había visto personas como tú y Tadeo que utilizaran los elementos de una manera... tan pura... Y el tatuaje, tu tatuaje es algo que nunca había experimentado, esperaba que se formara un gato, un animal, como suele suceder, pero eso no. Y el color, es como si existiera verdaderamente un vínculo mágico.

Me estaba viendo directo al rostro con los ojos llenos de brillo como si fuera algo exótico.

—Pero el tatuaje apareció mágicamente... —dije desconcertada ante su confusión—. Eso ya implica magia...

—Esto que los cadeneros hacen es un remanente de magia, en realidad... —dijo y paró por unos momentos—. No pasaría nada si Elio y yo no cumplimos el trato, sólo la deshonra, nadie lo sabe, por supuesto, y se suele confiar en esta clase de tratos.

—Entonces... ¿no pensabas darme "lo que yo quisiera"? —dije mirándolo con furia... el muy tramposo.

Él sonrió salvajemente.

—Claro que sí lo pensaba... sólo que creo que ahora, sí es de vida o muerte...para mí.

No me gustaba tener su vida en mis manos, ¿qué tal si en algún momento necesitaba algo que no podría darme? Aunque yo no quisiera, ¿la magia del Cadenero actuaría y dejaría a Las Islas del Jaspe sin su querido rey?

—¿Crees que, si vamos a Sherí, podamos encontrar respuestas? —pedí su consejo.

Lo pensó un poco.

—Las sacerdotisas, son muy listas, pero ellas son muy posteriores a los Íden, que en el Jaspe los conocemos como Los Antiguos, cuando Gato se convirtió en leyenda, ellas adoptaron esa religión.

Lo sabía, había leído que los primeros Íden eran aquellos que ya existían cuando Gato había estado en problemas durante su confrontación con Serpiente, las sacerdotisas vinieron después, mucho después.

—Sabes mucho de las sacerdotisas, y me has dicho más que cientos de libros que he estado investigando...

Lo pensó un rato, parecía que le costaba trabajo decir aquello que finalmente dijo con un susurro.

—Una de ellas es mi hermana menor, fue ella, Denmiel, quien me dijo que los auxiliara... me dijo que a cambio recibiría todo cuanto había deseado... creo que exageró un poco —dijo viéndose los tatuajes nuevos y detuvo su mirada en el plateado.

—Ahora, sólo le debo la vida a alguien.

Torcí los ojos.

—Tranquilo, Magnus... —Me sentí extraña diciendo su nombre y claramente él también lo sintió, pero continué—. No pienso pedir nada.

—Puedes hacer lo que gustes... pero que sepas que lo cumpliría, aunque preferiría que el favor fuera algo así como "me traes una tarta de chocolate a la cama, Magnus", se dirigió a mí con un suave ronroneo.

Me reí con fuerza, tanto que pareció ofendido y ya que estábamos hablando de promesas y favores, le pedí un pequeño favor, no lo suficientemente fuerte para se borrara el tatuaje. Pero sí uno que aceptó con gusto, no obstante, antes de marcharme me dijo, aunque lo dudó.

—Esa atracción que sientes por Elio... posiblemente no es lo que piensas —advirtió antes de que el pequeño Mendeleón llegara a las caballerizas.

Después de todo eso era lo que le había pedido a Magnus, que le contara un par de historias a Tadeo. No quise saber más sobre lo último que me dijo, ya estaba harta de las advertencias que las personas solían hacerme sobre Elio.

Tadeo no dejó de hablar durante tres días sobre las dos horas que había pasado con Magnus Tenebras. Estaba tan feliz que cuando estábamos en el jardín de rosas de colores y movía las manos hacia arriba, las ráfagas de viento que emitía hacían que los pétalos se desprendieran de las cabezas de las rosas.

—Entonces me contó que hay estatuas gigantes emergiendo de las playas de Las Islas del Jaspe —dijo con los ojos redondos llenos de emoción—. Tenemos que ir, Nive.

Me alegró estar en los planes del pequeño, pero primero teníamos algunos pendientes que resolver, no podíamos sólo hacer como si nada de lo que había pasado las últimas semanas no hubiera ocurrido. Y existían ciertas cosas que teníamos que resolver sobre nuestros dones.

Entre otras cosas, la familia de artistas itinerantes se había instalado en la mansión. Dalila aún se alojaba con nosotros y Amos era su compañía de prácticamente todas las horas. Se llevaban bastante bien, pero conocía a Amos y también un poco a Dalila y no lograba ver algo más que amistad entre los dos. Gretia, tenía entonces una función que había tenido Lutébamo, preparaba ungüentos y tés deliciosos y vigorizantes con ayuda de mi abuela que paseaba por los campos de hierbas y flores junto al viejo Ándalo.

El príncipe Guy se marchó al Greendo, sólo después de que se asegurara de que Magnus no había robado nada importante de Tindel y de tildar de "loco" a Elio por haber aceptado ese "ridículo" tatuaje, ni siquiera se despidió de mí.

Las mañanas las pasaba junto con Lena, Atelo y Tadeo y las tardes me veía con Elio en diferentes rincones oscuros de la mansión en donde nos dejábamos los labios ardiendo de tanto chupar, morder y besar y la ropa en exceso arrugada, ya era una especie de tradición amanecer en su cama, aunque me sentía algo culpable, no pasábamos a más de eso. Nos deteníamos porque, técnicamente, era una mujer casada.

Si a Atelo le molestaba esto no decía nada, y era tan prudente que después de que me iba de la biblioteca, no me buscaba, ni me mandaba llamar y en cambio se quedaba hasta altas horas de la noche leyendo. Yo prefería llevarme los libros que tenía que leer y los trabajaba desde mi habitación. Una noche, de las pocas que no pasé con Elio, me despertó un punzar en donde había estado la esquirla y al no poder dormir me fui a la biblioteca, ahí estaba Atelo, sumamente concentrado en la lectura.

Tenía sobre la larga mesa que se encontraba en el centro de la biblioteca los cinco libros de los Íden: agua, tierra, aire, fuego y muerte. Su mirada se deslizaba por las cubiertas y las páginas como si estuviera buscando algo en particular. Sus cejas se fruncían ligeramente mientras concentraba toda su atención en los libros, como si estuviera en un trance. El resplandor de la vela que tenía frente a él parecía danzar en sus ojos, dándoles una chispa misteriosa y enigmática. Pero de repente, como si hubiera sentido mi presencia, el hombre alzó la cabeza y me miró, revelando una intensidad aún mayor en sus ojos oscuros.

—Nive... —dijo—. Estoy...

Me acerqué con una taza de té caliente que había preparado antes de llegar a la biblioteca, al ver que tenía frío se la tendí. Él la tomó y apretó la taza, luego respiró el vapor y preguntó que si qué era ese delicioso olor.

—Lavandas con miel... y un toque secreto —dije examinando sus notas. Él me dejó verlas.

Tenía escrito Oure, Tindel, Greendo, Selín, Alister y Sangrabá. Estas eran ciudades de Las Tierras Verdes, aunque

Sangrabá era un terreno cercano a Voda que durante la mayor parte del tiempo veía guerrillas, no era un buen lugar para estar. Abajo de estas ciudades decía "ruinas". Y recordé que también eran las mismas ciudades que Tadeo había marcado en el mapa que encontré en la Biblioteca de Irisa.

—En todos estos lugares han existido ruinas, parecidas a las de Oure —explicó Atelo—. Hasta ahora, según tengo entendido, nos faltan tres libros: el de luz, oscuridad y vida, creo que podrían estar ahí, en alguna de esas ciudades.

Me quedé pensando un rato, tenía sentido, pero de qué nos serviría encontrarlos si Tadeo y yo aún no sabíamos del todo utilizar los que ya teníamos en nuestras manos. Eso último lo dije en voz baja, pero Atelo lo escuchó.

—No se trata sólo de ti y mi hijo, aunque quizá haya iniciado como eso —dijo después de darle un sorbo al té—. Piensa en qué pasaría si esos libros caen en las manos de alguien como Lutébamo... si algún vodo descubre cómo usarlos o que los mismos de la Mitra los encuentren. No sabemos qué tanto les contó Lutébamo. No sabemos si hay más personas que puedan utilizar estos libros. Tenemos que encontrarlos y entregarlos a los dueños legítimos.

Sabía que se refería a mí y a Tadeo. Hay que reconocer que Atelo me sorprendía, su visión no era limitada, como había sido la mía. Y entonces me sobrevino un pensamiento terrible... si el libro sobre la muerte controlaba a los muertos, ¿el de la vida controlaría a los vivos?Ahogué un grito y Atelo me observó y asintió con la cabeza.

—Tenemos que encontrarlos primero, Nive.

—¿Cuál es tu plan? ¿Tienes uno? —dije mientras el frío me comenzó a congelar las manos y Atelo me regresaba la tasa de té que ya no estaba caliente, pero sí tibia. Recordé mi truco de la bañera e invocando el fuego de unas velas que no estaban siendo utilizadas calenté la taza. Atelo sonrió ante esto y me contestó.

—Sí, tengo un plan.

—Atelo, creo que deberías hablar con Tadeo —dije—. Cuando entré a la Biblioteca de Irisa, en Oure, él tenía un mapa que señalaba precisamente esos lugares.

Atelo volvió a curvar sus labios en una sonrisa.

—Él me dio esta información... hace unos días nos sentamos a platicar y me contó todo. Desde que te conoció en Oure hasta sus sueños con la hermana de Tenebras.

—Claro —dije con una sonrisa—. Ahora que aceptas esa parte de Tadeo... supongo que no habrá más secretos.

Él se puso incómodo.

—Quiero que sepas, Nive, que yo no quería que se hiciera daño así mismo con esas habilidades, por eso no descansé... Dioses — dijo esto último con dolor—. Desde la guerra no he descansado ni un momento, primero yo era un desastre, luego Zelda, luego Tadeo.

Le puse una mano en el hombro para reconfortarlo y sentí nuevamente esa electricidad. La ignoré.

—Lo sé —le contesté—. Y lo siento mucho, pero ahora estoy aquí y aunque nuestro trato concluya luego de La Cátedra, yo estaré siempre para Tadeo y para ti cuando quieras hablar.

Él asintió con un gesto de agradecimiento.

—Y ahora, cuéntame tu plan —le pedí con una sonrisa.

Atelo nos convocó a todos la mañana siguiente para contarnos su plan y cómo encajábamos cada uno de nosotros en este. Todos los que habían estado involucrados en la batalla contra los Sacos de Lutébamo y sabían de los poderes que teníamos Tadeo y yo estaban ahí, y lo cierto era que confiaba en cada uno de ellos. Incluso en los hermanos Ándalo que eran algo insolentes, pero me encantaba ver cómo hacían reír a Tadeo hasta las lágrimas.

—Ya he hablado con todos ustedes individualmente y han aceptado. Sólo quiero que haya honestidad entre nosotros y que cada quien juegue el papel que le ha tocado —dijo Atelo mientras Elio llegaba y se ponía a su lado. Me dedicó una sonrisa y pude sentir cómo me sonrojaba.

—Ya papá, dinos —dijo Tadeo como si tuviera cosas mejores que hacer y probablemente las tenía. Atelo hizo un movimiento con las manos, como diciendo "calma, calma" y luego comenzó a hablar.

—Empezamos con Oure. Necesito que alguien esté vigilando constantemente el Puente Viejo, ya he enviado nota Trepis y mi representante, con una quinta parte de mis guardias, será Amos, nadie conoce mejor cómo se mueven las cosas en el pueblo. Su deber es la protección de las ruinas y asegurarse de que nadie, sobre todo, nadie que tenga que ver con la Mitra se acerque a ellas.

Amos asintió y me guiñó un ojo como diciendo "te tengo cubierta". Yo me sorprendí mucho, sólo conocía la parte que tenía que ver conmigo y Tadeo y desconocía la parte que tenía que ver con los demás.

—Si ese viejo desgraciado de Trepis intenta socavar tu autoridad, tú solo di que le superas de rango. Lo primero que harás será exiliar al representante del Justo —dijo Atelo y Amos asintió.

Atelo le entregó un papel enrollado con un sello de cera que tenía el escudo de armas de Atelo, un sauce llorón negro con una Luna Llena en el fondo.

—Dalila se quedará aquí en mi mansión y la atenderá como si fuera suya —dijo, pero luego añadió—. Eres libre de hacer lo que gustes y recibir a cuanto pretendiente tengas en mente.

A ella también le entregó otro papel. Dalila sonrió de oreja a oreja y tomó el papel que Atelo le ofreció.

—Gretia, tú irás a Greendo a estudiar medicina —dijo y la antigua cocinera sonrió con una inmensa alegría y Atelo le regresó brevemente el gesto.

—En cuanto a Nive, Lena, Tadeo y yo iremos también Greendo, tengo conocidos que nos ayudarán con las ruinas que existen ahí y de paso Nive y Tadeo asistirán a La Cátedra. Nos quedaremos en mi casa de la ciudad y los Ándalo nos acompañaran, se espera que haya entretenimiento en una de las casas de los trece señores de Las Tierras Verdes.

—¿Y *Elio*? —preguntó Tadeo, utilizando una vez más su nombre como si fuera el de una palabrota.

—No te preocupes, yo también tengo que ir al Greendo a rendirle cuentas a mi padre —dijo alzando los hombros como si no fuera importante rendirle cuentas al mismo rey.

Tadeo gruñó con algo de decepción. Yo ya sabía eso, sabía que durante un tiempo Elio y yo estaríamos en la misma ciudad, por lo menos hasta que Magnus Tenebras no cobrara su favor tendría oportunidad de estar con él.

Cuando sólo quedamos Atelo, Elio, Tadeo y yo. Hablamos sobre el otro plan, el que involucraba visitar Alister, Selín y Sangrabá para encontrar los libros que hacían falta. No sería fácil, Alister se había convertido en sede del Mitrado del Justo y Sangrabá estaba siempre en conflicto con los vodos, pero sabía que si me quedaba cerca de este grupo que había formado, teníamos buenas oportunidades de conseguir aquello. Por otro lado, aunque técnicamente Elio no era un lobo, tenía conocidos que nos facilitarían el acceso a Selín, donde había vivido hasta que cumplió los dieciséis años.

Aún teníamos que ver si quedaba algún vodo muerto activo, y por eso viajaríamos con una pequeña guardia que estaría preparada, ya que la esquirla que había plantado Lutébamo bajo mi piel, aunque me la habían removido seguía activa, lo que me hacía un extraño imán para criaturas.

Cuando terminamos de empacar y me asomé por el balcón para despedirme de la hermosa ciudad de Tindel, aquella vista que alguna vez Elio y yo habíamos compartido, me llené de decisión. Un viento de verano tocó mis mejillas al mismo tiempo que sentí un fuego en mi brazo, el del tatuaje de la Luna con el ojo cerrado de un felino. Era un fuego que saboreé, nada doloroso, que me relajaba y entonces vi como la luz plateada de la Luna se deslizó por mis manos y acarició mi piel, como si me reconociera. Y en ese momento, el ojo tatuado del felino en mi brazo cobró vida, como si despertara de un largo sueño. Un resplandor plateado y brillante emanó de él, iluminando mi ser y llenándome de una fuerza ancestral.

Agradecimientos

En esta página quiero agradecer a todas las personas que hicieron posible esta versión del libro, los quiero muchisímo y muchas gracias por confiar en mí en esta aventura y brindarme todo su apoyo y por preguntarme constantemente por esta pequeña creación.

A mi esposo Nano Malhora, mil gracias por la hermosa portada. No me cansaré jamás de decir que eres un gran artista. Lamento si te presioné para que todo saliera perfecto (lo seguiré haciendo y lo estoy haciendo ahora mismo con la portada del libro 2).

A mi hermosa amiga y lectora beta, Daisy Salazar, mil gracias. Cuando ya estaba a punto de dar el libro por perdido tú me motivaste. Y también gracias por ponerme un cuaderno y un lápiz en la mano y obligarme a escribir "nuestra primera novela" cuando éramos unas pequeñas de 13, 14 años.

A mi padre que me ayudó económicamente, sé que no nos frecuentamos, pero siempre he sabido que puedo contar contigo. Espero que sepas que también puedes contar conmigo.

A la comunidad de Instagram por motivarme y preguntarme por mi libro, espero que les guste el resultado.

Y por último a los dos seres más importantes de mi vida, mi abuela y abuelo. Sin ellos no sería yo y son a quienes va dedicada esta historia.

Les anuncio también que la historia continúa, esto pretende ser una trilogía y el libro dos está programado para unos pocos meses luego de la publicación de este libro.

Sobre la autora

Denisse Marina es una apasionada de la literatura, estudió Lengua y Literatura Hispanoamericana en la Universidad Autónoma de Baja California (UABC). Su amor por las letras la ha llevado a trabajar en diversos medios de comunicación escritos, desde revistas y periódicos hasta portales web. En sus tiempos libres imparte clases relacionadas a la palabra escrita. Denisse encuentra la serenidad en la vida cotidiana, acompañada de un buen libro y su amor por los gatos, el café y el vino. No es solo una lectora ávida, sino también una entusiasta de sagas icónicas como Star Wars y Harry Potter, lo que demuestra su pasión por las historias en todas sus formas. Durante la pandemia de coronavirus, hizo un descubrimiento revelador al adentrarse en el género de fantasía contemporánea. Tras un año de lecturas constantes y de compartir sus perspectivas a través de reseñas en Instagram, encontró la inspiración para dar vida a su primera obra literaria: "El Despertar del Gato Tuerto".

PRÓXIMAMENTE

EL DESPERTAR
DEL
LOBO PLATEADO

LIBRO II

Made in United States
Troutdale, OR
08/05/2024

21775516R00190